Gulliver Taschenbuch 477

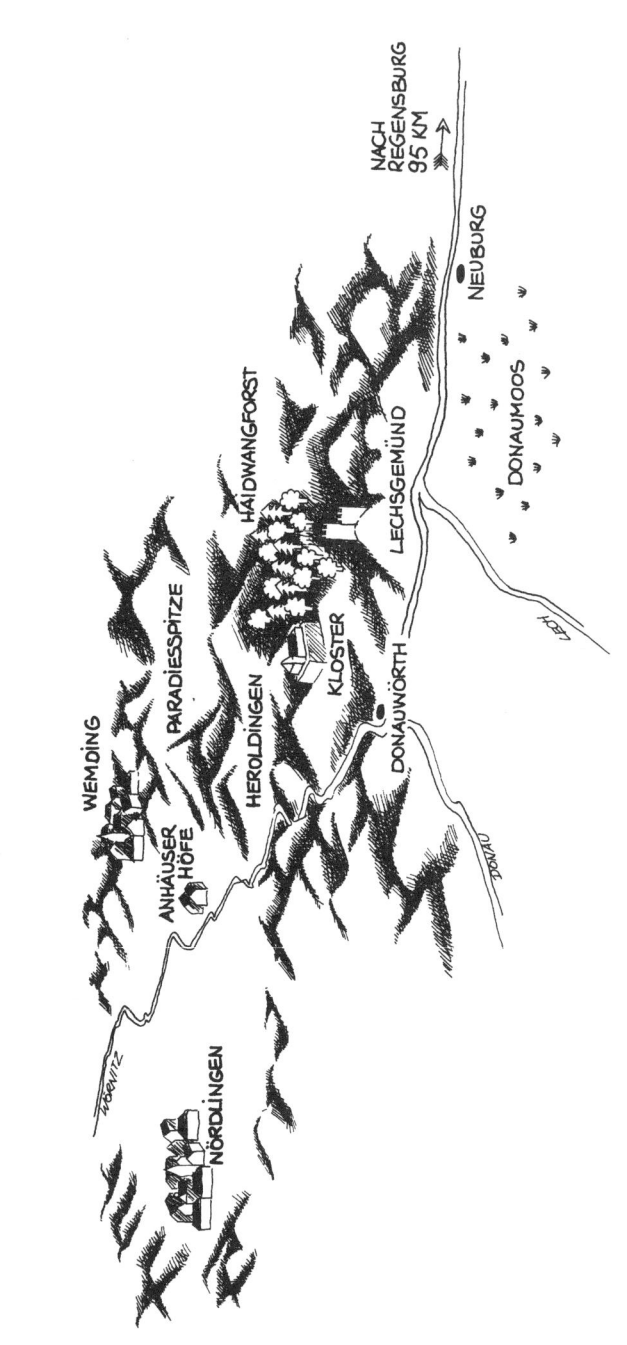

Arnulf Zitelmann

# *Unter Gauklern*

*Abenteuer-Roman
aus dem Mittelalter*

*Mit einem Nachwort des Autors*

*Arnulf Zitelmann*, geboren 1929, studierte Philosophie und Theologie und lebt als freischaffender Autor in der Nähe von Darmstadt. Für sein literarisches Gesamtwerk wurde er mit dem Friedrich-Bödecker-Preis und dem Großen Preis der Deutschen Akademie für Kinder- und Jugendliteratur ausgezeichnet.

Im Programm Beltz & Gelberg erschienen von ihm u.a. folgende Romane:
*»Kleiner Weg«*. Abenteuer-Roman aus der Frühzeit
*Zwölf Steine für Judäa*. Abenteuer-Roman aus dem Jüdisch-Römischen-Krieg
*Nach dem Großen Glitch*. Abenteuer-Roman aus der Zukunft
*Der Turmbau zu Kullab*. Abenteuer-Roman aus biblischer Zeit
*Jenseits von Aran*. Abenteuer-Roman aus Altirland
*Bis zum 13. Mond*. Eine Geschichte aus der Eiszeit
*Hypatia*. Eine Geschichte aus dem frühchristlichen Alexandrien
*Paule Pizolka oder Eine Flucht durch Deutschland*. Roman
*Mose, der Mann aus der Wüste*. Roman
*Abram und Sarai*. Roman
*Unterwegs nach Bigorra*. Abenteuer-Roman aus dem frühen Mittelalter
*Jonatan, Prinz von Israel*. Roman aus der frühen Königszeit

www.beltz.de
Gulliver Taschenbuch 477
© 1980, 1987 Beltz Verlag, Weinheim und Basel
Programm Beltz & Gelberg, Weinheim
Alle Rechte vorbehalten
Einbandgestaltung von Max Bartholl
Einbandbild von Peter Knorr
Gesetzt nach der neuen Rechtschreibung
Gesamtherstellung Druckhaus Beltz, 69494 Hemsbach
Printed in Germany
ISBN 3 407 78477 5
18 19 20 21 22   05 04 03 02 01

## Babelins Grubenhaus

Harm, fragte ich, kannst du erkennen, was da unten ist? Ich kauerte mich neben den Hütehund und zeigte hinab ins nasse Ried. Harm hob die Schnauze und winselte. Aber doch nicht meine Nase!, lachte ich und fuhr ihm durchs Fell. Nein, dahinten das Ding, dort bei dem Moorauge, das meine ich. Es bewegt sich. Ist es vielleicht ein Schaf vom Wemdinger Hirten? Wie hat es sich ins Moor verirrt?

Ich stand auf, pfiff nach Chnüttel, dem zweiten Hütehund, und stieg bis zur Kuppe vom Metzelsbühl. Die Hunde folgten und Schafe trotteten herbei. Ich trieb meinen Hirtenstock in die Erde, hängte Rock, Horn und Hut darüber und befahl Harm: Bringt die Tiere zusammen. Passt auf, dass sie hier oben bleiben! Ich laufe hinunter in die Senke und sehe nach, was da im Sumpf steckt.

Ich wartete, bis die beiden Hunde die Herde zusammengetrieben hatten, und ging los. Es war der Tag vor St. Lucien um die späte Mittagszeit. Über den Himmel trieben tief hängende Wolken. Aber es regnete nicht. Überhaupt war es bis in den Allerheiligenmonat ein trockenes Jahr gewesen. Heu für den Winter war knapp im Klosterhof. Da war es gut, dass wir bis in den Dezember die Schafe über die Streuwiesen treiben konnten.

Doch der moorige Grund bei der Wörnitz ist immer nass. Wer die Pfade bei uns nicht kennt, meidet sie besser und hält sich an die aufgeschütteten Karrenwege. Ich hüpfte von einem Torfmoospolster zum anderen, sank mehrmals bis zu den Knien ein und fühlte bald, wie mir der Schweiß im Nacken stand. Dann sah ich halb im Wasser liegend hinter einem kahlen Weidenbusch die Gestalt. Du da!, rief ich, doch sie rührte sich nicht.

Jetzt konnte ich es deutlich erkennen: Es war wirklich ein

Mensch! Ich kam nicht mehr weiter. Der Mulm quatschte um meine Beine, und ich musste Acht haben, dass ich nicht stecken blieb. He, du!, rief ich lauter. Antworte doch! Ich will dir helfen!

Ich vernahm schwache Wimmerlaute. Da flog lärmend ein Schwarm Tauchenten auf. Ich lauschte wieder, rief abermals, aber es regte sich nichts mehr. Ich biss mir auf die Lippen. Martis, langsam!, hielt ich mich an. Du musst jetzt ruhig bleiben.

Ich bekam einen Ast der Weide zu fassen und zog mich hinüber, bis ich in ihrem Wurzelwerk sicheren Stand fand. Mir zog es den Magen zusammen, als ich die Gestalt nun zwei Schritte vor mir liegen sah. Süße Mutter Gottes, flüsterte ich, Mädchen, was suchst du im Ried?

Ja, es musste ein Mädchen sein. Ihre Augen waren weit offen und starrten mich stumm an.

Du, sagte ich, so gefasst wie ich konnte, jetzt haben wir es gleich geschafft. Bleib liegen. Ich werfe Knüppel in deine Nähe, dann kann ich zu dir hinüberkommen.

Es gelang mir, zu ihr an das moostrübe Wasserloch zu kriechen. Ich fasste das Mädchen unter die Arme und versuchte sie hochzuziehen. Sie mochte so groß sein wie ich, war aber sehr schmal. Dennoch schaffte ich es nicht, sie bis über den Wasserrand zu ziehen. Ihr Oberkörper hing schlaff in meinen Armen, ihr Kopf pendelte vornüber. Sie half nicht mit, es schien ihr kein bisschen Kraft geblieben zu sein. Ich stemmte mich zurück und zerrte, doch meine Finger glitten an ihrem schlammnassen Kittel ab. Sie rutschte nach unten zurück und wäre bis über den Kopf im Wasserloch untergetaucht, wenn ich sie nicht im letzten Augenblick erneut unter den Achseln zu fassen bekommen hätte.

Ich schnappte nach Luft und brüllte ihr mitten ins leblose Gesicht: Du blöde Kuh, willst du dir Maden in die Augen schlafen? Was denkst du denn, wie wir hier rauskommen?

Aber das Mädchen rührte sich nicht. Mir wurde jetzt fast flau vor Angst. Ich zerrte, zog und ruckte mit aller Gewalt und schob mich gleichzeitig nach hinten, bis meine Knie im Modder festsaßen. Während ihre Beine noch ins Wasser baumelten, gelang es mir, mit einem gewaltsamen Griff sie vom Bauch auf den Rücken zu rollen. Ich fasste nach, fand besseren Halt und rückte ein letztes Mal heftig hoch. Da lag sie nun, zusammengefallen, überzogen mit Modder und Mulm zwischen den niedergedrückten braunen Seggen. Ich hockte mich zu ihr und lehnte sie mit dem Rücken gegen meine Schulter. Mädchen, sagte ich keuchend, es tut mir Leid, wenn ich dir wehgetan habe. Jetzt bist du jedenfalls draußen. Auf, komm zu dir und sag etwas. Wie kommst du hierher? Wo willst du hin mitten durchs Ried?

Ich rechnete schon gar nicht mehr mit einer Antwort. Aber ihre Augenlider flatterten, und sie flüsterte tonlos ein paar Silben in ihrer Sprache, die ich damals am Vortag von St. Lucien noch nicht verstand. Sie sagte: Me hom keria, dukhala!

Ich war froh, dass sie wenigstens ein paar Töne von sich gab, und sagte beschwichtigend: Ja doch, lass gut sein. Wir haben es ja geschafft.

Daran glaubte ich freilich selber nicht. Ich dachte voll Sorge an meine Schafe oben auf dem Metzelsbühl. Von hier aus konnte ich die Herde und dazwischen meine Kappe mit dem Rock auf dem Stock erkennen. Harm und Chnüttel hatten die Tiere offenbar bisher zusammenhalten können. Nur, wie lange würde ich brauchen, um mit dem Mädchen durch die Seggen und das Schilf bis an den Fuß des Hügels zu kommen. Nein, mit ihr schaffte ich es nicht. Keinesfalls auf dem Weg, den ich hergekommen war. Das moorige Ried trug kaum mich allein! Ich schaute auf die Fremde. Unter ihrem Kittel, der ihr nass am Körper klebte, sah ich wie zwei Walnüsse ihre Brüste, die langen Beine unter ihrem rauen Hemd. Ich weiß nicht, warum es mir besonders auffiel, aber ihre nackten Füße hatten ungewöhnlich lange Zehen. Unterdessen dachte ich unruhig darüber nach, wie es jetzt weitergehen sollte. In Richtung Wemding stieg der Grund, da würden wir besser fortkommen. Aber bis nach Wemding mit ihr? Darüber würde es später Abend werden. Bruder Kosmas auf dem Anhäuser Hof würde mich schelten, vielleicht gar schlagen, wenn ich erst im Dunkeln die Herde nach Hause brachte. Ganz abgesehen davon, dass oft schon um diese Jahreszeit in der Dämmerung die Wölfe heulten, die im Winter aus dem Böhmerwald ins Schwäbische überwechselten. Ich musste wohl Mäusenester im Kopf haben, dass ich mich auf diese Sache eingelassen hatte!

Da fiel mir Babelin ein. Die tolle Babelin, wie die Leute sie hier nennen. Einige schlagen dabei verstohlen das Kreuz über sich. Babelins Haus lag bei der Gesundquelle an der Paradiesspitze, dem Holz auf halbem Weg nach Wemding. Dorthin konnte ich das Mädchen bringen. Babelin mochte weiter für sie sorgen. Ich fühlte mich besser. Du, sagte ich und schob sie von meiner Schulter weg, du, ich weiß nicht, wie du heißt. Jedenfalls müssen wir jetzt auf! Wir müssen aus dem Moor sein, bevor es dunkel wird. Kannst du jetzt aufstehen?

Ich merkte, dass sie kein Wort verstand. Ich versuchte zu erklären, erzählte von Babelin, die hin und wieder zum Anhäuser Hof kommt, wenn ein Vieh krank ist. Weißt du, Babelin wird dir helfen! Sie gibt dir zu essen. Du kannst bei ihr im Bohnenstroh schlafen. Und wenn du krank wärest, wüsste Babelin Rat. Die Brüder von den Zisterziensern bei uns auf dem Hof, die gucken zwar weg, wenn Babelin kommt, und murmeln ein Gebet, wenn sie wieder geht. Aber helfen konnte sie immer. Auf, dann wollen wir zu ihr. Versuche, dich auf deine Beine zu stellen!

Ich half dem Mädchen vom Boden, hängte ihren Arm über meine Schulter, aber die Beine gaben unter ihr nach. Mit einem Wehlaut sackte sie in die Knie.

Dann werde ich dich wohl tragen müssen, sagte ich mit so

viel Zuversicht, wie ich noch hatte. Denn ich bin auf dem Rücken verwachsen. Schwer heben und tragen macht mir Schmerzen. Schon jetzt spürte ich Stiche in meiner Schulter von dem heftigen Ruck, mit dem ich das Mädchen aus dem Wasserloch gezerrt hatte. Kaum jemand, höchstens Bruder Kosmas, ruft mich Martis, wenn er etwas von mir will. Meistens nennt man mich einfach Buckel, oder den Heda, den Schafsjungen. Ich rede mir ein, dass es mir nicht viel ausmacht. Ich habe nun eben den Kober auf dem Rücken, wie andere Leute eine lange Nase haben oder ein Scherenschleifermaul. Ich muss damit leben.

Ich fasste das Mädchen über ihren Rücken unter die rechte Achsel, schob den anderen Arm unter ihre Knie und hob sie auf. Irgendwie schlug ich mich mit meiner Last bis zu Babelins Haus durch. Unterwegs musste ich oftmals absetzen, redete dem Mädchen ungeduldig und dann wieder gut zu, selbst ein Stück zu gehen. Doch mir war klar, dass sie keine Kraft dazu hatte. Ihr Kopf lag schwer auf meiner Schulter. Als ich sie in Sichtweite von Babelins Haus zu Boden gleiten ließ, meinen bösen Rücken streckte und mich wieder bückte, gab es mir vor Schreck einen Riss. Ich dachte, jetzt ist sie tot.

Ich ließ sie auf dem lehmigen Sandflecken liegen und rannte zu Babelins Tür. Sie stand halb offen. Ich rief und stolperte die Holzstufen hinab in das Grubenhaus und war erleichtert, Babelin an der Feuerstelle zu sehen. Babelin, sagte ich und bekam vor lauter Aufregung einen Schluckauf, Babelin, da vorn liegt jemand. Ein Mädchen. Sie ist gleich tot. Du musst ihr helfen!

Babelin musterte mich kurz. Sie stand von ihrem Hocker auf dem Lehmfußboden auf. Ich blieb stehen und verwünschte meinen Schluckauf, den Häcker, der mir im Hals zuckte.

Du bist doch der Hütejunge vom Klosterhof?, fragte mich Babelin, während wir vor die Tür gingen.

Ja, antwortete ich, und ich war mit meinen Schafen auf dem

Metzelsbühl, da sah ich sie im Moorloch. Ich habe sie zu dir geschleppt, damit du ihr hilfst. Oder lebt sie schon nicht mehr? Babelin beugte sich über das Mädchen, fasste nach ihrem Handgelenk und zog die Augenlider empor. Die Pupillen lagen nach oben verdreht in ihrem Kopf, und ich musste an mich halten, um nicht laut loszuschluchzen. Vorhin noch, als ich sie hochnahm, hat sie geguckt!, sagte ich mühsam.

Junge, wie heißt du noch?, erkundigte sich Babelin.

Martis bin ich, Mutter, erwiderte ich und merkte, dass im gleichen Augenblick der Schluckauf verschwunden war.

Also, Martis, fuhr Babelin fort, sie lebt, so viel ist sicher. Aber sie ist schwach. Ob sie krank ist, kann ich nicht sagen. Hilf mir, sie aufs Stroh zu bringen!

Wir trugen das Mädchen hinab ins Grubenhaus und ich erzählte, dass ich bislang nur ein paar unverständliche Worte aus ihr herausgebracht hatte.

Ja, sie schaut nicht aus wie eine Einheimische, meinte Babelin kopfschüttelnd und hielt die Talglampe an das Gesicht der Fremden. Sie ging und holte einen Holzzuber mit Wasser und wischte ihr mit einem Tuch das Gesicht.

Sie hat eine dunkelbraune Haut, siehst du? Ja, auch hier an den Händen und an den Beinen. Und das Mädchen hat schwarzes, schau, fast bläuliches krauses Haar. Ich habe so jemand in unserer Gegend noch nicht gesehen.

Ich stand stumm da, schaute abwechselnd die breithüftige Babelin mit ihren flinken dicken Händen an und dann wieder das Mädchen. Babelin begann ihr den Kittel aufzumachen. Das Kind ist so mager, dass es aussieht, als hätte es auf einer Leiter geschlafen, murmelte die Frau, schaute zu mir und sagte: Du kannst jetzt gehen, Martis. Ich glaube, du musst dich beeilen. Die Nacht wartet nicht auf dich.

Ich trat mit einem Fuß auf den anderen. Babelin blickte mich fragend an, richtete sich auf und berührte mit der Hand meinen Rücken. Du hast dich abgeplagt, sagte sie, tut es dir hier weh? Ich nickte und Babelin meinte: Geh an der Quelle vorbei und nimm einen Schluck. Das wird dir gut tun.

Ich zögerte und fragte dann: Ich möchte in den nächsten Tagen gern wiederkommen. Ich möchte sehen, ob es ihr wieder besser geht. Darf ich?

Ja, das kannst du, erwiderte Babelin. Vielleicht findest du bei euch auf dem Hof auch noch einen übrigen Kittel, ein Hemd und Schuhe für sie. Sag den Brüdern, ich werde es wieder gutmachen.

Ich eilte zurück durchs Ried. Einmal rutschte ich aus und fiel platschend der Länge nach in ein flaches Wasserloch. Mich schuckerte vor Kälte, als ich mich wieder herausgearbeitet hatte. Nasser Schnee trieb in der Luft. Doch ich fand ohne Umstände zu meinen Tieren. Chnüttel, der junge Hütehund, erkannte mich von weitem, hetzte den Hügel hinab und sprang an mir hoch. Ist ja gut, wehrte ich ab. Aber du darfst nicht von den Schafen weglaufen, hörst du!

Harm umkreiste immer noch die Herde. Ich pfiff ihn herbei und kraulte seinen Schopf. Ist auch keins weggelaufen?, fragte ich und überflog die Herde mit meinen Augen. Das habt ihr beide gut gemacht!, lobte ich die Hunde. Ich drängte mich durch die Tiere, nahm meine Kappe, hing mir den Rock über, blies ins Horn und ging den Schafen voran durch die Wiesen in den Lachen zum Klosterhof.

Über der Schwalb segelte ein Käuzchen. Sie wissen die fröhlichen und traurigen Ereignisse im Voraus, so sagt man. Wenn die Menschen froh sind, gibt es das Käuzchen durch freudigen Ruf zu erkennen, wenn sie aber traurig sind, zeigt es sich selbst traurig und schweigt. Pater Kosmas hat mir aus einem Buch erzählt, dass das Käuzchen manchmal mit dem Rücken gegen die Erde in der Luft hängt, emporschaut und überlegt, ob gute oder schlechte Zeiten bevorstehen. Wenn es sieht, dass Menschen sterben müssen, zeigt es ihnen dies durch kurze Zurufe an und schweigt dann. Ich spähte dem Käuzchen nach und dachte an das fremdartige Mädchen in Babelins Haus. Der Vogel glitt schweigend durch den Schneeregen dicht über mir hinüber zur Metzenau. Ich wusste nicht, ob das ein gutes Zeichen war oder nicht.

Mit einem Mal fühlte ich mich erschöpft und abgeschlagen. Vom Dachreiter des Hofes schepperte die Betglocke mit dem Ave-Maria-Läuten. Ich öffnete den Pferch gegenüber der Zehntscheuer und trieb die Tiere in den offenen Schuppen, ließ Harm und Chnüttel im Gatter und riegelte zu. Müde stolperte ich zu dem niedrigen, schilfgedeckten Lehmhaus, wo wir Eigenleute des Klosters unser Unterkommen hatten.

Pater Kosmas saß mit Gundel und Seyfried, den beiden Hofknechten, schon über dem Mus. Zwei Talglichter brannten. Ich holte meinen selbst geschnitzten Hornlöffel aus der Lade, murmelte das Gebet und setzte mich dazu. Das Mus aus der gemeinsamen Pfanne war süß und warm, das Brot würzig und frisch, und der Pater schob mir die Kanne mit dem warmen Bier über den Tisch.

Du bist spät heute, Junge, sagte er zwischen zwei Bissen Brot. Finden die Schafe noch Futter?

Ja, sagte ich, aber bald werden wir sie einstellen müssen. Es ist Schnee in der Luft. Vielleicht kommt Frost dazu. Es ist kalt draußen.

Wenn es nur keinen zu langen Winter gibt!, sagte Kosmas. Ich weiß sonst nicht, wie wir unser Vieh durchbringen. Wisst ihr noch, wie es im vorigen Frühjahr war? Da haben wir das Rindvieh auf Schlitten gebunden und auf die Weide gezogen. Sie waren so vom Fleisch gefallen, dass sie nicht mehr auf die Beine kamen. Vom Schmalvieh sind uns damals wohl zwei Dutzend abgegangen. Die Herren Brüder im Kaisheimer Kloster wissen ja nicht, wie unsereiner sich plagen muss!

Die Männer nickten. Ich hatte den Kopf zwischen die Arme gestützt und schaute Kosmas, den Laienbruder, an. Er war, so wusste ich aus seinen Erzählungen, vor mehr als einem Jahrzehnt mit heimwärts fahrenden Kreuzrittern aus den griechischen Landen hierher nach Schwaben gekommen. Seine Sprache hatte immer noch einen fremdländischen Klang. Wenn der Pater redete, hörte sich das im Tonfall ein wenig so an wie bei den Priestern, wenn sie zur Messe aus dem guten Buch vortragen.

Ich mochte Pater Kosmas, auch wenn er mich bisweilen mit seinem Hartriegelstock schlug. Von ihm bekam ich noch die wenigsten Prügel und er schlug nicht so zu wie Seyfried auf der anderen Seite der Bank oder wie der Stockmeister des Klosters. Der Pater hatte mich sogar Lesen und etwas Schreiben gelehrt. Es machte ihm Spaß, mir an den langen Wintertagen aus gelehrten Büchern vorzulesen. Ich hörte ihm geduldig zu, während er die lateinischen Worte ins Deutsche übersetzte, obgleich ich so gut wie nichts davon verstand.

Heda, Buckel, stieß mich Gundel an, was sitzt du da und stierst ein Loch in die Luft! Komm, nimm noch einen Schluck! Ich tat einen Zug und spürte das warme Bier wohlig in meinem satten Bauch.

Pater, wandte ich mich an Kosmas, ich denke, zwei von den Schafen werden bald lammen. Ich möchte sie morgen lieber im Stall lassen und ihnen dort Futter auftun. Kann jemand über Tag nach ihnen sehen?

Ist gut, Martis, nickte Kosmas mir zu. Ich selbst schaue nach. Meinst du, dass sie Zwillinge tragen, oder warum sind sie den anderen voraus?

Ich konnte es nicht sagen und zuckte die Schultern. Die beiden haben seit heute Morgen einen so schweren Gang, sagte ich dann, und bleiben hinter den anderen Tieren zurück. Wenn sie draußen auf den Streuwiesen werfen, zieht der Geruch das Wolfsgesindel herbei. Chnüttel ist noch jung. Ich bin nicht sicher, wie er mit einem ausgewachsenen Wolf oder mit einem verwilderten Hund fertig würde.

Also, dann lass die beiden im Schuppen, wiederholte Kosmas. Ich sehe sie mir jedenfalls mal an. Und du, Seyfried, kümmerst dich morgen um die Häute in der Gerbergrube. Später holst du mit dem Karren Eichenrinde aus dem Wald am Rohrberg. Unser Verwalter, der Herr Grangarius, hat mich wissen lassen, dass da seit gestern Holz geschlagen wird. Sollten wir in diesem Winter wieder so viele Notschlachtungen haben, brauchen wir viel Lohbeize!

Muss ich aber erst nach der Grube sehen, ist der halbe Tag schon vorbei, brummte Seyfried. Ich komme mit den Ochsen kaum zum Rohrberg und zurück, bis es Nacht ist.

Gut, entschied Pater Kosmas, dann fährst du morgen gleich nach der Frühmette los, und Gundel kann nach der Grube sehen und sich dann daranmachen, dass er die Etterzäune und die Stapfenüberstiege nachsieht.

Pater, ich habe auch noch eine Bitte, erklärte ich Kosmas.

Dann sag, was es ist, gähnte Kosmas. Aber mach's kurz, beim heiligen Tobias, ich bin müde!

Ich erzählte in aller Eile meine Geschichte von dem Mädchen, das ich in Babelins Haus getragen hatte, und schloss: Könnte ich darum morgen die Tiere ein wenig früher auf den Hof treiben und dürfte ich dann zu Babelin gehen? Ihr ein paar Tuchsachen und Schuhe für das Mädchen bringen?

Die beiden Hofknechte schauten mich wie vom Schlag gerührt an. Seyfried voran und Gundel hinterher schlugen sie mit dem Daumen Kreuze über sich und polterten los: Bist du so dumm, wie du aussiehst, oder tust du nur so? Zur tollen Babelin geht er ins Haus! Und kommt darauf hierher und setzt sich an unseren Tisch! Ja, hast du denn wenigstens Salz oder einen Krötenstein dabeigehabt? Also, wenn ich sie nur von weitem sehe, diese Bilwis*, hebe ich den nächsten Stein auf, spucke darunter und mache mich fort! Das ist doch eine von den nachtfahrenden Frauen, deine Babelin! Hast du's etwa

---

* Erläuterungen zu unbekannten Begriffen im Nachwort. Das Nachwort gibt auch Auskunft über geschichtliche Hintergründe und Zusammenhänge.

noch nicht gehört, wenn sie mit ihren Lumpinnen in den Rauchnächten über den Hof heult? Junge, du bist dümmer als des Herrgotts Gaul und der ist ein Esel gewesen.

So schnarrten die beiden durcheinander, hieben auf den Tisch und beruhigten sich erst, als der Pater seine Hand erhob und sie andonnerte: Jetzt aber erst einmal genug! Der Junge ist schon ganz blass um die Nase!

Seyfried murmelte, als hätte er heißes Mus im Mund. Den Buckel müsste man ihm blau färben.

Aber, wandte ich mich an die beiden Männer, wart ihr noch nicht in ihrem Haus? Ich meine, wenn ihr Babelin ruft wie neulich in der Woche nach dem Katreintag, als Rötel, der Ochs, den aufgeblasenen Bauch hatte?

Gundel schaute mich ungläubig an. Wenn der Pater es mir nicht befähle, sagte er, ginge ich nicht eine Meile in die Nähe von ihrem Dach. Aber, wenn ich schon muss, denkst du, ich gehe an ihre Tür, klopfe an, gehe hinein und bitte bescheiden, sie möge doch unserem Ochsen wieder aufhelfen? Bei dieser Bilwis? Hundert Schritt bis vors Haus und keinen näher! Dann brülle ich, was die Lunge hergibt, nach ihr und mache mich aus dem Staub, sobald ich sehe, dass ihre Tür sich bewegt.

Ja, und wart Ihr, Pater, nicht einer von denen, setzte Seyfried heftig hinzu, der seine Hand über der Lumpin hält, dann hätten wir sie längst zum Holzmayer in den Haidwangforst gejagt!

Nun nehmt Vernunft an, Leute, versuchte Kosmas die beiden Männer zu beschwichtigen, ich spreche heute Abend für den Jungen ein Gebet zur Gottesmutter, wenn ihr fürchtet, unser Buckelchen zöge euch von Babelins Haus einen Schadzauber her. Meinetwegen stifte ich am nächsten Sonntag auch noch eine Kerze. Nicht dass ich es für nötig hielte. Doch ihr seid ein abergläubisches Volk, und ich will nicht, dass ihr dem Jungen Beschwernis macht. Er hat ein gutes Werk getan, oder nicht? Er hat Leben gerettet.

Aber er muss nicht der Zaunreiterin ins Haus fallen, brummte Gundel und bekreuzigte sich abermals.

Was ist dabei?, wollte Kosmas wissen. Ich selbst war schon unter ihrem Dach. Sie weiß von Heilkunst und über die Kräfte von Tieren, Pflanzen und Sternen mehr, als man in den unsinnigen Büchern liest, die manche Gelehrte heute darüber schreiben! Nein, Martis, du hast nichts Unrechtes getan. Du kannst morgen die Schafe früher in den Schuppen schließen. Ich gebe dir die Tuchsachen für das Mädchen. Komm, ich hole sie dir gleich, und für dich noch einen trockenen Kittel zum Umziehen.

Die beiden Knechte schauten mich missfällig an. Beklommen stand ich auf. Die Wärme des Biers war verflogen, kalte Angst breitete sich in mir aus. Wenn Gundel und Seyfried nun doch Recht hätten, wenn der Pater sich irrte? War es nicht bekannt, dass die Herren Chorbrüder von Kaisheim der Rechtgläubigkeit von Pater Kosmas nicht ganz trauten und ihm deshalb den vollen Beitritt zum Orden verwehrt hatten?

Ich folgte Kosmas durchs Schneetreiben über den finsteren Hof zum Haus der drei anderen Laienbrüder. Vor mir sah ich im Dunklen das Mädchen, das in meinen Armen gelegen hatte. Ich sorgte mich um sie. Könnte Babelin einen Zauber auf sie werfen? Dann erinnerte ich mich, wie Babelin meinen krummen Rücken berührt hatte. Nachträglich ging mir jetzt auf, dass von diesem Augenblick an der stechende Schmerz aus meiner Schulter verschwunden war. Aus der Gesundquelle hatte ich überhaupt nicht getrunken! Verwirrt folgte ich dem Pater durch den pappigen Schnee und blieb unter der Tür der Laienbrüder draußen im Hof stehen.

Komm herein, Junge, winkte mich der Pater. Die Brüder sind heute mit dem Wirtschaftsbuch ins Kloster. Sie legen beim Prior die Jahresrechnung und kommen erst in den nächsten Tagen zurück.

Ich trat in den dunklen Raum. In der aufgemauerten Feuerstelle glosten faustdicke Kohlen. Kosmas brannte einen Kienspan an und entzündete die Wachskerze auf dem Tisch. Es duftete plötzlich nach Wald und Honig. Ich glaube, ich bin bis dahin nicht mehr als drei oder vier Male im Haus der Laienbrüder gewesen. Zögernd setzte ich mich auf die Kante der Tischbank und sah dem Pater zu, der frische Holzscheite auf den Feuerbock legte. Der Raum war hell getüncht und an der gegenüberliegenden Wand erkannte ich halb verwischt das diesjährige Kreuzsegenszeichen MCCIIIL: Das tausendzweihundertsiebenundvierzigste Jahr der Fleischwerdung unseres Herrn. Der Pater nahm das Licht, ging und holte in der Ecke aus einer Truhe Kittel- und Hemdgewänder, dazu spitze rindslederne Schuhe. Er warf die Kleidung neben mich auf die Bank und stellte die Schuhe auf den Tisch, strich sich durch den kurzen Bart, deutete auf das Schuhwerk und fragte: Werden sie dem Mädchen passen?

Ja, meinte ich, sie müssen nur groß genug sein, denn sie hat lange schöne Zehen.

Willst du dem Mädchen die Sachen immer noch bringen?, forschte Kosmas. Wegen Babelin, du weißt schon, weil Seyfried sie eine Zaunreiterin genannt hat. Eine Zauberin, die nachts mit Unholden ihresgleichen und mit Bilwissen durch die Luft fährt. Doch, Martis, schmunzelte der Pater, ich habe es dir angesehen, du hast ein Gesicht gemacht, als würdest du dich vorm eigenen Schatten fürchten!

Ich hob die Schultern. Pater, gestand ich, ich weiß nicht, was ich denken soll. Ihr geht zur Babelin. Ihr nennt sie sogar eine gute Frau! Aber Eure Brüder aus dem Kloster und die Eigenleute auf dem Hof sind bange vor ihr. Meint Ihr, Pater ob sie wirklich fliegen kann?

Du fragst, ob sie durch die Luft fährt wie ein Rabe oder wie ein anderer Vogel? Das weiß ich nicht. Aber bei uns auf dem Klosterberg im griechischen Meer, da gab es Einsiedler, denen glaubte man schon, dass sie bis in die Himmel aufgestiegen seien! Manche sind darüber wunderlich und unsinnig geworden. Andere kehrten zurück, küßten Pfähle, Steine und ähnliche Dinge und redeten mit der stummen Kreatur.

Habt Ihr das aus Euren Büchern, Pater Kosmas?, fragte ich ihn.

Kosmas winkte ab. Nein, nicht aus Büchern, Junge. Du kannst in den Wäldern mehr finden als in Büchern. Holz und Steine lehren dich alles, wenn du nur recht hinhörst. Nein, ich habe selbst einen solchen Einsiedler gekannt. Als Junge habe ich ihm nämlich Handdienste getan. Ich sah ihn manchmal vor Sonnenaufgang zu einem Teich hinausgehen und er verweilte stundenlang am Wasser. Weißt du, was er dort tat?

Nein, Pater, hat er es Euch gesagt?

Ja, er stand da vor dem Teich und lernte das Lied, mit dem die Frösche lobpreisen. Es dauert sehr lange, erklärte er mir, bis man dieses Lied erlernt.

Der Pater schwieg. Martis, sagte er dann, erinnerst du dich noch, wie ich dir das Radschlagen, das Luftspringen beigebracht habe? Vor ein paar Jahren? Du warst noch zwei Köpfe kleiner. Übst du auch noch?

Ja, antwortete ich, verwundert darüber, was der Pater jetzt mit seinen Springerkunststücken wollte.

Los, befahl er, steh auf, laufe auf den Händen um den Tisch und schlage das Rad!

Ich gehorchte, sprang aus dem Stand auf die Hände, lief vorwärts und zurück über den Steinfußboden und setzte mich aus dem Rad heraus wieder an meinen Platz.

War es gut?, fragte ich außer Atem.

Ja, du hast dazugelernt, seit wir das letzte Mal am Hühnerberg übten. Und wie ist es mit dem Rollsprung durch die Luft? Kannst du den noch?

Ich traue mich nicht, antwortete ich. Den Rollsprung kann ich nicht üben, wenn ich keinen habe, der mich fängt.

Vielleicht üben wir im Sommer. Wenn wir die Schafe in die

Schwemme treiben, versprach der Pater. Dann zwinkerte er mir zu. Du hast doch niemand etwas davon erzählt, dass ich dir die Gauklersprünge beibringe?

Ich lachte und schüttelte den Kopf.

Siehst du, so gefällst du mir, Martis, strahlte der Pater. Nicht wenn du kopfhängerisch dasitzt wie eben. Oder lachst du mich etwa aus?

Nein, Vater, sagte ich und wollte erklären, dass ich mir die Blicke der Brudermönche vorgestellt hatte, wenn sie etwa Kosmas und mich auf den Händen zwischen den Schafen tanzen sahen. Aber bei diesem Gedanken platzte ich noch mehr los und konnte nichts mehr sagen.

Ist ja auch nicht wichtig, erklärte der Pater. Er stand auf, ging zum Feuerbock und rückte das Holz nach. Ich habe Rollsprung, Tanz und Radschlagen von dem Bruder gelernt, der die Frösche beten hörte. Du musst wissen, bevor Andronikus, so hieß er nämlich, auf die Klosterinsel kam, gehörte er zu einer berühmten Gauklergruppe am Hof des griechischen Kaisers. Er sei, erzählte Andronikus, einmal von seinem Bodensprungbrett über den Rücken von acht Pferden mit einer Luftrolle in die Arme seines Fängers gesprungen. Der Kaiser Theodor habe ihm dafür einen Rubin geschenkt, so groß wie ein Taubenei.

Der Pater summte gedankenverloren ein Lied. Es klang lustig. Er ging zu der Truhenwand, nahm seine Knieharfe vom Fach, setzte sich wieder und spielte eine der fremdartigen Weisen, die er aus seiner griechischen Heimat mitgebracht hatte. Zwischendurch sagte er: Das Springen habe ich dir beigebracht, damit du nicht ewig »der Buckel« bleibst. Natürlich hast du das Ding immer noch, aber wenn du gehst und sitzt und läufst, sieht dir keiner mehr den krummen Hund an, der du mal warst. Sie hatten dir drüben im Kloster mehr Schläge als Brot gegeben, war es nicht so? Siehst du, und ich habe dir beigebracht, mit deinem Körper zu leben, ja, zu beten. So nannte das nämlich Andronikus, der Himmelsfahrer und Froschliedersinger, wenn er seine Luftsprünge machte.

Beten nannte der das? Wie ein Ave-Maria?, erkundigte ich mich zweifelnd.

Ein rechter Gauklersprung, sagte Kosmas trocken, ist jedenfalls rechtschaffener als ein gebrabbeltes Gebet!

Der Pater wechselte den Saitenschlag seiner Harfe. Sie klang jetzt fast ungeduldig und böse. Denk bloß nicht, Andronikus sei ein Bruder Luftikus gewesen!, sagte er nach einer Weile. Mit der Regel unserer Mönchsväter nahm er es so ernst wie nur irgendeiner. Aber es kam etwas dabei heraus. Bei dem, was er tat. Vielleicht zeigte er dir nur schweigend einen Handgriff. Aber du hattest das Gefühl, als verändere sich dabei die Welt: Die Erde wurde ein Zuhause, wo wie unter Freunden alles gemeinsam war. In den Hütten brauchte es keine Riegel mehr, keine verschlossene Tür. Auch das Land erzeugte Frucht ohne Mühe. Und kein Wesen lebte mehr von Blut.

Kosmas schaute auf seine Hände. Dann fuhr er tonlos fort: Ich hätte mein Leben für seins gegeben. Aber ich war zu spät. Plündernde Sarazenen hatten unsere Insel überfallen. Auch Andronikus hatten sie erschlagen.

Er stellte die Harfe mit einem Ruck auf die Bank, dass ihre Saiten brummten. Du kannst sicher sein, er hätte sich genau wie ich an Babelins Herdfeuer gesetzt. Und willst du's ganz genau wissen, fügte der Pater hinzu und kreuzte die Arme über der Brust, wenn ich unsere Brüder drüben im Kloster sehe, wie sie vor Andacht schmatzen und den Heiligen die Füße abbeißen, dann ist mir die tolle Babelin schon lieber!

Aber Pater, was redet Ihr!, rief ich entsetzt. Ihr versündigt Euch an Euren Mitbrüdern. Würde der Abt Euch hören, riefe er den Stockmeister!

Es ist ja nicht so gemeint, lenkte Kosmas ein. Ich spreche den Herren Patres ihre Frömmigkeit nicht ab. Aber, Martis, unsere Babelin hat mehr davon als alle zusammen, die sie eine Zaunreiterin oder Nachtfrau schelten.

Doch was ist mit den schlechten Dingen, von denen die Leute reden? Das Zaubern und Besprechen, ihr Luftfahren und Zaunreiten? Woher hat Babelin Macht über das kranke Vieh?

Buckelchen, entgegnete Kosmas, ich höre noch, was Andronikus sagte, zuletzt, als er in seinen Wunden lag. Er sprach deutlich, obgleich ihm schon das Herzblut aus den Mundwinkeln lief. Kosmas, sagte er, in der Stunde meines Abschieds gehe ich von Welt zu Welt. Der Himmel von heute ist die Erde von morgen.

Der Pater richtete sich schwerfällig auf. Begreifst du, sagte er, darum war Andronikus anders als die Klosterbrüder hier. Was er tat, geschah in der Kraft jener Erde von morgen. Wer weiß, vielleicht geraten darum auch Babelin Dinge, die andere nicht verstehen. Am wenigsten die Herren Patres. Aber jetzt lass gut sein. Ich bin müde. Nimm dein Bündel und leg dich jetzt auch ins Stroh. Die Gottesmutter beschütze dich, Junge. Und was ich noch sagen wollte, wenn du Babelin morgen die Sachen bringst, grüße sie von mir.

Kosmas begleitete mich zur Tür. Ich tapste über den Hof zum Haus der Hofeigenleute. Doch die Tür war von innen verriegelt. Hatten sie mich ausgesperrt? Ich ging mit meinem Bündel hinüber zur Scheune und rollte mich ins Heu. Ich hatte noch nicht mein Gebet gesprochen, als ich schon eingeschlafen war.

Erst mit dem Morgenläuten wachte ich auf. Ich nahm die Kleider, brachte sie ins Eigenleutehaus und legte sie auf mein Fach, ging auf den Hof, wo Seyfried schon Rötel, den Ochsen, vor den Karren spannte, und wusch mich im Tränketrog am Brunnen. In der Küche dampfte Milch im Kessel. Ich füllte ein Steingutgeschirr, streute vom groben Dinkel- und Hafermehl hinein und lief zu meinen Hunden. Chnüttel und Harm begrüßten mich laut und ich schüttete ihnen das Futter in zwei

Näpfe. Knurr doch nicht so, sagte ich zu Chnüttel, der böse nach meiner Hand herumfuhr, als ich ihn beim Fressen kraulte. Ich nehme dir nichts weg. Friss dich satt, wir gehen bald los! Dann öffnete ich den Schuppen, und die Schafe kamen herausgedrängelt und suchten im Pferch nach Halmen. Der Schnee von gestern war bis auf wenige weiße Flecken zusammengeschmolzen. Die Sonne stand über dem Hügelrand. Offenbar hatte sich der Wind in den letzten Stunden gedreht, denn vom Osten her lockerte die Bewölkung auf. Es war frisch und ich würde heute draußen den warmen Rock brauchen.

In der Küche traf ich Kosmas. Er gab mir Mus mit gebrocktem Brot und setzte sich mit seiner Schüssel neben mich. Du, wollte er wissen, wie sah dieses Mädchen aus? Blaudunkle, krause Haare, braune Haut? Und eine fremde Sprache war es? Also, ich habe darüber nachgedacht. Ich habe solche Leute früher in Griechenland gesehen. Sie waren mit Pferden, Wagen und Zelten unterwegs, fahrende Leute, und sie nannten sich die Rom. Nein, mit der Petersstadt hat das nichts zu tun. Du musst Rom mit einem kurzen O sprechen. Es hieß, sie kämen aus dem Tartarenland. Keiner wusste das so genau. Pass auf, mir sind ein paar Wörter eingefallen, die das Mädchen vielleicht versteht. Du zeigst auf dich und sagst: Me hom Martis! Darauf weist du auf sie und fragst: Bist du ein Rommädchen? Tu sal romni tschajori? Und dann fragst du nach ihrem Namen: Tiro naw? Ich kann dir nicht versprechen, ob das wirklich Worte ihrer Sprache sind. Aber du kannst es versuchen.

Danke, Pater, sagte ich. Wenn Ihr es mir noch mal vorsprecht, kann ich mir die Worte merken.

Ich übte, bis ich den Klang im Ohr hatte, und dann meinte Kosmas: Überhaupt, wenn sie bis hierher nach Schwaben kommt, dann hat sie doch unterwegs auch ein paar Worte Deutsch aufgeschnappt. Ihr werdet euch schon irgendwie verständigen können. Frage das Kind, was es hier sucht.

Wir aßen schweigend miteinander. Über den gestrigen Abend sprachen wir nicht. Mir war es auch lieber so. Ich musste, wenn meine Schafe um mich waren, erst einmal nachdenken. Irgendwie wehrte ich mich nachträglich dagegen, dass mich der Pater so sehr in sein Vertrauen gezogen hatte. Ich fühlte mich ihm gegenüber jetzt befangen, wie sonst nie und wusste kaum, wie ich Kosmas anschauen sollte. Schließlich war er es ja, der mir meine Arbeit zuwies und sie beaufsichtigte. Ich aber war nur ein Klostereigenjunge, galt noch weniger als sonst ein Knecht, der rechte Eltern oder wenigstens doch eine Mutter hatte. Mich hatte man vor vierzehn, fünfzehn Jahren einfach vor der Klosterpforte von Kaisheim abgelegt.

Ich hatte es plötzlich sehr eilig, mit den Schafen nach draußen zu kommen, um über den Pater, das Mädchen, über Zaunreiter und Froschlieder singende Einsiedler nachzudenken. Über diese schwierige Welt, die mir gestern noch in Ordnung schien. Die Schafe blökten ungeduldig im Pferch, ich griff mein Bündel, packte meine Kappe und den Stab in der Ecke, murmelte einen Gruß und rannte hinaus.

Um die Mittagszeit bemerkte ich eine Unruhe in der Herde. Eins von den zweijährigen Schafen stand offenbar in den Wehen. Ich zerbiss einen Fluch zwischen den Zähnen. Jetzt hatte ich die beiden hochträchtigen Tiere im Schuppen gelassen und stand nun doch allein mit einem Jungschaf, das auf der Weide niederkam. Ich setzte mich zu ihm, holte Salz aus der Tasche und ließ das Tier lecken. Die Wehen kamen langsam und regelmäßig. Ja, ich weiß, sagte ich, es ist das erste Mal für dich. Aber du schaffst es! Keine Angst!

Die anderen Schafe waren beim Grasen dicht aufgerückt, und ich hieß Harm, sie weiter abzutreiben. Die Wehen des Jungtiers wurden stärker und die Augen traten ihm vor den Kopf. Es quälte sich. Ich wischte mit Gras seine Hinterläufe sauber. Die Wehen waren stark genug, die Fruchtblase geplatzt, doch die Geburt kam nicht voran. Chnüttel stöberte aufgeregt um uns herum und fuhr mir plötzlich zwischen die Hände. Pack dich, du dummer Kerl, schrie ich aufgebracht und scheuchte den Hund fort. Inzwischen sorgte ich mich um das Schaf. Ich musste ihm helfen. Ich lief in Richtung des Schwalbholzes den Bühl hinunter. An dem kleinen Bach unten in der Senke wusch und schrubbte ich mir mit Ginsterholz die Hände. Ich rieb meine Filzkappe aus und trug sie mit Wasser gefüllt den Bühl hinauf. Ich rannte mir bald das Herzbändel ab, um zu dem Schaf zurückzukommen. Es war in die Knie gebrochen, ließ die Zunge hängen und atmete in kurzen Stößen. Unter der Wolle zitterte der Leib. Ruhig, mein Kleines, tröstete ich das Tier, ich helfe dir.

Vorsichtig drehte ich das Schaf auf den Rücken und stützte sein Hinterteil mit einer Grasbulge. Während einer Presspause tauchte ich meine Hände ins Wasser und führte sacht die Hand in den Bauch ein, um die Lage des Lämmchens festzustellen. Ich schloss die Augen und tastete nach dem Kleinen. Es hatte den Kopf und die Vorderbeine verdreht. Ich stieß es leicht zurück, und es gelang mir, seinen Kopf nach vorn zu beugen. Dann griff ich nach seinen Vorderbeinen und streckte sie vorsichtig, eins nach dem anderen, in die Richtung des Geburtswegs, fasste beide Vorderfüße und zog behutsam. Jetzt musst du drücken!, rief ich.

Den Heiligen sei es gedankt, die glänzenden Spitzen der Vorderhufe erschienen, ich nahm den Weidenbaumstrick, den ich gedreht hatte, und zog langsam unter dem Pressen der Mutter das Kleine bis zur Hälfte heraus, drehte das Lämmchen leicht, stützte seinen Körper mit dem linken Arm, und dann war es draußen. Ich schaute, ob seine Nase frei von Schleim war, half der Mutter, sich auf die Seite zu drehen, und legte ihr das Kleine zum Abnabeln und Säubern neben die Schnauze.

So, das hätten wir geschafft, lobte ich sie. Ich scheuchte die

Hunde fort und wartete auf die letzte Wehe mit der Nachgeburt. Die Hunde umkreisten uns hechelnd, und im Augenblick, als das Tier die Nachgeburt auswarf, sprangen Chnüttel und Harm mir fiepsend zwischen die Beine, verbissen sich in dem schwabbeligen blutigen Hautsack, blafften und stritten sich wütend. Das verschreckte Muttertier war mit einem Satz auf den Beinen und wäre dabei bald über sein Kleines gestolpert. Voller Zorn griff ich die beiden Hunde an den Ohren, zerrte sie auseinander und schalt sie aus.

Nur langsam konnte ich wieder ruhig atmen und vermochte dem Muttertier zuzureden. Heute Abend musste ich Pater Kosmas sagen, dass wir unsere Schafe jetzt aufstallen mussten. Vielleicht könnten wir ihnen zuerst Hülsenfruchtstroh füttern und nur den säugenden Schafen das Heu und die Trockentreber lassen. Keinesfalls wollte ich noch einmal beim Lammen hier draußen mit den Hunden allein sein. Ich bückte mich zu dem Kleinen. Es sah gesund aus und war ein Böckchen. In Rudelstetten hatte es noch nicht zur Frühvesper geläutet. Aber ich pfiff den Hunden und sie kamen mit eingezogenem Schwanz auf mich zugetrabt. Los, bringt die Herde zusammen, hieß ich sie, wir gehen zum Hofpferch. Ich blies in mein Hütehorn, legte mir das Neugeborene in den Arm und ging neben dem Mutterschaf abwärts den Bühl die Wiesen an der Schwalb entlang zum Anhäuser Klosterhof.

Unweit vom Tor traf ich Pater Kosmas. Er nahm mir das Lämmchen ab und ich berichtete ihm, wie schwierig es war, bis ich dem Kleinen auf die Welt geholfen hatte. Der Pater ließ mich voranlaufen und brachte selbst die Schafe in den Schuppen. Ich eilte ins Haus, griff auf meinem Fach nach den Kleidern und Schuhen für das Mädchen und machte mich zu Babelins Erdhaus auf. Eigentlich hatte ich vorgehabt, Harm mitzunehmen, doch ich war noch immer zornig auf ihn. Als ich aber ein Stück gegangen war, kehrte ich um, lief zum Pferch, nahm die Leine und rief Harm zu mir. Mit zurückgelegten Ohren, aber wedelndem Schwanz kam er auf mich zu: Also, ich will es vergessen, Alter, sagte ich, während ich die Leine festmachte. Du kannst mit. Aber was fällt dir ein, dich von so einem dummen Kerl wie Chnüttel verrückt machen zu lassen! Von dir soll Chnüttel doch lernen! Gut, reden wir nicht mehr davon, komm, Harm, wir laufen.

Ich rannte in die Richtung des alten Kriegsstatthofs, bekreuzigte mich unter dem Gnadenbild an der Weggabelung und schlug den Pfad nach Wemding ein, der durchs Ried führt. Ob sie mich überhaupt wieder erkennen wird?, fragte ich mich. Ich wollte schneller vorankommen, aber der Riedgrund ist gefährlich, da muss man sich Zeit lassen.

Ich fragte mich zum hundertsten Mal, wie das Mädchen von Griechenland hierher gekommen sein sollte. Sie muss ihre Leute verloren haben, sagte ich mir. Oder ihrer Familie ist etwas zugestoßen. Jetzt weiß sie nicht wohin mit sich in dem fremden Land.

Sie würde sich bestimmt über den Kittel und die Schuhe freuen. Oder war sie immer noch so schwach, dass sie nicht ansprechbar war? Me hom Martis!, wiederholte ich Pater Kosmas' Worte. Tiro naw? Und wie heißt du? Ich überlegte mir einen Namen, der zu ihr passen würde. Aber keiner gefiel mir, Mahit, Katrei oder Mechthild, das alles klang nicht richtig und passte nicht zu ihr.

Endlich stand ich an der Lichtung vor der Paradiesspitze. Das halb in die Erde eingelassene Haus war überraschend breit und geräumig gebaut. Moos lag über dem Schilfdach in dicken Polstern. Aus der Giebelluke stieg ein blauer Rauchfaden in die Luft. Harm hatte sich auf den Boden gesetzt und schaute zu mir hoch. Ja, wir sind da, sagte ich zu ihm. Aber zuerst will ich zur Quelle und trinken, komm mit!

Die Quelle war ein paar Steinwurf weg vom Haus. Sie war roh gefasst und das Wasser roch nach Eifäule. Doch in den Dörfern ringsum wissen die Leute, dass es kein besseres Gesundwasser gibt als den Quellsprung bei der Paradiesspitze. Ich nahm ein paar Schluck. Harm zerrte an der Leine fort. Wahrscheinlich mochte er den Geruch des Wassers nicht.

Ich ging langsam auf Babelins Haus zu. Es musste jetzt die späte Vesperzeit sein. Bleib ruhig, wenn du Babelin und das Mädchen siehst, mahnte ich Harm. Setz dich auf den Boden oder leg dich und schlafe. Nur schnüffel nicht in allen Ecken! Dann pochte ich an die Tür. Ich bin es, Martis vom Klosterhof, rief ich und versuchte meiner Stimme einen festen Klang zu geben.

Stoß die Tür auf und komm herein, hörte ich von drinnen. Ich musste mich erst an das dämmerige Licht im Raum gewöhnen. Babelin stand gebückt an der Feuerstelle und rührte in einem Tiegel. Es roch in der Hütte nach süßem Harz. Harm schnupperte, hob den Kopf und bellte. Setz dich, raunte ich ihm zu. Der Hund leckte an meiner Hand und legte sich auf den gestampften Lehmestrich in die Nähe der Türstufen. Dann sah ich das Mädchen. Sie lag mit dem Arm über ihren Kopf auf der Strohschütte und schien zu schlafen.

Mutter, sagte ich und tat einen Schritt auf den Feuerplatz zu, ich habe den Kittel, Schuhe und ein Hemd mitgebracht. Pater Kosmas lässt dich grüßen.

Kosmas, nickte Babelin, rührte weiter in dem dampfenden Tiegel und drehte mir ihr Gesicht zu. Er hat dich also kommen lassen.

Ja, antwortete ich und sah Babelin an. Sie hat ein verwirrendes Gesicht, dachte ich. Eben noch sah sie aus wie eine alte Frau und jetzt verzieht sie den Mund wie das kleine Gänsehütemädchen vom Kriegsstatthof.

He, Martis, sprach mich Babelin an, was guckst du, als solltest du Schnee im Ofen backen?

Ich meine, stotterte ich, wo soll ich die Kleider denn lassen?

Lege sie zu ihr aufs Stroh. Sprich mit ihr, erzähle ihr irgendetwas.

Aber sie schläft doch, widersprach ich. Soll ich sie wecken?

Nein, sie schläft nicht. Sie ist nur ein wenig benommen. Sie hat von dem Kräutersaft getrunken, den ich ihr gab. Der macht zuerst müde.

Hast du herausgefunden, was ihr fehlt?, erkundigte ich mich. Ist sie sehr krank?

Krank ist sie nicht, antwortete Babelin und holte den Tiegel von den Holzkohlen. Doch gut geht es ihr auch nicht. Sie hat Angst und sie ist unruhig. Das Mädchen weiß auch wohl nicht, wie sie hierher gekommen ist. Sie hat auch noch Schmerzen im Bauch.

Babelin sah mit gerunzelten Brauen auf mich und sagte mit flacher Stimme: Sie muss unterwegs wüsten Kerlen in die Hände gefallen sein. Auf ihrem Bauch und an den Schenkeln sind blutunterlaufene Flecken und an einem Arm hat sie dicke Striemen. Jemand hat es böse mit dem Kind getrieben! Babelin stieß mit dem Löffel hart gegen den scheppernden Tiegel, rührte heftig und murmelte erbost vor sich hin.

Ich trat an die Strohschütte, legte die Kleider auf die Filzdecke zu ihren Füßen und sah dem Mädchen ins Gesicht. Sie hatte die Augen aufgeschlagen und schaute mich mit leerem Blick an. Ich kauerte mich vor sie und fragte: Bist du ein Rommädchen? Romni tschajori? Ich merkte in ihren Augen eine plötzliche Bewegung. Ein Rommädchen?, fragte ich noch einmal.

Sie nickte unmerklich, sagte: Awa!, und schloss wieder die Augen.

Du, sagte ich und fasste sie an ihrer Schulter, me hom Martis!

Das Mädchen setzte sich halb hoch und schaute fragend zu Babelin auf, die hinter mich getreten war.

Tiro naw?, erkundigte ich mich weiter. Wie heißt du, dein Name?

Naw! Das Mädchen legte die Hand auf die Brust und antwortete mit hastigen Worten. Dann zeigte sie mit dem Finger auf sich und sagte: Linori!

Du Linori, sprach ich ihr nach und deutete mit dem Kopf auf sie. Das Mädchen nickte heftig. Awa, awa, sagte sie, wies auf sich, auf mich und erklärte. Linori, Mar-tis!

Gut, lachte ich, Mar-tis, das bin ich. Und hier ist Babelin, versteht du, Ba-be-lin, so heißt sie. Sie gibt dir Essen. Babelin gibt dir Saft. Du wirst wieder gesund!

Unvermittelt brach das Mädchen in Schluchzen aus, warf sich zurück ins Stroh und weinte. Ich blieb bei ihr hocken. Am liebsten hätte ich mich zu ihr ins Stroh gesetzt und hätte sie gestreichelt, getröstet. Du, Linori, murmelte ich und merkte, wie mir der Hals eng war, jetzt ist es doch gut. Du bist bei Babelin!

Linori drehte sich gegen die Wand und zog mit einem Ruck die Decke über ihren Kopf. Ihr Körper zuckte und ihr Weinen klang schluchzend aus dem Stroh. Ich stand auf und wollte etwas zu Babelin sagen, da rief es von draußen: Babelin! Harm spitzte die Ohren, setzte sich auf und wollte anschlagen. Pscht!, zischte ich. Keinen Laut! Babelin ging zur Feuerstelle, stieg in ihre Holzpantinen und klapperte die Stufen hoch zur Tür. Bevor sie öffnete, guckte sie sich nach mir um und flüsterte: Lass dich nicht blicken, dass du nicht ins Gerede kommst!

Ich presste die Lippen zusammen, fasste Harm am Halsband, schlich auf den Zehen in die dunkle Truhenecke und kauerte mich neben dem Hütehund auf den Boden. Guter Hund. raunte ich, sei ganz still!

Babelin kam bald wieder, ruckte die Tür hinter sich zu und sagte: Ich muss fort. Die Wemdinger Wehfrau lässt nach mir rufen. Sie will, dass ich komme und ihr helfe.

Babelin nahm ein Tuch, suchte in einem Gefach, brummte ein paar Worte, knüpfte trockenes Kraut von der Schnur unter dem Dachgebinde und schlug ihr Bündel zusammen. Du kannst wohl noch bleiben, Martis, sagte sie im Weggehen. Stell nachher den Feuerkorb über die Kohlen. Ich weiß nicht, wann ich zurück sein werde. Versuche es dem Mädchen zu erklären!

Sie zog den dicken Kapuzenmantel um sich, winkte und verließ eilends das Haus. Ich gab Harm einen Klaps und sagte: Jetzt kannst du wieder schlafen. Leise stand ich auf und schaute mich unschlüssig in Babelins Grubenhaus um. Das verstehe ich nicht, dachte ich. Eigentlich ist es gar nicht unheimlich. Ein wenig fürchte ich mich aber doch. Durch das Rauchloch unter dem Giebel sah ich, dass draußen noch Tageslicht war. Aber hier im Grubenhaus dehnten sich in den Ecken die Schatten. Als es hinten in der Truhenecke raschelte, fuhr ich erschreckt zusammen. Ich sprach mir Mut zu und ging zu Linori, die noch wie zuvor mit dem Kopf unter der Decke lag.

Ich setzte mich an den Feuerplatz, legte Holz nach und fand dabei ein leichtes Stück Erlenholz. Es würde sich gut schnitzen lassen. Ich hatte bald auch ein brauchbares Messer entdeckt und rückte mir den niedrigen Schemel ans Feuer. Die Rinde ließ sich leicht abheben. Ich drehte das weißrötliche Holz zwischen meinen Fingern, prüfte die Maserung und murmelte: Wer bist du? Wer versteckt sich darin? Dann sah ich es. Langsam holte ich die grobe Form eines Vogels aus dem Holz, leicht nach vorn gestreckt mit dem Hals und ein wenig angehobenen Flügeln. Eine Vogelmutter, die nach ihren Nestlingen schaut.

Als ich die rohe Form fertig hatte, legte ich Messer und Vogelholz auf den Hocker und ging nach draußen vor die Tür, um ein paar Reibsteine zu suchen. Als ich zurückkam, saß das Mädchen, die Decke um sich geschlagen, auf dem Schemel. Sie hielt den Vogel zwischen zwei Fingern und hob die andere Hand wie ein Nest. Tschirkulo!, sagte sie und wippte den Vogelschnabel in ihrer Hand.

Ich versuchte Linori nachzusprechen und sie verbesserte mich: Na! Tschir-ku-lo!

Na tschirkulo, wiederholte ich. Linori schüttelte den Kopf, hob den Vogel hoch und zeigte: Tschirkulo, tschirkulo!

Ich begriff und sagte das Wort noch einmal. Mischto!, erklärte sie zufrieden.

Ich nahm einen von den Steinen und machte eine reibende Bewegung: Der Vogel ist noch nicht fertig, machte ich ihr klar. Darf ich ihn wiederhaben?

Ich streckte meine Hand aus und Linori legte den Vogel behutsam hinein. Ich setzte mich neben ihren Schemel auf den Boden, nahm den rauen Stein und glättete das Holz nach, holte mit dem Messer noch einige Fasern unter den Flügeln und hinter dem Kopf heraus und schmirgelte mit dem spitz aufgebogenen Glasflädle die letzten Unebenheiten glatt. Linori hatte einen Holzspan angesteckt und leuchtete mir. Ich nahm den spannenlangen Vogel, hielt ihn vor die Augen und betrachtete ihn. Das Mädchen legte den Kopf schräg und flötete einen zwitschernden Vogelruf.

Ja, es ist eine Bachstelze!, platzte ich heraus. Ich fühlte mich leicht und glücklich. Du hast sie erkannt. Gefällt sie dir?

Linori nahm mir den Vogel aus der Hand, bückte sich, holte ein Stück Holzkohle und trug damit schwarze Farbe auf, zog die Kopf- und Flügelzeichnung nach, rieb mit der Spitze des kleinen Fingers die Farbe ein, schwärzte den spitzen Schnabel, die lang ausgezogenen Schwanzfedern und setzte zuletzt die zwei Augen an das Köpfchen. Romano tschirkulo!, sagte sie und schaute die kleine Bachstelze an, als sei sie geradewegs hierher auf ihre flache Hand geflogen. Ich lehnte meinen verzogenen Rücken gegen Linoris Knie und sah dem Mädchen von unten her ins Gesicht. Wie schön sie ist, dachte ich. Linori, sagte ich, wies auf den kleinen Vogel und dann auf sie, ich schenke ihn dir. Willst du die kleine Bachstelze haben?

Sie beugte sich über mich und küsste mir die Braue. Miro gulo raklo!

Ich fühlte meinen Körper starr werden. Aber das Blut

pochte mir bis zum Kopf. Die Mutter Gottes weiß, dass mir bisher noch niemand einen Kuss gegeben hatte! Ja, der Pater strich mir manchmal über die Haare. Und ich selbst habe dann und wann eins von den Lämmern auf die krumme Nase geküsst. Jetzt saß ich neben dem fremden Mädchen und hatte schreckliche Angst. Ich dachte, gleich müsse ich losheulen.

Mar-tis, sagte Linori und streckte mir den Vogel entgegen. Ich nahm ihn ihr unbeholfen ab und vermied, ihre Finger zu berühren. Linori machte mit der einen Hand ein Nest, legte die Fingerspitzen der anderen hinein, kippelte sie hin und her und zirpte, wie es die Bachstelzenjungen tun, wenn sie nach Futter verlangen.

Ich setzte die Vogelmutter auf den Nestrand, wiegte den Schnabel und pickte zwischen den zappelnden Fingerkuppen des Mädchens. Meine Schüchternheit war verflogen. Wir lachten uns über den Vogel hinweg zu. Linori, sagte ich. Und das Mädchen antwortete: Mar-tis.

Sie hatte ihre Decke abgeworfen. Als ich sie in ihrem zerfetzten Kittel sah, fielen mir die Tuchsachen ein, die ich ihr mitgebracht hatte. Ich gab Linori den Vogel zurück, erhob mich, ging zu ihrer Strohschütte und hielt ihr Kittel und Hemd entgegen. Das ist für dich. Zum Anziehen, erklärte ich und machte eine verdeutlichende Gebärde. Pater Kosmas hat es mir für dich gegeben!

Linori kam herüber und betrachtete die Sachen. Kolo, sagte sie und zeigte auf den Kittel. Dann drehte sie sich um, befahl: Na dik!, und streifte ihre alten Sachen über den Kopf. Einen Augenblick sah ich ihre braune Haut von den Hacken bis zum Nacken und ging zu Harm hinüber. Ich kraulte ihm den Bauch entlang, und der Hund legte sich auf die Seite und reckte wohlig seine Läufe. Dann setzte er sich auf, verfolgte mit den Augen eine Winterfliege und versuchte nach ihr zu schnappen. Ich hörte Linori lachen, guckte mich nach ihr um, und sie machte mit dem Finger die Fliege nach und summte. Harm sprang auf sie zu und versuchte ihren Finger zu schnappen. Linori nahm schnell die Hände auf den Rücken, fragte mich etwas in ihrer Sprache und wies mit dem Kopf auf Harm. Ja, sagte ich, du passt besser auf. Er kennt dich nicht und könnte zubeißen. Komm her, Harm, rief ich. Wir müssen jetzt nach Hause!

Ich sah mich nach der Hundeleine um. Linori hatte sich den Holzvogel vom Schemel geholt und sich auf die Strohschütte gelegt. Durch die Rauchluke sah ich, dass es inzwischen dunkel geworden war. Babelin war noch nicht zurück! Konnte ich das Mädchen hier im Haus allein lassen?

Harm sprang an mir hoch. Ich nahm ihn am Hals und stieg die Stufen zur Tür. Ich öffnete und schaute nach draußen. Mar-tis!, rief Linori hinter mir. Ihre Stimme klang verstört. Sie hockte im Bohnenstroh und starrte zu mir hinüber. Harm rannte mir davon. He, rief ich, komm zurück! Ich ging zur Hausecke und pfiff. Über dem Kranichholz stand rötlich der volle Mond. Der Wind hatte sich gelegt. Aber es war frostig kalt geworden. Endlich kam Harm herbei, stupste mich mit der Nase am Bein und ich ging mit ihm wieder zurück ins Haus. Auf der untersten Stufe wartete Linori. Sie hatte ihre Fingerknöchel im Mund und biss auf ihnen herum. Harm lief die Stufen hinab. Ich zog die Tür hinter mir zu und blieb an der obersten Stufe stehen. Harm und ich werden warten, bis Babelin kommt, sagte ich.

Linori lief zu ihrem Stroh zurück, schüttelte das flachgelegene Gebund, legte sich und drückte den kleinen Vogel gegen ihre Brust. Sie sah mich unschlüssig die Schultern heben und rückte auf die Seite. Ich legte mich neben sie, schob meinen Arm unter den Kopf und starrte hinauf unter die rußigen Dachspanten. Linori rollte sich zu mir und legte ihre Backe gegen meine Schultern. Ich dachte daran, wie ich das Mädchen gestern auf meinen Armen getragen hatte. Mar-tis, sagte sie, ich antwortete nicht. Später hörte ich ihre regelmäßigen

Atemzüge. Sie war eingeschlafen. Lange Zeit lag ich ausgestreckt neben ihr und wagte mich nicht zu rühren, damit ich sie nicht weckte.

Schließlich musste auch ich eingeschlafen sein. Dann hörte ich Harm rau und anhaltend anschlagen. Ich setzte mich benommen auf und versuchte mich zurechtzufinden. Es war gänzlich dunkel um mich. Dann hörte ich die Tür gehen. Schritte kamen schwer die Stufen hinab. Still!, hörte ich Babelins Stimme Harm zurufen. Junge, fragte sie dann und trapste zur Feuerstelle, bist du noch da?

Ja, Mutter, antwortete ich und stand im Dunkeln auf. Harm kam und schnupperte an meinen Füßen. Ich hatte auf dich gewartet, erklärte ich Babelin, aber dann war ich so müde.

Babelin hatte inzwischen einen Span entzündet und steckte den Docht der Talglampe an. Ich sah ihr an, dass sie erschöpft war. Ich ging zu ihr und sagte: Du bist spät, Mutter!

Das Kind ist tot zur Welt gekommen. Ich konnte nichts mehr tun, antwortete sie undeutlich. Und weil man ein totes Kind nicht taufen kann, hat die Wehmutter das Kleine abgerieben, ans Feuer gelegt und ihm Luft in die Nase geblasen, dass es aussah, als lebte es. Dann hat sie es getauft und nach dem Totengräber geschickt. Er hat das Kleine gleich mitgenommen und begraben.

Babelin streifte ihre Holzschuhe ab und zog den Kapuzenmantel aus. Was ist mit dem Mädchen?, fragte sie.

Sie schläft. Aber sie war zwischendurch auf. Wir haben am Feuer gesessen, berichtete ich.

Aber was wird jetzt mit dir, Junge?, forschte Babelin. Es ist Nacht. Du musst zurück zum Hof. Wenn sie merken, dass du die Nacht über fort warst, werden sie dich schelten!

Ich nickte. Dann musst du gleich gehen!, drängte sie. Du findest gut zurück, denn die Sterne sind hell und der Mond ist noch beinahe voll.

Ja, und ich habe Harm, sagte ich.

Das ist gut. Aber pass auf, wenn du in Nebel kommst. Es sind schon Leute ins Ried gegangen und nicht wiedergekommen!

Es ist schon gut, Mutter, sagte ich, verabschiedete mich und ging. Ob ich wollte oder nicht, natürlich dachte ich an die Spukgeschichten, die beim Flachsbrechen die Runde machen. Kürzlich erst wusste einer der Laienbrüder von einem Mann zu erzählen, den sie vor Jahren in Heroldingen wegen Zauberei gepfählt und begraben hatten. Er hatte gestanden, alljährlich in den zwölf Nächten nach der Weihnacht als Werwolf Vieh gerissen zu haben. Ich nahm Harm kurz an die Leine und ließ ihn vor mir hergehen.

## Kesseltreiben

Mitten im Ried lag dick ein Nebelschwaden. Mit klatschendem Flügelschlag flog eine Eule dicht an mir vorbei. Ich spürte den Luftzug und gleich darauf hörte ich sie in der Nähe warnend bauzen. Harm ließ sich nicht stören. Er folgte mit der Nase unseren Spuren zurück. Dann tauchten wir in den nieselnden Nebel ein. Langsam, Harm!, flüsterte ich. Der Nebel erstickte jedes Geräusch. Darum fuhr ich schrecklich zusammen, als ich plötzlich ein gereiztes Fauchen hörte. Harm zerrte wie wild zur Seite. Es musste eine Wildkatze sein, die irgendwo im Geäst saß. Ich hielt den Hund mit Gewalt zurück. Er fiepste und japste. Ich traute mich auf dem schaukelnden Moorgrund keinen Schritt weiter, bückte mich und riss Harm so fest zu mir, dass er über mich fiel. Mit einem Satz war er wieder auf den Beinen, die glitschige Leine rutschte mir durch die Finger und Harm war verschwunden. Komm sofort her, schrie ich erbost. Harm bläffte mit spitzer Stimme und zwischendurch hörte ich das erregte Fauchen der Katze.

Fuß vor Fuß versuchte ich, Harm durch den Nebel nachzugehen. Dann sah ich ihn mit den Vorderpfoten gegen eine Moorkiefer hochgestemmt stehen. Über ihm war der Schatten einer mächtigen Katze, die mit ihren Krallen nach unten schlug. Harm heulte auf. Ich brüllte los, fand einen dicken, nassen Knüppel und schleuderte ihn in den Baum. Mit einem Satz fuhr die Katze im gestreckten Sprung an mir vorbei und verschwand im Nebel. Harm hing fest und konnte ihr nicht nach. Seine Leine hatte sich mehrfach um den krüppeligen Stamm gedreht. Ich wagte mich kaum in die Nähe des schäumenden Hundes. Ruhig doch, redete ich ihm zu. Setz dich, mach Platz, hörst du! Er hob den Kopf, dass seine Nase wie eine Morchel stand. Ich ging langsam zu ihm und fasste ihn hinter den Ohren. Deine Katze ist auf und davon, Alter, sagte ich, jetzt beruhige dich mal! Ich löste die verschlungene Leine von der Kiefer und wickelte sie mir dreimal um die Hand. So, komm weiter! Harm nahm unsere Spur wieder auf und wenig später waren wir aus dem Nebel heraus. Jenseits der Wörnitz erkannte ich in der klaren Luft den krummen Buckel des Wennebergs und hielt darauf zu. Am Boden hatte sich dünnes Eis gebildet und knirschte unter meinen Füßen.

Noch vor Tagesanbruch war ich zurück im Klosterhof. Chnüttel bellte. Ich schickte Harm zu ihm in den Pferch. Leise schlich ich mich über den Hof in die Scheune, streckte mich lang ins Heu, sprach mein Ave-Maria und dachte an Linori, bis ihr Bild mit meinen Traumbildern verschwamm.

Auch in den folgenden Nächten schlief ich im Heu. Seit jenem Abend, als ich zuerst bei Babelin war, hatten Seyfried und Gundel mich aus dem Eigenleutehaus ausgesperrt. Mit des Paters Erlaubnis konnte ich noch zweimal hintereinander in der Woche vom dritten Advent zu Babelin gehen. Aber sieh dich vor, Junge, hatte mich Kosmas gewarnt, dass dich so spät am Abend keiner draußen erwischt! Was ist mit den beiden Knechten im Haus? Fragen sie dich nicht, wenn du erst im Dunklen kommst?

Sie halten die Tür vor mir verriegelt, seit sie mich neulich auszankten. Seither schlafe ich in der Scheune, bekannte ich mit schlechtem Gewissen.

Pater Kosmas wiegte den Kopf. Na gut, aber denke daran, wenn es Ärger mit dir gibt, dann tanzt mein Stock auf deinem Buckel!

Ich zog die Schultern zusammen und senkte den Kopf, packte die Mistkarre und wartete, dass der Pater weiterging. Aber Kosmas stieß mich mit seinem Stock und fragte: Was ist mit diesem braunen Mädchen? Konnte sie verstehen, was ich dir vorgesprochen hatte?

Ja, Pater, entgegnete ich. Ihr hattet Recht. Sie ist eine von den Romleuten.

Was du nicht sagst, Buckelchen, sagte der Pater überrascht. Dann muss ich sie mir mal anschauen. Vielleicht kommt sie aus meiner Heimat!

Ich schob den Mistkarren in den Schafschuppen und packte auf. In dieser Woche hatten bereits mehrere Schafe geworfen. Es gab jetzt viel zu tun. Die Arbeit machte mir Spaß. Es ist eigentlich die schönste Zeit für mich, wenn ich um die Weihnachtszeit aus dem Eigenleutehaus in den Schafstall umziehe und dort beim Licht der Öllaterne schlafe, um gleich zur Stelle zu sein, wenn eins der Tiere sein Junges zur Welt bringt. Doch jetzt war ich mit meinen Gedanken ständig in Babelins Haus, wiederholte die neuen Worte, die Linori mich gelehrt hatte, und freute mich auf das nächste Wiedersehen.

Der Hofplatz war in den letzten Tagen hart gefroren. Eiszapfen hingen von der Traufe am Schafstall und der Weg durchs Ried war jetzt leicht zu besehen. Es war der Rauchabend am Vorabend vom Thomastag, dass ich zum letzten Mal in Babelins Haus an der Paradiesspitze war. Bruder Bernhard, einer der Klosterpriester von Kaisheim, war zu uns auf den Hof gekommen. Er räucherte mit einem Novizen die Häuser, Scheunen und Ställe zum Schutz gegen Schadzauber und Krankheit. Ich führte die drei in den Schafstall und der Priester las seine Gebete über dem Schmalvieh. Der angehende Mönch schwang mit ernstem Gesicht das Rauchfass und der Laienbruder sprengte mit dem Wedel den Schafen Weihwasser in die Wolle.

Wer bist du denn?, wollte der Priester beim Hinausgehen wissen.

Ich bin Martis, der Eigenjunge, antwortete ich. Früher habe ich im Kloster beim Seiler gearbeitet. Kennt Ihr mich nicht mehr?

Doch, doch, jetzt schon, wenn du sprichst, sagte der Priester freundlich. Du bist inzwischen fast ein Mann geworden! Dir fehlt nur noch der Bart im Gesicht.

Damit hat es noch Zeit, Herr, antwortete ich.

Gehst du auch eifrig zur Beichte?, forschte der Priester. Ein Junge in deinem Alter hat viele Anläufe des Satans, ist es nicht so? Er drehte sich nach unserem Laienbruder um. Ihr haltet doch die nötige Aufsicht über ihn, nicht wahr? Lasst ihr ihn allein mit den Schafen austreiben?

Ja, das muss wohl sein, gab der Bruder betreten Auskunft. Wir haben zu wenig Leute. Wenn Ihr noch einen Burschen im Kloster habt, könnten wir den gut gebrauchen. Ich habe es dem Herrn Grangarius bereits mehrfach gesagt. Sonst weiß ich nicht viel über den Buckel hier. Pater Kosmas teilt ihm seine Arbeit zu.

Der Priester schaute mich abermals an. Also, das nächste Mal kommst du zum Beichtigen ins Kloster, erklärte er in bestimmtem Ton. Hast du verstanden, Junge?

Ich nickte und fühlte mich schlecht. Ich hatte seit Wochen keine Beichte mehr gesprochen. Bisher war mir noch nie ein schweres Bußwerk aufgelegt worden. Schließlich hatte ich auch immer genug Prügel bekommen. Aber in den letzten acht Tagen war so viel geschehen, dass die Worte von Pater Bernhard mich mit schierem Entsetzen erfüllten. Mutter Gottes, betete ich leise, was soll ich denn bloß tun?

Wenig darauf war ich mit einem Stück frischen Käse und Butter unterwegs zu Babelins Grubenhaus. Der abnehmende Mond glitzerte auf den Eisflächen im Ried. Harm hatte ich diesmal bei Chnüttel gelassen. In dieser Nacht stürmt Frau Holt mit ihren Bilwissen und Unholdinnen durch die Lüfte, so sagt man. Wehe dem Menschen, den die Fahrenden draußen am Wegrain treffen, heißt es in den Dörfern. Aber unter dem klaren Himmel war mir nicht bange. Das Sternbild des großen Jägers war über den Hügeln erschienen und ich schritt aus, so schnell ich konnte.

Vor Babelins Haus vernahm ich das Gemurmel von Stimmen durch das Rauchloch dringen. Es musste auch sehr hell im Haus sein, durch die Ritzen des Ladens und der Tür schimmerte das Licht bis vors Haus. Ich klopfte und meldete mich mit Namen. Drinnen verstummten die Stimmen. Einen Augenblick war alles still. Dann hörte ich Babelins Holzpantinen auf dem Estrich klappen. Die Tür öffnete sich einen Spaltbreit und Babelin schaute mich schweigend an. Mutter, sagte ich, ich bin's, Martis! Kann ich ins Haus kommen?

Warte noch, beschied sie mich, schloss die Tür, und dann verhandelten, wie es mir schien, ein paar Leute im Haus miteinander. Die Tür ging wieder auf, ein breiter Lichtstreif fiel heraus und Babelin winkte mich herein.

Ich blieb wie geblendet auf der obersten Stufe stehen. Ringsum war der Raum mit frischem Eibengrün behangen, Kienspäne und Kerzen leuchteten dazwischen. Neben dem Feuerplatz lag eine lange Tafel auf den Tischböcken. Der Duft von frischem Brot, Kräutern, Honig, Gewürzen und süßem Wein lag in der Luft. Um den Tisch saßen acht oder zehn Leute in reichfarbenen Gewändern, und die Augen von Babelins Gästen blickten forschend zu mir die Stufen hinauf. Es waren Frauen und Männer. Die Frauen trugen ihr Haar lose und hatten es mit Bändern durchwirkt.

Babelin legte mir den Finger auf die Lippen und wies mich zum Schlafplatz von Linori. Ich stieg ungelenk die Stufen hinab und konnte doch nicht die Augen von Babelins Gästen wenden. Ihre Gesichter glänzten. Sie hatten ihre Gespräche leise wieder aufgenommen und ihre Stimmen klangen warm. Einige hatten die Arme umeinander gelegt, andere hielten sich zärtlich an den Händen. Linori lag und schlief. Ich setzte mich zu ihr ins Stroh. Babelin kam, sie trug ein blaues, weit geschnittenes Ärmelkleid. In einem Tonbecher reichte sie mir Wein. Nimm und trink, sagte sie, und lege dich zu ihr. Ruhe ein wenig. Ich trank den Becher in zwei langen Zügen aus. Babelin lächelte mir zu. In meinem Kopf begann es zu summen, die Gestalten an der Tafel verrutschten vor meinen Augen. Ich fühlte mich gut. Es war, als kämen von fern Träume zu mir aus einem Land voll Sonne. Menschen trugen ihre bloße Haut wie ein leichtes Gewand. Sie berührten einander ohne Scheu und liebten sich ohne Furcht. Das Summen in meinen Ohren klang jetzt wie ein griechisches Insellied. Oben in einer Eibe saß Pater Kosmas versunken im Gebet. Er verwandelte sich in einen Kranich mit leuchtend rotem Scheitel, breitete über das glitzernde Meer die Schwingen aus und aus seinem Gefieder sprühte goldener Regen. Ottern, Moore und Wälder riefen einander mit Namen. Eibenzweige wuchsen zu ausgebreiteten Armen, streckten sich zu mir und zogen mich empor. Ich zitterte und schämte mich meiner buckeligen Blöße. Da lehnte das braune Mädchen ihren Kopf gegen mich, ihr Haar wehte um meine Schulter und ich trug sie über das Meer. Auf den Wellen blühten Trollblumen, Lichtnelken, roter Blutweiderich, Mädesüß und Wasserhanf. Mein Rückenweh war verschwunden, die Kröten sangen, die Berge schlugen ihre Augen auf und ich wusste, dass es kein Traum mehr war, sondern der allerjüngste Tag. Dann hörte ich den Wind. Er schwoll an. Fuhr mir ins Gesicht. Meine Arme wurden schwer. Der Rücken stach. Ich stemmte mich gegen den schneidenden Luftzug, wich Schritt für Schritt hinter mich, mein Gesicht brannte unter salzigen Tränen, Schlingpflanzen umwanden meine Füße und ich stand allein im nebelbrodelnden Moor und schrie.

Die Nebelschwaden rissen und ich setzte mich auf. Babelins Gäste verließen in ihre Mäntel gehüllt das Erdhaus. An der Tür rüttelte der Wind, die Kerzen flackerten. Ich suchte mit den Augen nach Babelin. Sie stand mit dem Rücken gegen mich gekehrt, hatte ihre Arme um Linori geschlungen und streichelte ihr offenes schwarzblaues Haar. Ich legte mich zurück und schloss die Augen. Vor dem Fensterladen hörte ich leises Lachen. Ich lag im Halbschlaf und war doch hellwach. Langsam bekam ich die Augen wieder auf, kniete mich hoch und sah, dass in der Hütte nur noch Babelin und Linori waren.

Tongeschirr klapperte, Babelin stellte den Feuerkorb über die glosenden Kohlen, und ich ging und half ihr, die Tischbretter von den Böcken zu heben.

Du hast geschlafen und geträumt, meinte Babelin und schaute mich an. Ich sehe es in deinen Augen. War es gut, wovon dir träumte?

Ich erinnere mich nicht mehr an alles, antwortete ich. Aber es war etwas Gutes. Wenigstens zuerst. Doch dann kam ein Wind, stieß mich ins Moor und mir war bange.

Du weißt, Martis, was wir in einer Losnacht träumen, das wird wahr, sagte Babelin, als wir später unter der Tür standen.

So sagt man, antwortete ich. Vielleicht waren es aber auch deine Gäste, denen ich im Traum begegnet bin, oder? Wozu hattest du sie geladen? Waren es Fremde oder sind es Leute von hier?

Ach, Junge, du hast viele Fragen! Es sind meine Geschwister, wenn du so willst.

Warum aber triffst du dich mit ihnen in einer solchen Nacht? Von der es heißt, dass es spukt? Wo alle zu Hause bleiben, ihre Türen und Läden verriegeln?

Vielleicht ist es besser so, entgegnete Babelin. In dieser Nacht fragt niemand die Fahrenden, woher sie kommen, wohin sie gehen.

Ich merkte, dass Babelin nicht mehr sagen wollte, verabschiedete mich und da fiel mir noch das Bündel ein. Es liegt neben Linoris Strohschütte, sagte ich. Es ist Butter und Schafskäse darin.

Danke, Junge, sagte Babelin, zog mir die Kapuze über und drückte mich an sich. Du sagst besser niemand, was du hier gesehen hast, hörst du?

Auch nicht Kosmas, dem Pater?, erkundigte ich mich.

Der Pater! Babelin hatte wieder ihr Gänsemädchengesicht. Bei dem ist das etwas anderes. Aber warum sollte er dich danach fragen?

Draußen wehte es und blies. Ich zog meinen Mantel eng um mich. Nun war es doch noch Rauchnachtwetter geworden! Ich hatte keine Ahnung, wie weit die Stunden inzwischen vorgerückt waren. Der Mond lief durch die Wolken und vereinzelt wirbelten Schneeflocken im Wind. Ich beeilte mich, zum Klosterhof zu kommen, durchquerte das Ried, legte mich im Schafstall ins Heu und wartete auf den Morgen. Die Laterne brannte. Noch vor dem Morgenläuten kamen zwei Lämmer zur Welt. Sechs waren bis jetzt geboren, eine Zwillingsgeburt war dabei und alle waren gesund. Ich schüttete gerade das Futter auf, als die Dachreiterglocke auf dem Bruderhaus zum Morgengebet am Thomastag anschlug.

In den nächsten Tagen fand ich vor lauter Arbeit kaum aus dem Stall. Die Mutterschafe kamen eins nach dem anderen mit ihren Lämmern nieder, manchmal standen zwei, drei Tiere auf einmal in den Wehen. Die Öllampe brannte jede Nacht und Pater Kosmas half mir tagsüber. Milch stand hoch in den Zubern und die Laienbrüder besorgten das Käsen und Buttermachen. Zwei Beckengeburten machten uns große Schwierigkeiten und ein Mutterschaf starb über der Geburt. Meine Hände rochen ständig nach gekochtem Leinsamenöl. Sogar zur Weihnachtsmesse ins Kloster konnte ich nicht. Es war gut, dass ich nicht mitgehen musste. So kam ich wenigstens um die Beichte herum. Aber ich kam auch kein einziges Mal fort von den Schafen, um nach Linori zu sehen. Inzwischen lag der Schnee einen Klafter hoch und ich hätte mich ohnehin schlecht bis zu Babelins Grubenhaus durchschlagen können. Überdies war ich ganz unbeschreiblich müde. Ich konnte keine Nacht durchschlafen und stolperte am Tag über meine eigenen Beine. Von den Weihnachtstagen weiß ich nicht mehr viel. Doch, am Anklopferstag vor der Christnacht gab es die leckeren Klamirrn, mit Schlehenkompott gefüllte gebackene Semmelschnitten. Damit habe ich mich voll gestopft, dass ich danach nichts mehr essen mochte.

An einem der ersten Tage im angehenden Jahr saß ich mit Pater Kosmas im Heu und hatte ein Auge auf Ava, eins unserer ältesten Mutterschafe, die mit den Wehen nicht richtig vorwärts kam. Wir hätten im Herbst den Bock nicht zu ihr lassen sollen, bemerkte der Pater stirnrunzelnd. Hoffentlich kann ich ihr helfen. Er ging zu dem Zuber mit Leinsamenöl und schrubbte sich die Hände. Aber als wir zu Ava zurückkamen, war die Geburt schon im Gang. Der Pater zog leicht an den Vorderläufen, während Ava presste. Ein wenig später war das Kleine da. Wir wischten uns die Hände im Heu und sahen Ava zu, die ihr Lämmchen sauber leckte.

Pater, fing ich an, da ist etwas, was ich Euch fragen möchte.

Und was mag das sein, Buckelchen?

Es ist wegen der Beichte. Ich fürchte mich davor. Pater Bernhard vom Kloster hat mir neulich aufgetragen, ich solle zum Beichtigen ins Kloster kommen. Er sah mich dabei an, dass ich ein schlechtes Gewissen bekam.

Junge, fragte der Pater, hast du denn rechte Sünden?

Darum wollte ich eben Euch fragen, erklärte ich unglücklich. Da ist die Sache mit Babelin, ich meine, dass ich so oft in ihrem Haus gewesen bin. Was wird der Priester dazu sagen? Dann habe ich da im Grubenhaus einmal das Mädchen von hinten gesehen, wisst Ihr, ohne alle Kleider.

Ich war froh, dass der Pater wegschaute, denn ich war bis in den Nacken rot geworden. Und dann habe ich Träume, fuhr ich stockend fort. Auch tagsüber denke ich daran. Ich weiß nicht, wie ich darüber reden könnte. Mit meinen Gedanken bin ich auch immerzu bei dem Mädchen, bei Linori. Ich habe Angst davor, dass mich der Priester nach den Gefühlen fragt, mit denen ich an sie denke. Unter Umständen müsste ich auch von den Leuten in Babelins Haus erzählen, die neulich bei ihr waren, in der Rauchnacht auf den Thomastag. Ich bringe die Frau vielleicht noch mehr ins Geschrei. Überhaupt hat sie es mir verboten, einem anderen als Euch davon zu erzählen.

Was für Leute waren denn das in der Rauchnacht?, erkundigte sich Kosmas und ich sah, wie er unruhig über die grobe Kutte strich.

Ich bin bald eingeschlafen, gestand ich, und eigentlich habe ich nicht viel mitbekommen. Jedenfalls war es beinahe wie in der Kirche, schon wegen der vielen Kerzen, und auch Brot und Wein standen auf dem Tisch. Einen Priester hatten sie aber nicht dabei. Auch lasen sie nicht aus dem guten Buch. Sie umarmten sich, sie waren lieb zueinander und ich hatte einen Traum. Ihr, Pater, wart zu einem Kranich geworden. Auf dem Meer gab es Blumen wie im Moor.

Martis, sagte der Pater halblaut, Babelin hat Recht. Du sprichst darüber besser mit keinem. Auch nicht in der Beichte, hörst du! Lass die beiden, die tolle Babelin und das Mädchen, ganz heraus.

Aber was soll ich denn dem Priester sagen?, erkundigte ich mich und verstand nun gar nichts mehr.

Was du auch sonst vorzubringen hast, Junge. Beichte, dass du mir nicht gehorsam gewesen bist. So ist es doch, oder etwa nicht? Und sag ihm, dass du auf der Weide ins Feuer gepisst hast? Auch das stimmt doch, oder? Ich jedenfalls habe es als Hütejunge getan. Es ist zwar keine Sünde, aber der Priester wird dich deswegen vermahnen. Ja, und dann gib zu, dass du neulich ein großes Stück Käse und Butter geklaut hast. Doch, doch, ich habe es schon gemerkt! Also ich bin sicher, dir wird noch mehr einfallen.

Pater, soll ich denn mit zwei Zungen im Hals reden?, fragte ich entsetzt. Bei der Kommunion bleibt mir dann das heilige Sakrament im Mund kleben.

Komm, Martis, winkte mich der Pater und ging mit mir über den Hof zur Küche. Er nahm einen Brotfladen aus dem Gefach, brach ihn und gab mir ein Stück davon. Da, nimm und iss!, befahl er.

Es war Honigbrot und schmeckte gut. Ich hatte Hunger, der

Pater und ich setzten uns, und wir aßen mit vollen Backen. So, jetzt noch einen Schluck Bier, forderte Kosmas mich auf, und dann lass uns zurück zum Stall gehen. Ich bin sicher, das Schaf mit den beiden braunen Hinterläufen ist bald so weit!

Wir setzten uns auf unseren Platz ins Heu und Kosmas fragte: Also, wie ist das? Ist dir das Brot im Hals stecken geblieben?

Wieso?, entgegnete ich. Warum sollte es? War etwas daran nicht richtig?

Doch, sagte Kosmas, es war alles, wie es sein soll. Der Leib des Herrn ist in jedem Stück Brot gegenwärtig, nicht anders als im Sakrament vom Altar.

Pater, sagte ich leise, schon um Euretwillen würde ich nicht wagen, zur Beichte zu gehen. Wenn die Priester Eure Worte erführen, Ihr müsstet als Ketzer brennen!

Kosmas zuckte die Schultern.

Es ist auch keine Hilfe für mich, fuhr ich unwillig fort, wenn Ihr solche Reden führt. In der letzten Zeit kann ich kaum mehr die rechten Worte für mein Gebet zusammenbringen. Ich verhaspele mich und das Gegrüßt-seist-du-Maria dauert mir zu lang.

Buckelchen, ist das so schlimm? Was du bist, wie du bist, das soll Unserer Lieben Frau etwas sagen! Den Mund und die Lippen bewegen bringt jedenfalls nichts, wenn es nur ein Krampf für dich ist.

Aber wozu braucht man dann überhaupt die Kirchen, all die Klöster, die Priester, euch Mönche? Und warum bleibt Ihr hier auf dem Klosterhof, Pater, warum?

Was ich tu, ist meine Sache, entgegnete Kosmas. Ich bin hier bei Vieh und Schafen schon am richtigen Platz. Und was die Kirchen, Prälaten, Priester und die Klöster angeht, so meine ich, das alles muss es wohl für eine Weile noch geben. Doch einmal wird für den ganzen Kram kein Platz mehr sein zwischen Unserer Lieben Frau und uns, ihren Geschwistern. Bis dahin müssen wir damit leben wie du mit deinem Kober auf dem Rücken. Nur, du verstehst, wir sollten schon jetzt ab und zu Radschlagen üben und durch die Luft fliegen, damit wir uns nicht zu sehr an den krummen Gang gewöhnen. So, und da hat es auch endlich unsere Braune geschafft! Ich bin froh, dass bisher beim Lammen alles so gut gegangen ist. Der Herr Grangarius wird sich freuen, dem Abt darüber berichten zu können.

Kosmas rieb sich die Hände und blickte mich von der Seite an. Besser, du gehst in Zukunft nicht mehr zu Babelins Haus! Du bringst, ohne es zu wollen, sie und ihre Freunde in Gefahr.

Ich machte ein unglückliches Gesicht und der Pater meinte: Nun ja, ein letztes Mal magst du noch gehen. Wenn alle Schafe durch sind mit dem Lammen. Aber dann ist Schluss! Wenn hier auf dem Hof ruchbar wird, wo du dich herumtreibst, bist du beim Stockmeister dran. Er bringt es fertig und verkauft dich unter der Hand zum Steinbrechen oder gar in die Silbergruben nach Hall.

An Johannes nach der Weihnachtswoche mussten wir die Herde teilen. Im Schuppen war es zu eng geworden für die zweihundertvierzehn Tiere mit achtzig Jungtieren. Wir schafften in der Zehntscheuer Platz und Kosmas betrachtete kummervoll seine geringen Heuvorräte. Jetzt werfen die Schafe wie in den besten Jahren, bemerkte er düster, und das Futter ist kärglich wie selten!

Wir ließen die Mutterschafe mit ihren Jungen im Schuppen am Pferch und stallten die Tiere, die noch nicht geworfen hatten, in der Scheuer auf. Ich band einen Kesselhaken an einen Balken im Mittelgang und hängte die Öllaterne darunter. Meine Sachen aus dem Eigenleutehaus räumte ich aus dem Gefach und zog ganz in die Scheune um. Noch über zwei Wochen würde ich hier schlafen müssen, bis alle Schafe geworfen hatten. Dann würde ich Linori zum letzten Mal sehen. In den letzten Jahren hatte ich vierzehn Augsburger Pfennige zusammengespart. Ich nähte sie nachts in den Kittelsaum. Sie würden mein Abschiedsgeschenk für das Mädchen sein.

Im letzten Viertel des zunehmenden Monds, es war die letzte Rauchnacht in den Zwölfen, am Abend also vor dem Dreikönigsfest, schlug das Wetter um. Föhniger Wind blies drei Tage aus dem Süden, der Schnee schmolz zusammen, die Schafe waren reizbar und störrisch. Alles war klamm und triefend nass, auf dem Hof wie in der Scheune, und ich bekam meinen Mistkarren kaum mehr bis an die Grube. Harm und Chnüttel waren unausstehlich. Sie trieben sich überall herum. Den Chnüttel erwischten die Brüder sogar in ihrem Haus, wo er in der Küche Dörrfleisch und Würste zerrissen hatte. Unsere Strafe bekamen wir beide. Chnüttel die Fußtritte der Brüder, und ich wurde von Seyfried verprügelt. Er tat das ausgiebig und gern. Warum achte ich auch nicht besser auf meine Hunde, hieß es. Schließlich bleibe mir jetzt in den Faulenzertagen Zeit genug, meine Arbeit wenigstens halbwegs ordentlich zu versehen. Ich solle mich, ordneten die Brüder an, unverzüglich in den Schweinestall packen und Gundel Mistausheben helfen.

Ich habe unter dem Stock nicht geschrien. Den Gefallen wollte ich Seyfried nicht tun. Chnüttel und Harm band ich in der Scheune an den Ochsenkarren und schlurfte zu Gundel bei den Schweinen. Ich plackte mich bis zur Vesper mit dem schweren Mist ab. Gundel wurde unterdessen zum Holzreißen befohlen. Ich war allein mit meinem Zorn und meiner Wut, bis Kosmas gelaufen kam. Ich mache Krenfleisch aus dir!, schrie er erbost. Warum bist du nicht an deinem Platz in der Scheune? Zwei von den Jungschafen haben sich totgeworfen und du stehst hier im Mist!

Vor lauter Schluchzen bekam ich keinen Ton heraus. Ich stach weiter den Mist aus, und der Pater brüllte mich an, bis ich mühsam hevorbrachte: Pater, die Brüder haben mich in den Mist gestellt, weil Chnüttel die Würste im Brüderhaus verbissen hat.

Kosmas stürmte hinaus. Ich stellte die Gabel in die Ecke, zog den Mistkittel aus, ging ans Wasserfass und wusch mich. Meine Striemen brannten, und mein Rücken war so verzogen, dass ich vor Schmerzen das linke Bein nachzog, als ich zur Scheune ging. Die beiden Schafe lagen bei der Tür auf dem Estrich, und mir wurde elend, als Gundel und Seyfried mit finsteren Blicken hineinkamen, die beiden Kadaver aufnahmen und damit über den Hof verschwanden. Morgen bekamen die Brüder wenigstens leckeres Schaffleisch zu essen, dachte ich bitter. Es mag sie über ihre verdammten Würste trösten. Ich fand im vertretenen Streugras das Lämmchen des einen Schafs tot in der Nachgeburt. Es sah aus, als hätte es bei der Geburt den Hals gebrochen. Ich nahm es mit dem Streugras zusammen auf, hackte hinter dem Hof ein Loch und begrub es.

Ich holte mein Mus aus der Küche und ging in die Scheune. Aber ich brachte keinen Löffel hinunter. In dieser Nacht brachten fünf Tiere ihre Jungen zur Welt, jetzt blieben vielleicht zwölf Schafe, die noch nicht gelammt hatten. Ich kroch ins Heu und schlief erschöpft bis über das Morgenläuten.

Keiner der Hofleute ließ sich am nächsten Tag im Stall oder bei der Scheune sehen. Erst zur zweiten Vesper kam Pater Kosmas. Er schaute mir schweigend und mit gesträubtem Bart beim Futteraufschütten zu, spuckte auf den Boden und brummelte schließlich: Du hättest auf dein Hundevieh wirklich besser aufpassen sollen. Da haben die Brüder schon Recht. Wie viel Schafe sind jetzt noch vor dem Wurf?

Neun sind es, denke ich, antwortete ich, ohne aufzublicken. Dann leg dich heute drüben in den Schafstall und schlaf eine Nacht durch, sagte Kosmas. Du siehst aus wie das Leiden Christi! Ich bleibe in der Scheune.

Ich ging zu meinen Sachen, packte sie unter den Arm und drehte mich zu Kosmas um. Ich danke Euch auch, Pater, verabschiedete ich mich.

Schon gut, Martis, wehrte der Pater ab. Und ich habe den

Brüdern gesagt, dass Seyfried dich nicht mehr schlagen darf. Wenn du schon deine gerechten Prügel beziehst, dann will ich es lieber tun.

Als ich im Schafstall lag, brach unvermittelt die Angst durch, die ich während der letzten Tage in mir gespürt hatte. Meine Glieder flogen und ich dachte, es müsse mir die Brust zerreißen. Das Mädchen in Babelins Haus. Ich kam einfach nicht zu ihr. Ich warf mich auf den Bauch, verwühlte das Heu, biss mir vor Unrast den Arm. Mitten in der Nacht fasste ich meinen Entschluss. Ich zog mir im Dunklen Kittel und Schuhe über, tastete nach dem Hütehorn und hängte es an den Holznagel neben der Tür, schlüpfte in meinen Kapuzenmantel, stieß draußen das Holzschloss zu und lief weg vom Hof in Richtung Rudelstetten. Ich musste versuchen, über das Dorf auf dem Wemdinger Karrenweg zur Paradiesspitze zu kommen. Nach dem Tauwetter war der Weg durchs Ried nicht begehbar.

Ich näherte mich Rudelstetten und die Dorfhunde schlugen an. Ich umging Kirche und Häuser. Der Weg durchs Feld war eine böse Schinderei. Ich versackte bis über die Knöchel, Schlamm spritzte mir ins Gesicht. Wäre nicht der nun schon fast volle Mond gewesen, hätte ich nicht einmal den Karrenweg ausmachen können. Der befestigte Weg war teilweise abgerutscht, unterspült und verworfen. Die Fronleute von Rudelstetten würden sich plagen müssen, bis der Weg im Frühjahr wieder befahrbar sein würde.

Der Karrenweg mochte bis ans Holz bei der Paradiesspitze kaum mehr als drei, höchstens aber vier Meilen messen. Mir kam er wie eine Ewigkeit vor. Ich kam auf dem schweren Grund nur langsam voran, und es begann schon zu tagen, als ich endlich das Waldstück sah, hinter dem die Gesundquelle liegen musste. Ich verließ den Karrenweg und sank fast knietief ein. Erst an dem mit Erlen und Birken bestandenen Waldrand bekam ich wieder festen Boden unter die Füße. Ich schob mich gebückt durch das Unterholz, kam auf eine sumpfige

Lichtung und wusste nicht mehr, wo ich mich befand. Meine Arme waren aufgeschrammt von Schlehendornen und Weißdornstacheln. Ich ließ mich auf einem fauligen Baumstamm nieder. In welcher Richtung musste ich das Grubenhaus suchen? Schließlich stand ich auf, hielt mich in weitem Bogen nach rechts und prüfte den Himmel, ob ich nicht Rauch von Babelins Herdfeuer entdecken konnte.

Inzwischen war die Sonne aufgegangen. Plötzlich roch ich durchdringenden Brandgeruch. Bei allen Heiligen, hier gab es doch für einen Köhler kein Holz. Ich ging dem scharfen Geruch nach und stand plötzlich neben der Quelle. Ich starrte hinüber zu Babelins Haus. Die Wände waren eingestürzt, das Haus in der Grube zusammengefallen und schwarz verkohlt standen ein paar Dachsparren in die Luft.

Als ich näher kam, flogen zwei Elstern heiser schackernd auf. Dann stand ich an Babelins Tür. Der Pfosten, der das Türblatt hielt, stand schräg im Boden und die Tür hing schief nach außen. Wo war Babelin, wo war das Mädchen? Gute Mutter Gottes, vielleicht hatte es gebrannt und sie waren im Haus umgekommen! Ich kraxelte über das nasse kohlige Holz in die halb aufgefüllte Grube. Über den abgesunkenen Dachresten lagen Trümmer der lehmbeworfenen Flechtwerkwände. Wie kamen die dahin?, fragte ich mich. Es sah nicht aus, als hätten die Wände bis außen Feuer gefangen. Dann erblickte ich an einem äußeren Lehmgefach schartige Spuren von Hackenschlagen. Jetzt erst wurde mir die schreckliche Wahrheit klar. Man hatte Babelins Haus angesteckt und zerstört, was danach noch stand!

Was hatten sie mit Babelin gemacht? Wo war Linori geblieben?

Ich kletterte aus der Grube und bückte mich nach einem Stückchen hellen Holz, das aus dem Schlamm stak. Es war die Schwanzfeder unserer Bachstelze. Ich kratzte die nasse Erde auf und da lag das zertretene Tierchen. Seine Flügel waren geknickt und sein Schnabel abgebrochen. Ich legte die Schwanzfeder dazu, deckte Erde darüber und ging. Querfeldein durch Ginster, Heidekraut, Seggen und Dornen in die Richtung, wo ich auf die Wemdinger Straße stoßen musste.

Das spitzige Ziegeldach auf dem viereckigen Turm der großen Pfarrkirche stach scharf in den hellen Winterhimmel. Seitlich davon war die Spitalskirche, und zwischen beiden erhoben sich die Dächer des Maierhofs und des steinernen Burghauses der Ritter zu Wemding. Rings darum duckten sich die Holzhäuser und Hütten der Dorfleute hinter dem Etterzaun. Ich war einige Male mit dem einen oder dem anderen der Laienbrüder im Ort gewesen und kannte mich in den Gassen aus.

Wemding war der Ort, um nach Babelin zu fragen. Die Dörfler mussten wissen, was ihr zugestoßen war. Sie mussten das Feuer, den Brand und den Rauch in der Senke vor ihrem Dorf gesehen haben. Zugleich ahnte ich, dass die Wahrheit schlimmer war. Ich hatte den halb verkohlten Pflock mit dem aufgepflanzten blutbespritzten Messer am Kreuzweg gesehen. Doch ich wehrte mich mit Gewalt dagegen, das wahrzuhaben, was ich befürchtete.

Es hatte inzwischen zur Terz geläutet und die Wemdinger waren vom Morgenmus aufgestanden. Ich ging durch das Ettertor, grüßte den Burgmann, der mich kurz musterte und vorbeiwinkte. Auf den Gassen suhlten sich die Schweine im Abfall. Herdfeuerschwaden zogen um die Rauchluken der niederen Giebel. Ein Junge trieb seine Ziegen, und ich drückte mich an die Wand, um die Tiere vorbeizulassen. Aus der Pfisterei am Markt roch es nach frischem Brot und ich spürte einen würgenden Brechreiz. Über der Tür eines Fachwerkhauses auf steinernem Sockel sah ich das Schild der Schenke, in der die Brüder einzukehren pflegten. Ich stieg die zwei Stufen hinauf und fand den Schenkraum trotz der zeitigen Morgenstunde voll mit Männern, die hinter ihren Biertöpfen saßen.

Talglichter flackerten an den Wänden und erhellten dürftig die Gesichter der Gäste. Ich drückte mich auf eine Bank in der Nähe der Tür. Niemand beachtete mich. Nur ein rotschwarz gefleckter Straßenhund beschnupperte meine feuchten Hosenkleider. Im Raum quirlten lärmende Stimmen, kollerndes Lachen und spitze Rufe durcheinander.

Jawohl, schrie ein untersetzter Mann mit schwarzer Kappe zum anderen Tisch hinüber, wir haben uns das Freibier redlich verdient. Es war immerhin keine Kleinigkeit mit der Alten. Ihr könnt Gift darauf nehmen, hätte ich den verdammten Karren nicht vorher gekehrt und ausgewaschen, sie wäre uns am Ende doch noch durch die Lappen gegangen. Denn eine Bilwis war sie, so viel steht fest! Was denkt ihr, wie ich vor Abendläuten am Hundsloch vom Maierhof vorbeikam, flatterte da ein schwarzer Hahn in der Luft. Bitte, das sagt doch alles!

Die Männer nickten beifällig und einer von ihnen meinte: Schon recht, Borschön, aber was willst du? Es hat ja nie jemand etwas anderes behauptet.

Das war nicht immer so, beharrte Borschön. Er rückte seine Kappe aufs andere Ohr und lehnte sich breit über den Tisch. Ich weiß es noch gut! Meine Mutter selig ist früher sehr geplagt worden von ihrer Nachbarin, einer Zauberin. Damals hat man die Weiber noch nicht gebrannt, leider, kann ich nur sagen! Meine Mutter hat die Bilwis aufs Allerfreundlichste halten und ihr schöntun müssen. Denn die Bilwis quälte sie und ihre Kinder, dass sie vor Jammer schrien! Als der Pfaffe die Bilwis mit Worten strafte, bezauberte sie auch den, und zwar so, dass er sterben musste. Man konnte ihm mit keiner Arzenei helfen. Die Bilwis hatte nämlich Erde genommen, auf der er gegangen war, ins Wasser geworfen und darüber ihren Schadzauber gesprochen.

In unserer Jugend trieben sie es freilich nur selten ganz so dreist wie heute. Das musst du zugeben, Borschön, fistelte ein

Männchen in meiner Ecke und stieß den Zeigefinger aufgeregt in die Luft. Ich habe die Alte geschoren und du, Borschön, hast es selbst gesehen: Wie ich ihr auf dem Kopf das Geschwulst aufschnitt, platzte griesiger Krötenlaich heraus. Ich dachte, Kannler, das ist dein Ende, du hast diesen Teufelsdreck angefasst! Ich bin im Badgässchen in den Zuber gesprungen und habe darin so heiß gesessen, dass mir bald die Haut abgekocht ist.

Kannler, grinste Borschön zum Bader hinüber, du kannst es mir glauben, die Alte hat bei mir im Kessel mehr geschwitzt als du in deinem Badezuber. Aber das muss jeder dir lassen, du hast sie rundherum schön sauber geschoren! So gut, wie nur ein Bader sein Handwerk versteht. Was sagst du, Kerlinger?

Alles, was recht ist, bestätigte der hagere Mann am Tresen und wischte sich das Bier aus dem grauen Schnauzbart. Ich war dabei, wie du sie untersucht hast. Da habe ich dem Pater meine Geschichte auch gleich angezeigt. Nämlich, wie ich in der Woche vor St. Thomas aus dem Bett geholt wurde. Ich sollte das Kind der Oberhauserin begraben. Die Wehmutter gab an, sie hätte es getauft, solange es noch Atem hätte. Aber mir konnte sie nichts weismachen! Das Kind hatte einen blauen Striemen um den Hals. Es war tot geboren. Die Zaunreiterin hatte es auf den Kindsspeck abgesehen, das ist doch klar!

Sie rieb damit die Backmulde aus, mit der sie nachts durch die Lüfte strich!, nickte Borschön.

Du nimmst mir die Worte aus dem Mund, erklärte der Mann Kerlinger. Wisst ihr noch, am Allerkindeleintag nach der Weihnacht? Wie es da stürmte? Ich verriegele gerade den Laden, da höre ich in der Luft Kindergeplärr. Ich habe mich gleich vielmals bekreuzigt und hinter mich gespuckt.

Nun, Männer, ließ sich Borschön wieder vernehmen, zerknackte genüsslich einen Floh und blickte um sich in die Runde, die Alte soll uns nicht mehr Hagel in die Frucht schicken oder nachts die Kühe melken, dass ihnen die Milch wegbleibt!

Der Schwarzrockpater hat mich zuvor aufgeklärt, wie ich sie anfassen musste, und da war die Sache für mich gelaufen.

Der Mann neben dem Bader erklärte: Schließlich bist du als Büttelmann dafür auch gut bezahlt worden! Wie viel ist denn eigentlich für dich dabei rausgesprungen?

Borschön verzog den Mund. Gut bezahlt, sagst du? Fünf lumpige Silberpfennig augsburgisch, mehr war nicht drin! Das ist verdammt wenig, wenn ihr meine Meinung hören wollt. Aber ihr kennt ja unseren Amtmann, wie knauserig der ist. Hätte vielleicht einer von euch hier die Alte anfassen wollen?

Borschön blickte herausfordernd die Männer an den Tischen an. Bitte, da habt ihr's! Keiner von euch hätte sich's getraut! Und ich gebe euch sogar Recht. Für das lumpige Geld hätte ich es auch nicht gemacht. Ich habe es dem Andenken meiner Mutter selig zulieb getan. Denn die Alte war eine von der allerübelsten Sorte. Die hat den Mund nicht aufgesperrt bis zuletzt! Ja, ich kann es beschwören, sie hat ihre Seele zum Arsch rausgefurzt!

Die Männer grölten. Einer schrie: Wie willst du das gesehen haben, Borschön? Sie saß doch in deinem Kessel!

Borschön guckte beleidigt. Dann sagte er zu dem Mann an seiner Seite: Pater Jorge, jetzt ist es an Euch, was zu sagen.

Der Mann in der schwarzen Kutte hob die Hand. Jetzt erst sah ich seine tonsierten Haare. Leute, vermahnte der Pater die Männer, lasst den Büttelmann. Er hat seine Sache sauber gemacht. Ihr alle habt euch versündigt. Denn allzu lange habt ihr diese Babelin ihr Unwesen treiben lassen! Nachlässig seid ihr gewesen, um nur das Mindeste zu sagen. Vielleicht sogar, wer weiß, wenn die Zauberin nur hätte reden wollen und Pater Sixtus noch den einen oder anderen Namen genannt hätte, dann säßen einige von euch jetzt nicht hier beim Bier, sondern drüben im Hundeloch!

Betretenes Schweigen folgte den Worten des Mönchs. Doch ich hielt meine peinigende Ungewissheit nicht mehr länger aus und schrie: Was habt ihr denn mit Babelin gemacht? Wo ist sie? Und wo habt ihr das Mädchen gelassen?

Die Männer in der Schankstube sahen mich groß an. Das ist eine gute Frage, sagte Borschön schließlich und stemmte die Hände auf den Tisch. Was ist mit dem Mädchen? Die ist uns nämlich durch die Finger gewischt! Aber was weißt eigentlich du über die Sache?

Wer ist überhaupt der Bursche?, rief jemand. Bist du nicht der Schafsjunge vom Anhäuser Klosterhof?

Ja, er ist es, fiepste Kannler, der Bader, in den höchsten Tönen und griff über den Tisch nach meinem Kittel. Ich schüttelte seine Hand ab und erklärte: Babelin ist eine gute Frau! Sie tat niemand etwas zuleide. Ich war in ihrem Haus. Ich habe mit ihr geredet. Sie hat sich um das Mädchen gekümmert, das ich halb tot zu ihr brachte.

Still, still, Ruhe, Männer!, verlangte der Mönch und der Lärm legte sich allmählich. Du hast mithin die Zauberin gekannt! Gut gekannt, wie du sagst. Stimmt das?

Ja, bestätigte ich. Und eine Backmulde, von der euer Büttelmann da sprach, die habe ich zum Beispiel nie in ihrem Haus gesehen! Was habt ihr also mit der Frau gemacht?

Die Bilwis hat ihren gerechten Prozess bekommen, stellte der Mönch sachlich fest. Leider ist sie unbußfertig gestorben. Aber wer weiß, vielleicht kannst du uns die Namen verraten, die sie uns verweigert hat?

Ihr gemeinen Säurangen, heulte ich auf, ihr habt sie also wirklich umgebracht! Ich machte einen Satz auf die Tür zu, rannte jemand den Kopf in den Leib und war draußen. Haltet ihn!, hörte ich den Pater rufen.

Wie hätte ich ihnen entkommen sollen! In der Gasse beim Fischkasten hatten die Männer mich schon eingeholt, der halbe Ort rottete sich zusammen, der rotschwarze Hund aus der Schenke bekam meine Hose zu fassen und dann führten sie mich zum Maierhof. Der Mönch aus der Schenke wartete dort bereits an der Tür. Borschön, es reicht, wenn du mitkommst, befahl er. Dann sah er mich nachdenklich an und sagte beinahe wohlwollend: Junge, was ist dir? Du zitterst ja am ganzen Leib! Wir gehen zu Pater Sixtus und er wird dir ein paar Fragen stellen. Ist das so schlimm?

Der schwarze Pater ging voran und Borschön schob mich durch die eisenbeschlagene Tür. Wir standen in einer Diele. Setz dich mit ihm da auf die Bank, wies der Mönch den Stockmann an. Er durchquerte die Diele und pochte an eine der Türen, die wohl in die übrigen Räume des Hauses führten. Er erschien bald darauf wieder und winkte nach mir. Los, geh schon, knurrte Borschön und knuffte mich in die Seite, lass die Herren nicht warten.

Als ich in den Raum kam, sah ich den anderen Pater. Er beugte sich über den Tisch, an dem ein vornehm gekleideter Mann mit dem Zirkelmaß Linien auf einem Pergament vermaß. Nach einer Weile blickten beide auf. Pater Sixtus war einarmig und einäugig. Der Mann mit dem Zirkelmaß musste Heinrich oder Ernst, einer der beiden Ritter sein, die Wemding zum Lehen hatten.

Da ist er, der Junge, erklärte Pater Jorge. Ich denke, wir können aus ihm noch einiges über die Zauberin herausbringen. Er gibt zu, dass er auch das Mädchen kannte. Er will sie sogar der Bilwis ins Haus gebracht haben!

Gott, die Sache ist doch erledigt, knurrte der Ritter ungeduldig. Die Kirche hat bekommen, was sie wollte. Die tolle Babelin ist tot, was noch mehr? Lasst das Dorf in Ruhe! Die Leute tun seit Tagen nichts als herumstehen und sich die Mäuler zerreißen! Wenn aber im Herbst Zehnt und Zinsen fällig sind, klagen sie, die Steuern seien zu hoch. Die Kirche soll sich um ihre eigenen Angelegenheiten kümmern!

Die beiden Mönche verzogen keine Miene. Herr Heinrich, sagte der Einarmige nach einer Pause, wollt Ihr dulden, dass Ungläubige und Ketzer die Kirche entweihen, den eigenen

Mutterschoß? Soll die Kirche ketzerische Schlechtigkeit gewähren lassen, durch deren Unwesen die Herde der Gläubigen wie von räudigen Schafen angesteckt wird? Ihr seid doch ein getreuer Sohn der Kirche, oder?

Pater Jorge zog mich am Arm. Dieser Junge hier kann uns von großem Nutzen sein. Wenn er uns weiterhilft, wäre nicht zuletzt auch Euch geholfen! Wie sollen denn die Leute Zins und Fron und Abgaben leisten, wenn den Armen das Brot fehlt? Ist es nicht gerade der Schadzauber dieser Bilwisse, der Christenmenschen um die ehrlichen Früchte ihrer Arbeit bringt?

Ja, ja, unterbrach der Ritter den schwarzen Pater gereizt. Ihr müsst mir nicht die ganze Litanei herunterbeten: Anstiftung schädlicher Gewitter, von Donner, Hagel, Wind, Regen, Stein über Gehölz, Vieh und Getreide, Wolfs- und Mäuseplage, für alles müssen die Bilwisse herhalten. Etwa auch für seinen Buckel?, bemerkte der Ritter spöttisch und deutete auf mich.

Wer weiß, erwiderte Pater Sixtus und musterte mich prüfend. Immerhin müsste es die Kirche besser beurteilen können als Ihr, meint Ihr nicht?

Ich glaube eher an den halsstarrigen bösen Geist, der in den Leuten selber steckt, dass sie nämlich ihre gebotenen Pflichten schlampig und nachlässig tun!, schimpfte Heinrich, der Ritter. Wenn ihr mir eine Bilwis bringt, die für die Faulheit der Leute zuständig ist, trage ich eigenhändig für sie das Holz auf den Richtberg!

Ihr vergesst, Ritter, fuhr Pater Jorge nachsichtig fort, dass es des Kaisers Erlass, dass es das Reichsgesetz ist, das Euch, dem weltlichen Arm, gebietet, der Kirche in dieser Sache zu Diensten zu sein. Und dass der Heilige Stuhl uns, den Dominikanerbrüdern, den klaren Auftrag gegeben hat: die Schmäher des göttlichen Namens und die Verkleinerer des christlichen Glaubens der weltlichen Gerichtsbarkeit zur gerechten Strafe zu überstellen.

Aber Friedrich, der Staufer, ist doch in euren Augen seit fast zwei Jahren kein rechtmäßiger Herrscher mehr! Eine Bestie, so hat ihn der Papst genannt. Wie könnt ihr da seine Gesetze in euren Mund nehmen, euch auf ihn berufen, Pater?

Ich erinnere mich nicht, erklärte Pater Sixtus kühl, dass irgendein Reichstag die kaiserliche Ketzerverordnung Friedrichs aufgehoben hätte. Mithin bleibt sie geltendes Recht.

Ach, macht doch, was ihr wollt, sagte der Ritter und schluckte. In diesem Land wagt ja bald niemand mehr ohne Befehl von Rom die Hand oder den Fuß zu rühren.

Sage dem Büttel, er solle den Jungen bis zum Montag im Hundeloch verwahren, wies Sixtus Pater Jorge an. Der Ritter möchte noch meinen Rat in einigen geschäftlichen Angelegenheiten. Lasst uns jetzt allein.

Pater Jorge deutete mit dem Kopf zur Tür. Du hast gehört, Junge, du kannst dir inzwischen überlegen, was uns zu wissen nützlich wäre!

Ich antwortete nichts. Seit ich wusste, dass Babelin tot, Linori verschwunden war, fühlte ich mich wie abgestorben. Ich ließ mich von Borschön zum Hundeloch abführen. Die Straßenkinder spuckten nach mir. Sie bewarfen mich mit Dreck. Es traf mich nicht. Ich reichte dem Büttel meine Hände und ließ mich im Hundeloch an die Steinwand anschließen.

Über das Hundeloch will ich kein Wort verlieren. Es war das, was sein Name sagt. Ich trauerte um Babelin, ich grämte mich wegen Linori. Mit dem Erschöpfungsschlaf kamen undeutliche Träume. Ich wurde vom Essen geweckt, das man mir zuschob. Es war reichlich. Ich schlief und schlief. Ich aß halb im Schlaf und schlief weiter.

Ich streckte mich beim Erwachen, spürte die eisernen Armringe an mir und hörte die Kette durch die Wandöse scheppern. Im Dunkeln bekreuzigte ich mich und sprach ein Ave-Maria für Babelin. Ich war entschlossen, Linori wiederzufinden. Als sich der Verschlag zum Hundeloch öffnete, war es Borschön, der Büttelknecht, der kam, um mich den Dominikanerpatern vorzuführen. Zwei Tage und Nächte hatte ich durchgeschlafen. Jetzt hatte ich nur noch den Wunsch, freizukommen, um Linori zu suchen.

Die zwei Dominikaner warteten auf mich im Maierhof. Pater Jorge spitzte die Feder über dem Pergament, während Pater Sixtus im Raum auf und ab ging und mich befragte: Also, was ist dein Name, Bursche? Wo ist der Ort, an dem du geboren bist? Wer sind deine Eltern?

Martis heiße ich, gab ich an.

Wieso Martis?, schaute mich Sixtus befremdet an. Dies Martis, das bedeutet Dienstag in der Kirchensprache.

Der Pfortenbruder von Kaisheim hat mich an einem Dienstag auf der Stufe gefunden. Da hat man mich so gerufen.

Der Pater guckte belustigt zu Jorge hinüber. Die Brüder von Kaisheim haben Sinn für Humor, das muss man ihnen lassen. Und, fuhr er an mich gewendet fort, wie alt bist du?

Dreizehn Jahre, oder vierzehn, fünfzehn? Ich habe es nicht gezählt und keiner hat es mir bisher gesagt.

Gut, stellte Sixtus fest, dann bist du demnach ein Eigenjunge der Zisterzienserbrüder. Nun die Ursache, warum du hier stehst. Du hast dich selbst verdächtig gemacht. Pater Jorge hat berichtet, was du in der Schenke gesagt hast. Nun frage ich dich, Junge, hast du dich dem leidigen Satan ergeben? Hast du Gott, seine Heiligen und die Sakramente verleugnet?

Ich blieb stumm und schüttelte den Kopf.

Hast du nicht Zauberei getrieben, damit zukünftige Dinge, Heimlichkeiten und Schätze erkennen wollen? Hast du dich unterstanden, mit besonderen Worten oder Teufelskünsten Krankheiten zu vertreiben? Hast du Gebresten oder andere Übel den Leuten und dem Vieh zugefügt?

Von dem allen weiß ich nichts, Pater, antwortete ich ernsthaft. Ich bin Hütejunge des Klosters. Die Brüder kennen mich. Ich bin beichtigen gegangen, wenn ich sollte, und habe Prügel bekommen, wenn ich musste.

Schön, glauben wir dir erst einmal. Du merkst, wenn du nicht verstockt bist, hast du nichts zu fürchten. Die Kirche liebt ihre Kinder. Das hast du bisher ja auch wohl bei den Brüdern eures Klosters erfahren.

Ich hob die Schultern und sah zu Boden. Mein Rücken stach.

Nun zu der Zauberin, dieser Frau Babelin. Ist dir bekannt, welche Leute von ihr gelähmt oder gar getötet worden sind? Besonders, ob die Frau nicht kleine Kinder verletzt, gestohlen, hinweggeführt und die ungetauften ausgegraben hat? Was hat sie mit den ausgegrabenen Kindern und ihren Gebeinen angestellt? War sie mit Giften umgegangen, mit Schlangen oder anderen zauberischen Tieren? Hat sie teuflische unzüchtige Liebe gemacht oder verursacht, durch die Frauen oder Männer zu Fall gekommen sind, oder unschuldige Jungfrauen und junge Gesellen gelehrt, mit dergleichen teuflischen Sachen ihren Mutwillen zu verbringen?

Ich hau ihm auf die Rotze, da wird er schon reden!, knurrte Borschön hinter mir, als ich zu allen Fragen nur den Kopf schüttelte.

Lass den Jungen, fuhr der Pater ihn an. Also, Martis, du weißt nichts von derlei Dingen. Aber du kannst uns wohl sagen, wer bei der Verurteilten aus und ein gegangen ist?

Pater, antwortete ich, Seyfried und Gundel sind manchmal vom Klosterhof zu ihr geschickt worden, um Babelin zu rufen, wenn ein Stück Vieh gefallen war. Aber die sagten, sie seien nie bis zu ihr ins Haus gegangen, sondern hätten draußen nach ihr gerufen. Sonst wüsste ich keinen anderen Namen, fügte ich hinzu. Ich war auch nicht mehr als viermal in ihrem Haus. Wie soll ich da Namen wissen?

Der Pater trat dicht vor mich und legte mir seinen einen Arm auf die verzogene Schulter. Es gab mir einen heißen Stich und ich zuckte zusammen. Sieh mir in die Augen, befahl er.

Ich sah auf sein verschlossenes totes Auge und fühlte, wie sein Blick mich durchstach. Ich dachte einen Wimpernschlag lang an Pater Kosmas im Eibenbaum am griechischen Meer und hielt dem Blick des Paters stand.

Du hast diese Frau Babelin gemocht, Junge, nicht wahr?

Ich nickte.

Und du bist der Meinung, ihr sei durch uns Unrecht geschehen?

Ja, hauchte ich, Babelin war eine gute Frau. Ihr hättet sie nicht brennen dürfen!

Dann will ich dir eins verraten, erklärte Sixtus. Ich trage unter der Kutte, hier auf meiner Brust, ein Stück von dem Brot, das der Herr Jesus mit seinem Messer geschnitten hat. Darum konnte uns die Zauberin nichts anhaben. Aber frage einmal den Stockmann, was derweil unten im Stall über unsere Pferde gekommen ist.

Genau, bestätigte Borschön und begann eifrig zu berichten: Ich selbst hatte ihnen das Futter aufgegeben. Aber am Abend, als wir die Zauberin in den Kessel setzten, sind beide an Kolik verreckt. Die Bilwis hatte ihnen das Blut zum Herzen gezogen und den beiden dermaßen hart zugesetzt und sie geplagt, dass es nicht zu beschreiben war!

Hörst du, Martis, mahnte der Pater, trat zurück und nahm seinen Rundgang im Zimmer wieder auf! Und du verteidigst gegen studierte und erfahrene Männer diese Frau!

Aber ich schwöre bei der Gottesmutter, dass ich nichts Böses über sie zu sagen weiß, entgegnete ich ruhig.

So, bei der Gottesmutter willst du schwören. Wann hast du zuletzt das Ave-Maria gesprochen?

Noch im Hundeloch, fauchte ich. Was wollt Ihr denn noch alles wissen?

Die Patres hatten sich ans Fenster begeben und besprachen sich auf Lateinisch miteinander. Ich verstand nichts und schaute mich nach Borschön um. Als er meinen Blick spürte, schnitt er eine bösartige Grimasse.

Junge, sagte Sixtus und kam wieder auf mich zu. Wie war

denn das mit dem Mädchen? Erzähle uns von ihr. Seid ihr miteinander unzüchtig gewesen? Habt ihr heimliche Dinge getan, die du bisher verschwiegen hast?

Ich lachte. Dann erzählte ich, wie ich das Mädchen gefunden hatte, dass sie krank war, und was Babelin von den Flecken auf ihrem Bauch gesagt hatte.

Die Patres schauten sich bedeutungsvoll an und der Büttel auf dem Schemel schnaufte. Ich verschwieg, dass Pater Kosmas mich Worte ihrer Sprache gelehrt hatte, und erwähnte seinen Namen überhaupt in keinem Zusammenhang. Auch dass ich ihre bloße Haut gesehen und neben ihr gelegen hatte, ging die Patres nichts an.

Sixtus und Jorge sprachen wieder lateinisch miteinander und schlugen wiederholt Kreuze über sich. Junge, sprach jetzt Jorge, wer weiß, dies Mädchen war sogar die Schlimmere von den beiden. Wie hätte sie hierher nach Rätien kommen können, wenn nicht durch die Luft! Dann sitzt sie im Moor nicht unweit von der Zauberin ihrem Haus! Endlich ist nach deinen eigenen Worten deutlich, dass der Satan selbst ihr hart beigelegen hat. Du kannst von Glück sagen, dass du noch lebst!

Ich hätte mich beinahe verschluckt. Was für eine unsinnige Geschichte die beiden sich da im Handumdrehen ausgedacht hatten! Ich wollte antworten, doch Sixtus hob die Hand. Nein, schweige, gebot er. Wir haben eben darüber gesprochen, was mit dir zu geschehen hat. Wir werden in den nächsten Tagen, so Gott will, bei den Brüdern in Kaisheim vorbeireisen. Wir werden sie anhalten, ein strenges Auge auf dich zu haben! Ja, und einer der Priester soll dich dort noch einmal genau examinieren. Du bist noch ein junger Bursche, dumm und überaus leichtgläubig, wie es eben von deinem Alter zu erwarten ist. Der Bader von Wemding soll dir zur Strafe den Kopf kahl scheren und der Büttelmann wird dir vor den Leuten am Schandstock vierzig Rutenstreiche geben. Denn es ist offensichtlich, dass du dich uns nicht als besonders bereitwillig erweisen wolltest. Du verharrst sogar noch in dem verstockten Glauben, der Zauberin sei durch uns, den Vertretern der heiligen Inquisition, Unrecht geschehen. Lass dir deine Strafe geben und geh in dich! Das Übrige überlassen wir den Brüdern deines Klosters.

Führe ihn hinaus an den Schandstock, binde ihn und hole den Bader, befahlen sie Borschön. Der zog mich nach draußen und die Patres folgten ihm. Ich ging wie ein Schaf, das man zur Schlachtbank führt. Man band mich an den Pfahl und ich machte mein Gesicht zu Stein. Ich spürte die Schere des Baders nicht, sah nur meine langen, kastanienbraunen Haare in den Gänsekot flattern und hörte von weither die johlenden Kinder, dazwischen die Flüche des Büttels und das Weinen von Frauen, als die Rute auf meinem Rücken tanzte. Mit bloßem blutigen Buckelrücken über den untergeschlagenen Kleidern wurde der kahl geschorene Junge über das Wethbrücklein, am Brot- und Pilgerhaus und der Pfarrkirche im Seegarten vorbei durch die Gasse zum Nördlinger Tor getrieben. Ich selbst war dieser Junge nicht. Ich wusste nur: Ich bin ihnen entkommen. Gleich bin ich frei. Ich würde Linori wieder sehen, wir könnten wieder zusammen sein wie in Babelins Haus. Nur noch die Schritte bis an den Etter!

Borschön verpasste mir noch einen gemeinen Tritt, ich wankte auf die andere Seite des Zauns und fiel zusammen.

Wie lange die Kinder ihren Mutwillen mit mir trieben, weiß ich nicht. Ich blieb einfach liegen und schützte, so gut ich eben konnte, den Kopf und meinen Leib mit den Händen. Irgendwann später kamen Frauen, denen ich Leid tat. Sie wuschen mir den Rücken mit Wein, rieben Öl auf meine Striemen und steckten mir Essen zu. Dankbar blickte ich die junge Frau an, die mir aufhalf. Sie hatte ein schmales Gesicht mit weit auseinander liegenden Augen. Danke, Schwester, flüsterte ich.

Lauf, flüsterte sie zurück, ehe es sich die Mordgesellen anders überlegen! Sie zog mir die Kapuze über den Kopf und fügte hinzu: Ich habe dich wiedererkannt!

## Brandreden

Ich humpelte die Straße nach Rudelstetten hinab. Der Weg musste in den letzten Tagen abgetrocknet sein. Dünnes Eis stand auf den Pfützen. Es mochte jetzt um die Mittagszeit sein. Bis zum Nachmittag konnte ich auf der anderen Seite der Wörnitz die Öttingische Grafschaft erreichen.

Gegen Abend gelangte ich nach Allerheim. Die Bauern karrten im Dunkeln Steine vom Wennenberg auf die Burg. Ich zog die Kapuze tief in die Stirn, dass man nicht meine geschorenen Haare sah, die mich jedermann als Gebüßten kenntlich machten. Ich fragte in einem Erdhaus am Dorfetter nach Nachtlager, und die Leute waren freundlich und ließen mich in einer warmen Ecke bei ihren Kindern schlafen. Ich zog meinen Mantel nicht aus. Erst am Morgen sah die Frau meinen Kopf und Rücken, als ich mich in dem frostigen Wasser an der Tränke wusch. Schweigend setzte sie mir im Haus Milch vor und blieb stehen und sah mir zu, wie ich den Hafer hineinrührte.

Junge, sagte sie schließlich, was du auch verbrochen hattest, so hart soll niemand Kinder striegeln. Wo willst du hin?

Ich hob die Schultern. Ich weiß noch nicht, Mutter.

Die Frau kramte in einem Gefach und sagte: Mach deinen Rücken frei. Ich will nach den Striemen sehen! Nein, wehre dich nicht. Als sie meinem Mann wegen Wildfrevel im Bannholz die Rute gegeben haben, war sein Rücken noch nach einem halben Jahr nicht heil. Die Risse hatten sich entzündet.

Danke, sagte ich und biss mir fast die Lippen durch, während die Frau mit festen Händen Salbe ins wunde Fleisch rieb.

Dann sagte sie: Du kannst mir dein Hemd hier lassen. Es ist noch gut instand, aber schmutzig und blutverkrustet. Das ist nichts für die Wunden! Ich gebe dir dafür ein sauberes Hemd. Es ist nicht von so gutem Flachs wie deins, aber heil.

Ich zog mich aus und schämte mich nicht unter ihren

Augen. Als ich mit meinem Bündel unter der Tür stand, fuhr sie mir über den nackten Kopf und ging zurück ins Haus.

Ich kam unterhalb der Allerheimer Burg vorbei und traf auf der Straße nach Appetshofen zwei Männer mit roten Mänteln. Ich hielt mich in ihrer Nähe hinter ihnen, bis sie stehen blieben, sich umschauten und mich herbeiwinkten. Du kannst mit uns gehen, erklärten sie, wenn es dir allein nicht geheuer ist!

Danke, sagte ich und mir fiel auf, dass ihre Sprache anders klang, als man sie bei uns im Schwäbischen spricht. Was sie miteinander besprachen, verstand ich nicht. Es waren zu große Dinge für mich. Sie redeten vom Kaiser, dem Püller Friedrich, wie sie ihn nannten, und von seinem Sohn Konrad, spotteten über den Grafen Wilhelm von Holland, den sie eine Humpelpuppe des römischen Pfaffen hießen.

Ich lief hinter den beiden her und war in meinen eigenen Gedanken vergraben. Die beiden Roten nahmen sich Zeit auf dem Weg. Sie hielten auf Nördlingen zu, machten jedoch Herberge in jedem Dorf an der Straße: Appetshofen, Möttingen, Reimlingen. Von Vesper an saßen sie in den Schenken und diskutierten, redeten und besprachen sich mit den Leuten, hielten ihre Zuhörer frei und zahlten Würzbier mit gutem Hellergeld, über das sie reichlich zu verfügen schienen. Der Bärtige gab meist den Wortführer ab, während der andere der beiden Roten eher die Gespräche mit einzelnen Männern suchte. Was sie den Dörflern sagten, lief indes bei beiden auf dasselbe hinaus: Man müsse Steuern so einziehen, dass den Armen Recht geschähe, den Sackträgern, Karrenziehern, den Altflickern, Packern, Tuchscherern und Leinewebern! Der Kaiser trete für die Armen ein. Er sei ein gerechter Mann. Der Staufer Friedrich und sein Sohn Konrad seien berufen, die Welt zu erneuern. Bis zur Höhe eines Pferdekopfes müsse die Erde dazu in Blut schwimmen. Dieser Endkampf stehe unmittelbar bevor. Da müsse jeder sehen und wählen, auf welcher Seite er stehen wolle!

Der Papst jedoch sei ein Ketzer. Er lebe nicht wie die Apostel. Oder habe man etwa von Petrus, dem Jünger des Herrn, gehört, dass er je mit Edelsteinen oder seidenen Kleidern geschmückt, mit Gold beladen gewesen sei, auf einem weißen Zelter geritten wäre, von Dienern und Rittern umschwärmt gewesen sei. Die Bischöfe und Prälaten ließen sich die Hände schmieren und salben. Die Pfaffen verdürben die Kirche und begrüben die Wahrheit. Aber eben nicht mehr lange, ihr Leute!, verkündeten die beiden Roten wie aus einem Mund. Dann wird der Püller Kaiser, der Gerechte, der Anwalt der Armen, den ganzen Stall ausmisten!

Ich saß zumeist schweigend dabei, während die beiden in den Dörfern mit Hörigen, Fronleuten, auch mit den Amtleuten oder anderen Vertretern der Dorfherrschaft redeten und diskutierten. Ich fand nichts Verkehrtes an den Worten der Roten. Manchmal freilich fühlte ich mich wie betrunken davon. Der Kaiser erschien mir dann wie Michael, der Engelsfürst, der über den Himmel reitet und seine Lanze in dem Blut der Drachenbrut badet. Friedrich, der Beistand der Bedrängten, ihm zur Seite!

Nur, ich konnte Babelin, konnte den feurigen Kessel nicht vergessen, in dem sie zu Tode schmorte. Ich musste daran denken, dass Pater Sixtus sich vor dem Ritter von Wemding auf die Ketzergesetze eben dieses Kaisers berufen hatte, den meine Begleiter einen Anwalt der Armen nannten. Ich war so hin und her gerissen zwischen meinen widerstreitenden Gefühlen, dass ich unfähig war, mit den beiden Roten darüber zu sprechen. Also saß ich stumm in den Schenken neben ihnen, während sie beide redeten, sich für ihren Püller Kaiser begeisterten und ihn den Leuten als Nothelfer anpriesen.

Gegen Ende der dritten Woche im angehenden Jahr kamen wir in die Nähe der kaiserlichen Stadt Nördlingen. Außer uns war noch viel anderes Volk unterwegs. Ihr Ziel war die Kirche von St. Emmeran auf dem Berg vor den Toren der Stadt. Dort, so hatte man schon in Reimlingen ausgeschrien, werde heute unter reichem Reliquienaufgebot Ablass verkauft. Grimmig bemerkte einer der Kaiserleute: Der Kirchturm wird sich biegen unter ihren Lügen! Was sind die Leute dumm, dass sie sich so die Ohren melken lassen!

Wohl eher ihre Geldbeutel!, meinte der andere trocken. Ich wette, sie zeigen dort wieder Wachs von der Kerze, womit der Engel das Grab des Herrn beleuchtet hat!

Vielleicht auch seine Barthaare, oder, warum nicht, die Vorhaut seiner Beschneidung! Diese verdammten Pfennigprediger, grollte der Erste. Ja, selbst wenn einer die Jungfrau Maria geschwängert hätte, für Geld täten sie's ihm erlassen!

Das Gedränge vor der Kirche auf dem Berg war unbeschreiblich. Ich wenigstens hatte bislang noch nie eine solche Zahl von Menschen an einem Ort gesehen. Auf den ausgehenden Straßen der Stadt drückten sich die Leute fast tot. Lahme und Blinde wankten auf den Wegen. Beinlose Krüppel schoben sich an ihren Handschemelchen den Berg hinan. Die beiden Männer aber gingen durch die Menge hindurch wie Moses durch das Meer. Am Friedhof von St. Emmeran verlor ich den Anschluss an sie.

Ein kräftiger junger Mann war vor der Friedhofspforte zusammengebrochen und schien zu sterben. Ein Priester beugte sich über ihn und gab ihm die letzte Ölung. Unterdessen sammelte ein anderer Bursche, wohl der Begleiter des Sterbenden, Geld für die Bestattungskosten. Plötzlich entstand ein Tumult. Ein Barfüßerbruder behauptete lauthals, er habe im vorigen Jahr zu Augsburg eben diese beiden Kumpane da mit dem gleichen Betrug die Menschen um ihr Geld bringen sehen! Die Anschuldigungen des Mönchs versetzten die Nördlinger in helle Wut: Henkt sie auf!, schrie einer über die Köpfe der Menge. Einige Schadenfrohe lachten, und eh man's sich versah, waren die beiden Betrüger unter den Beinen der Leute hindurch verschwunden.

Ich verwünschte meine Begleiter, denen ich nachgelaufen war. Denn mein zerschlagener Rücken wurde grässlich gepresst und gestoßen. Die wohl nach Tausenden zählende Menge riss mich mit sich. Schließlich konnte keiner mehr auch nur einen Fuß fortbewegen. Ich stand unter dem Türsturz von St. Emmeran, eingepfercht in der wie zu Stein gebannten Menge. Ich wunderte mich, wie die Leute noch schreien konnten. Mir war die Brust so eng, dass ich meinte, gleich nicht mehr Atem holen zu können. Sogar die Priester, welche dem Volk die ablasskräftigen Reliquien zeigten, erlagen dem Stoßen und Drängen und entflohen, als sie keinen anderen Ausweg fanden, mit ihren Kostbarkeiten und dem Geld durch die Fenster.

Plötzlich sah ich über der Menge im Chorraum meine beiden roten Brüder. Sie mussten auf dem Altar stehen. Mit schwenkenden Armen geboten sie Ruhe. Der Bärtige von den beiden hielt vor sich im Arm eine Leier. Und wahrhaftig: Unter dem gebieterischen Eindruck der beiden kam die Menge zur Ruhe.

Leute, Mitchristen, rief der mit dem glatten Gesicht und seine Stimme drang durch den mit Menschen voll gepackten Raum bis zu den Leuten vor dem Portal. Christenfreunde, ihr seht, die Pfaffen sind mit dem Geld durchs Fenster davon!

Ein zorniger Aufschrei antwortete ihm und ich schrie mit, so laut ich nur konnte. Wartet, rief der Rote weiter, mein Freund und ich werden euch dafür jetzt den Gottesdienst halten! Ich werde die Gebete sprechen und er wird euch das Evangelium vortragen. Nein, ein Buch haben wir nicht. Wie es sich für rechte Christenmenschen gehört, haben wir das Evangelium inwendig in uns. Nicht wie eure Pfaffen, die es nur auswendig, in ihren Büchern haben.

Die Menge lachte. Ja, gib's ihnen, den Bauchdienern!, hörte ich Stimmen rufen.

Also, es geht los, kündigte der Sprecher an. In des Papstes

Namen, amen! Das war, Freunde, der Eingangsspruch. Jetzt wird euch mein Bruder das heilige Evangelium von der Silbermark vortragen. Was, ihr kennt es nicht? Nun, dann hört gut hin, vernehmt es in rechter Andacht, öffnet eure Ohren und Herzen!

Es war inzwischen unglaublich still im Kirchenraum geworden. Die Menge starrte jetzt auf den Mann, der seine Worte mit den Tönen der Leier begleitete:

Es begab sich aber zu der Zeit, dass in der Stadt der Christenheit der Papst ein neu Gebot erließ und seine Diener also hieß: Wenn kommen wird des Menschen Sohn, hierher nach Rom, an Petri Thron, dann fragt ihn draußen vor der Tür: Sag, guter Freund, was suchst du hier? Besitzt er nichts an Geldes Wert und gleichwohl Einlass doch begehrt, dann weist ihn fort von unserm Haus, werft ihn zur Finsternis hinaus!

Der Vorsänger machte eine unmerkliche Pause. Sein Freund fragte: Ihr Leute, könnt ihr auch alle gut verstehen? Bis zu euch dahinten vor der Tür?

Ja, schrien wir. Weiter, weiter, riefen die Leute vorne.

Also hört, was jetzt geschieht!, sagte der Freund des Leiermanns. Dieser prüfte seine Saiten und trug weiter vor:

Hört, es geschah an einem Tag, dass vor dem Tor ein Bettler lag. Dort schrie er jämmerlich und sagt, als er die Not den Pförtnern klagt: Erbarmen ist's, was ich begehr, denn Gottes Hand traf mich so schwer! Doch kaum, dass man ihn angehört, da schalten sie ihn schon empört: Mein Freund, zur Armut, die dich band, seist du auf ewiglich verdammt! Amen, amen, das ist wahr, zahlst du dein Letztes nicht in bar, wirst statt zu schaun des Herrn Gesicht du büßen müssen im Gericht!

Nun, ihr Nördlinger, ihr könnt euch schon denken, wie es weitergeht, unterbrach sich der Vorsänger. Also wird es euch nicht wundern, das Folgende zu hören:

Der Arme nahm sein letztes Gut, versetzte Mantel, Hemd und Hut. Für Geld ward er das Seine los und bracht es elend, nackt und bloß dem Kammerherrn und Kardinal, dem Papstgesind in ganzer Zahl. Zu wenig, murrten sie, ist dies, als dass es jedem etwas ließ! Sie warfen ihn hinaus vors Tor, da war er ärmer denn zuvor!

Weiter doch!, schrie es jetzt von allen Seiten, derweil der Bärtige die Leier neu stimmte. Er gebot lächelnd Ruhe und sagte: Also, wie ihr wollt! Ihr wisst, da gibt es noch ganz andere Leute. Nicht nur so arme Lumpenhunde wie unser Bettelmann. Da gibt es nämlich Prälaten, feine vermögende Leute, die ganze Kircheneinkünfte kaufen und wieder verkaufen und dem Volk nur die armen Leutpriester lassen, die selten einen warmen Löffelstiel in den Mund bekommen. Guckt sie euch an, die hohen Kleriker, wie sie daherkommen! Ihr Haar ist in Locken gelegt und parfümiert. Sie tragen Ringe an den Händen und ihr Gürtel ist besetzt mit Juwelen. Guckt sie euch an, sie sitzen hoch zu Ross, ihre Stiefel sind aus rotem und grünem Leder. Guckt sie euch genau an, dann wisst ihr, warum ihr mit leeren Backen kauen müsst. Eure Schweine, euer Bier, euer Brot liegt in ihren feisten Wänsten begraben.

Der Bärtige hob abermals die Hand. Ja, ja, ich verstehe schon, ihr möchtet so einem feinen Herrn einmal recht die Flöhe abkehren! Geduldet euch. Hört erst das Evangelium zu Ende. Nur wenig später reist zur Stadt ein Kleriker, dick, fett und satt. Er hatte einen Mord vollbracht und kam nach Rom, zu lösen seine Acht. Der knöpft alsbald den Beutel auf und gibt viel Silbermark zuhauf. Den Kardinal hat er bedacht, die Kammerherrn, der Pforten Wacht. Und wie es kam dem Papst zu Ohr, dass seiner Diener ganzer Chor vom Kleriker beschenket ward, da traf's ihn auf den Tod so hart! Doch spart der Reiche nicht an Geld, schickt Silber auch dem Herrn der Welt, und gleich half ihm von Krankheit frei des reichen Mannes Arzenei! Da rief der Papst den Kardinal und sein Gesinde allzumal und sprach: Ihr werten Brüder, schaut, dass ihr nicht leeren Worten traut! Ein Beispiel hab ich euch gesetzt, das haltet treu und unverletzt, ein andrer Dienst sei euch verfemt: Wie ich genommen habe, nehmt!

Ich dachte, das Dach müsse herunterbrechen, ein solches Geschrei brach los. Die Leute pfiffen, johlten, lagen einander in den Armen, lachten Tränen, japsten nach Luft und brüllten von neuem los, während die beiden Männer dort oben standen, lächelten und den Leuten beifällig zunickten. Ich brüllte mit, dass mir fast der Buckel platzte. Ich weiß nicht, wie lange es währte, bis sich die Aufregung legte. Wir wurden einfach nach und nach wieder still. Das Merkwürdigste war, dass die beiden da vorn ihrer Sache so sicher waren, dass sie sich gar nicht erst um Ruhe bemühten. Sie standen bloß da und warteten.

Dann endlich sagte der erste Sprecher: So, dann wollen wir mit unserem Gottesdienst fortfahren. Jetzt kommt nämlich das Gebet und darauf folgt die Predigt. Ihr seht, alles ist, wie es sein soll! Ich spreche das Gebet der Einfachheit halber gleich auf Deutsch. Ich bin sicher, der da oben versteht unsere Muttersprache mindestens ebenso gut, wenn nicht gar besser, als das Brabbellatein der Pfaffen, was meint ihr? Also, beugt euren Kopf und betet mit mir: Allmächtiger, ewiger Gott, der du zwischen Klerikern und Bauern Zwietracht gesät hast, gewähre uns die Bitte, von ihrer Arbeit zu leben, uns ihrer Weiber zu bedienen und über ihren Tod zu frohlocken alle Zeit. Amen!

Wir erstarrten bei diesen lästerlichen Worten. Der Sprecher jedoch fuhr unbekümmert fort: Ich sehe euch, Christenfreunde, bestürzt. Aber die Wahrheit ist eben traurig! Die Kirche ist verrottet und verfault. Schlimmer noch, die Priester selbst leisten Aberglauben und Heuchelei Vorschub. Ich frage euch, wenn jemand den Strick, der deinen Vater erdrosselte, dir brächte und dir zumutete, das Mordwerkzeug zu küssen, Freund, würdest du das nicht empört verweigern? Ja, gewiss doch, und zwar gerechterweise! Und dennoch heißen euch die

Pfaffen das Mordwerkzeug, das unserem Herrn den bittern Tod brachte, zu küssen und zu verehren! Hat nicht gar dermaleinst einer eurer Grafen im Morgenland ein Stück Kreuzholz gestohlen und es hierher nach Rätien, in die Stadt Donauwörth gebracht! Mitchristen, Freunde, ich sage euch, die so genannten heiligen Kreuze müssen zerbrochen, verbrannt werden! Das Instrument, durch das der Herr so erbärmlich gemartert, so grausam getötet wurde, ist der Anbetung und Verehrung nicht wert! Küssen sollt ihr das Kreuz der Kirche, damit ihr nicht verlernt, zu Kreuz zu kriechen. So ist es in Wahrheit. Ich verspreche euch, Friedrich, der Gerechte, und sein lieber Sohn Konrad werden das Jauchefass zu Rom anstechen!

Aus der Menge ertönte wütendes Beifallsgeschrei. Friedrich, Friedrich, jubelte es. Gott mehre seinen Ruhm!

Ja, schrie der Redner, man wird die Geistlichkeit so unerbittlich verfolgen, dass die Mönche sich den Kopf mit Kuhscheiße bedecken werden, um ihre Tonsur zu verdecken! Freunde, das Kreuz der Kirche wollen wir nicht länger mehr tragen. Werfen wir's ab, treten wir's zu Boden!

Damit nahm er das Altarkreuz, hob es hoch und zerschlug es vor dem Angesicht der Menge auf dem Altar. Leute, brüllte er, guckt euch um, da ist noch jede Menge zu tun in diesem Götzenhaus! Brecht die Kreuze, holt sie von der Wand, zerschlagt sie. Ihr Leute draußen an der Tür zum Friedhof, reißt die verdammten Mordinstrumente von den Gräbern, macht Dreschflegel daraus!

Die Wut entlud sich explosiv. Das Gebrüll der Menschen klang wie schlagendes Wetter, Leute prügelten sich, neben mir kreischte eine Frau wie beim Zahnbrecher. Kreuze wurden von den Wänden gerissen und zersplitterten noch in der Luft unter den gewalttätigen Händen, Menschen wurden niedergestoßen, untergetreten. Ein Kind, weiß Gott, woher es gekommen sein mochte, flüchtete sich zwischen meine Beine. Ich zerrte es hoch, da wurde ich, eingekeilt in der Menge, hinaus ins Freie gestoßen. Ich schaffte es noch, mich umzudrehen und nach den beiden Männern auf dem Altar Ausschau zu halten. Sie waren verschwunden.

Die Menge ergoss sich über den Friedhof. Wahrhaftig, sie rissen die Kreuze aus! Andere warfen sich ihnen jammernd entgegen. Ein Mann lag über einem Grab und schluchzte. Zwischen dem Lärm hörte ich eine Stimme, die vergeblich gegen den Spektakel ankämpfte.

Ich setzte den kleinen Jungen ab und wurde weiter zum Ausgang des Friedhofs geschoben. Draußen auf einem Baum sah ich die schwarze Kutte eines Dominikaners. Er stand in den Ästen und redete auf die Leute ein. Ich bekam noch mit, wie er schrie: Leute, heute schlagen sie die Kirche kaputt, morgen dringen sie in eure Häuser ein! Wo die Hecke offen ist, laufen die Säue ins Korn! Wehrt den Unmenschen. Schützt eure weinende Mutter, die Kirche. Reißt den Etter ein, bewaffnet euch, gute Leute! Nehmt die Prügel, schlagt auf die Ketzer ein! Fragt nicht, wen es trifft! Macht sie nieder! Der Herr kennt schon die Seinen!

Der Etter zersplitterte, die Leute brachen Zaunpfähle und gingen auf die Kreuzbrecher los. Beide Gruppen prügelten besessen aufeinander ein. Ich entkam durch ein Loch im Zaun und rannte. Hunderte liefen gleich mir hinüber zu den Toren der Stadt. Die Stadtwache rückte aus. Rauch webte über die Straße. Ein Mann schrie laut auf und brüllte: St. Emmeran brennt! Wir wagten nicht, uns umzusehen, und hasteten weiter. Erst unter der Stadtmauer sah ich zurück. Es war nicht die Kirche, aber der Etter um den Friedhof war zu einem feurigen Kreis geworden, der die Kämpfenden umzingelte. Bis vor die Stadt schrillte ihr verzweifeltes Geheul. Dann ergoss sich durch die Flammen ein schwarzer Strom von Menschen den Berg hinab. Kleider hatten Feuer gefangen, Menschen wälzten sich zuckend im nassen Lehm, andere stürzten über sie und begruben die lebenden Fackeln mit ihren Leibern. Ich bedeckte meine Augen.

Ich wandte mich dem Stadttor zu und sah auf dem Toranger Spielleute und Gaukler, die hastig ihr Lager abbrachen. Zwei Priester redeten mit Händen und Füßen auf die Fahrenden ein, trieben sie zur Eile an. Die Hunde winselten kläglich, Maultiere schnaubten und zwei aneinander gekettete Äffchen verkrochen sich zwischen die Beine der Tambure. Die Priester gingen den beladenen Hundekarren und Maultierwagen voran und bahnten den Fahrenden einen Weg durch die wogenden, lärmenden Leute. Ein Gumpelmann im gezackten Leibrock, links grün, rechts weiß und blau gestreift, rief gellend zwischen die Menge: Bürger, auf zum Marktplatz! Die Spielleute sind in der Stadt! Seht sie euch an, Pfeifer und Pauker, sarazenische Tänzerinnen, Seilläufer und Tummler!

Pfeifend und trommelnd zogen die Fahrenden durch das Torhaus. Der Gumpelmann an der Spitze hatte die Fiedel vom Rücken genommen und spielte auf. Die Menge drängte hinterher. Bürger, rief der Ausschreier wieder, in der Stadt auf dem Markt könnt ihr sie sehen, den Steinkauer und den Himmelreichsmann auf dem Seil!

Eine Bühne aus Tischbrettern war auf dem Marktplatz bereits aufgeschlagen. Von der Turmspitze der Stadtkirche spannte sich schräg über den Schaulustigen ein im Boden verankertes Hanfseil. Jugendliche und Kinder, Frauen und Männer strömten aus den Gassen. Die Schenken verkauften Bier und Wein über den Treppen. Ein Priester erkletterte die Bühne und rief den Wartenden zu: Bürger, heute am Antoniustag sollt ihr Freigäste eurer Stadtkirche sein! Das Bier ist frei! Die Spielleute sind da!

Wie bestellt brach die Sonne aus den Wolken und glitzerte auf den Dächern. Die Tambure und der bunte Fiedelmann stiegen zum Priester auf die Bühne, die Äffchen tollten und die Musikanten spielten zum Hoppelvogeltanz auf. Die Zuschauer bildeten die krummen Reihen und hopsten mit. Die Türen der Kirche standen unbewacht offen und die Glocken begannen zu läuten.

Plötzlich setzte der Fiedler ab, schwenkte die Fiedel und deutete auf das Seil: Da ist er, der fliegende Mensch! Da ist Janko, der Himmelreichsmann!

Bloßfüßig, mit flatternden blonden Haaren rannte der Seilläufer bis zur Seilmitte, blieb stehen, verharrte, streckte ein Bein mit dem Fuß bis über die Achsel, vollführte die wunderlichsten Sprünge, lief mit einer solchen Schnelligkeit vorwärts und rückwärts, dass es von unten aussah, als flöge er. Er lief bis zur Kirchturmspitze, schwang sich aufs Dach, flatterte wie ein Vogel und verbeugte sich in die Tiefe.

Mir wurde schlecht vom bloßen Hinsehen. Im nächsten Augenblick war der Himmelreicher wieder unten auf dem Marktplatz, erschien jetzt mit einem Schubkarren auf dem schaukelnden Seil und spielte den Dümmling, der sich nicht auf den Beinen halten konnte. Musik erscholl, die Schellenbänder der Tambure rasselten, die Drehleier des Gumpelmanns fiepste, und dazwischen ließ er kunstvoll die Stimme von Pfauen, Finken und anderem Getier vernehmen. Dann hatte der Schubkarrenfahrer wieder den Boden des Marktplatzes erreicht. Die Musik setzte aus.

Janko, der blonde Seiltänzer, erschien mit einer neuen Nummer. Auf jedem Arm trug er ein Mädchen. Das Seil hing durch unter dem Gewicht. Auf dem Boden traten ein paar kräftige Männer auf das Ende, das Hanfseil straffte sich noch steiler und der Himmelreicher begann seinen Anstieg. Er erreichte mit seiner Last den Turm und drehte auf dem Seil um. Er blieb stehen und eins der Mädchen verband ihm die Augen. Der Himmelreicher hatte kaum seinen Abstieg begonnen, als das zweite Mädchen die Arme hintüber warf, Janko trippelte nervös auf seinen Sohlen, und da taumelte sie vom Seil, überschlug sich mit wehenden Kleidern, wir schrien entsetzt, und mit einem scheußlichen Geräusch schlug das Mädchen vor den Kirchenstufen auf.

Ich biss mir die Fingerknöchel und streckte den Hals. Da setzte die Musik schlagartig wieder ein. Der Gumpelmann erschien mit dem gestürzten Mädchen im Arm auf den Brettern, warf es unter die Zuschauer und lachte. Beim Herzen Gottes, es war eine lebensgroße Puppe! Wir warfen jubelnd die Hände hoch, der Himmelreicher trippelte noch immer an der gleichen Stelle auf dem Seil, das Mädchen nahm dem blonden Janko die Augenbinde ab und winkte mit beiden Händen zum Marktplatz hinunter. Mir blieb der Atem stehen. Da oben, umschlungen von des Tänzers Armen, dicht an ihn geschmiegt, saß mit fliegendem blauschwarzen Haar, in ein indischbunt besterntes Gewand gekleidet, Linori! Während die Zuschauer Beifall jubelten, schwebte ich lautlos durch einen unwirklichen Traum. Ich umklammerte mich mit den Armen, sah den blonden Janko Linori küssen und das Schrägseil abwärts gleiten.

Auf den Brettern produzierte sich jetzt einer der Tambure als Steinbeißer. Ich drehte mich um und drängte durch die Menge. Einer Frau stieß ich den Biertopf aus der Hand, sie zeterte aufgebracht hinter mir her. Ich stieg über Bänke und geschichtetes Holz und war endlich am Ende des Schrägseils. Linori!, schrie ich, hier bin ich, Martis! Das braune Mädchen lachte mich vergnügt an und rief: Nonee, assi nane! Mar-tis! Sie küsste den Tänzer auf den Mund, zeigte auf mich und schien dem blonden Jungen erklären zu wollen, wer ich sei. Schon gut, sagte Janko. Ich verstehe deinen Zungenklaps sowieso nicht. Er kann mir ja selbst bestellen, was er von mir will!

Er sah mich fragend an. Ich hob die Schultern und fingerte an meiner hochgeschlagenen Kapuze. Es ist so, ich kenne dieses Mädchen, sagte ich tonlos.

Der Himmelreicher schlug mir freundschaftlich auf die verzogene Schulter. Du hast einen Kober auf dem Rücken, ist es nicht so? Na, heul doch nicht gleich, meinte er begütigend. Wer weiß, morgen fall ich vom Seil und dann ist mein Buckel so krumm wie deiner! Du kennst also diese braune Bufferin. Sie ist erst seit zwei Tagen bei uns. Wir haben sie neben der Straße aufgelesen und ich habe sie ein bisschen getröstet. Sie versteht aber was vom Fach, das muss ich sagen! Hast du uns oben auf dem Seil gesehen? Na, komm, geh mit uns trinken!

Er nahm Linori beim Arm und zog sie hinter sich her. Ich folgte, setzte mich auf der Schenkentreppe eine Stufe unter die beiden und ließ den Tänzer reden.

Der Himmelreicher hatte seinen letzten Auftritt, als es zur späten Vesper zu dunkeln begann. Er schwang sich mit brennenden Fackeln auf das Seil und schwenkte sie im schnellen Lauf, stieg vom Turm auf das Kirchendach, lief den First entlang, jonglierte und schlug feurige Räder, später tanzte er wie ein riesiger schwarzer Kater auf dem Dach und glitt zum Schluss am Schrägseil hinab, als bediene er sich weder seiner Hände noch der Füße.

Ich stand neben Linori und schaute den blonden Tänzer bewundernd an, als er wieder unten am Seilende angelangt war. Ende der Vorstellung!, erklärte er wohlgelaunt, kniff Linori in die Seite und fragte: Kleine, wie war ich?

Linori stieß ihn von sich. Atschi!, sagte sie spitz und schmollte.

Der Tänzer zog sie an sich. Ach, hab dich doch nicht so! Schließlich habe ich für dich mit der Fackel ein großes Herz gemalt! Hast du's gesehen?

Inzwischen waren die Leute von der Scharwache auf dem Markt erschienen, leuchteten in die Winkel und Ecken nach Betrunkenen, schickten Randalierer nach Hause und hielten die Fahrenden an, ihre Sachen aufzupacken und aus der Stadt zu verschwinden. Komm mit, wenn du willst, bedeutete mich der Tänzer. Du siehst aus, als hättest du bei Bettelmanns Umkehr dein Haus. Du kannst mit bei unseren Wagen schlafen! Ich bin Janko, der Böhme. Und wer bist du?

Ich heiße Martis, antwortete ich. Ja, und ich komme mit, wenn ich darf!

Ob er darf! Junge, du redest wie ein fahrender Scholar, lachte Janko. Bist du von der Klosterschule weggelaufen? Auf jetzt, die Scharknechte befördern uns sonst mit ihren Stiefeln durchs Tor!

Ich half mit, die Hundekarren anzuschieben. Brüderchen, stellte der Tänzer fest, ich merke schon, du bist noch mit keinem der fahrenden Leute gezogen! Aber das ist nun mal so, in eurer Stadt nicht anders als sonst im Augsburgischen auch. Bei jeder Stadtmauer heißt es, Spielleute dürfen hier nur auftreten, wenn sie in der Stadt Feuer oder ihren Herrn haben, deren Gesinde sie sind und deren Brot sie essen! Den auswärtigen Spielleuten darf nicht Lohn noch Gewand gegeben werden. Wir können froh sein, wenn uns der Priester das versprochene Stroh aus der Kirchenscheuer vors Tor bringen lässt. Sonst wird es wieder eine lausig kalte Nacht!

Ich sah die Priester vor dem Tor mit euch reden, als es auf dem Berg bei St. Emmeran brannte. Haben sie euch in die Stadt geholt?, erkundigte ich mich.

Das kannst du wohl sagen! Die Pfaffen hätten uns am liebsten hineingeprügelt, wenn du es genau wissen willst. Sie hatten wohl mächtig Angst um ihre Kirche hinter der Mauer! Da waren wir Spielleute ihnen auf dem Markt gerade recht. Da oben auf dem Berg muss es ja toll hergegangen sein! Noch um die Vesper habe ich vom Seil aus die Mönche aufräumen gesehen.

Ich war auf dem Berg, als die Leute aufeinander losgingen, berichtete ich.

So du warst mit dabei? Wir saßen bei unseren Karren, da haben wir den Spektakel losgehen sehen. Alan, unser Gumpelmann, hat gerufen: Leute, packt auf! Und Recht hatte er.

Denn wenn sich die Leute raufen, wird es für unsereinen Zeit zu verschwinden. Den Spielmann hangen sie als Ersten!

Wir kamen mit dem gerollten Strick auf dem Karren über die Wachtbrücke vor die Stadt. Der Priester hatte sein Versprechen gehalten. Er hatte ein ganzes Fuder Stroh auf den Anger fahren lassen. Die Männer spannten Decken, zurrten die Zeltplanen, ein tüchtiges Feuer brannte. Die Fahrenden setzten sich zwischen die Karren, und Janko zog mich hinüber zu dem bunten Gumpelmann, der die Maultiere anpflockte.

Der Junge hier, erklärte er dem Fiedler, kennt dieses sarazenische Mädchen. Ich habe ihm gesagt, er könne heute bei uns mit im Stroh schlafen.

Ist gut, erwiderte der Mann Alan. Aber durchfüttern können wir ihn nicht. Wenn er mit uns will, muss er was vorzeigen können. Wie steht's damit, Junge?

Es war schon fast völlig dunkel. Viel sehen konnte man nicht mehr. Aber ich zog den Kapuzenmantel aus, sprang in den Radstand, wirbelte linksherum und rechts zurück, lief auf den Händen, stand auf einer Hand, drehte mich im Kreis und kippte mich wieder auf die Füße.

Für einen Buckel ganz schön, erklärte Janko beifällig. Was sagst du, Gumpelmann?

Der grunzte und fragte: Wie heißt er?

Er hat's gesagt, aber ich hab's wieder vergessen. Ich denke, er ist einer von den fahrenden Scholaren.

Martis, das ist mein Name, erklärte ich Alan. Er hatte wohl unter den Fahrenden das Wort. Der Mann musterte mich und meinte: Radschlagen und solche Possen genügen nicht. Wir bieten den Leuten mehr ausgefallene Sachen. Aber meinetwegen, du kannst erst mal bei uns bleiben. Wir werden sehen, wie du dich machst.

Ich kann auch den Luftsprung mit Überschlag! Über drei Leute weg, sagte ich eifrig. Das stimmte allerdings nicht ganz. Ich hatte den Sprung mit der Rolle bisher nur über unseren

Schafen geübt. Aber Pater Kosmas, der mich in seinen Armen fing, hatte gemeint, drei, vier Leute müsse ich wohl schaffen.

So, Luftspringer bist du, nickte der Gumpelmann. Ich habe einen gekannt, der drehte sich zweimal in der Luft, ehe er den Boden berührte! Als ich ihm später in Flandern wieder begegnete, hatte er einen Kober auf dem Rücken, zweimal so groß wie deiner. Er trat jetzt mit einer Puppe als Bauchredner auf. Gut, Junge, du kannst mir morgen vorführen, was du zustande bringst!

Habt ihr auch einen Fänger?, erkundigte ich mich. Du weißt, wenn der Fänger nichts taugt …

Mich musst du das Handwerk nicht lehren, Bursche, wies mich der Gumpelmann zurecht. Ich habe länger, als mir lieb war, als Fänger gearbeitet.

Später kroch ich ins Stroh neben den Hunden. Die Gruppe der Fahrenden zählte sieben Leute, vier Männer und drei Frauen oder Mädchen, Linori mitgezählt. Sie war mit Janko unter dem Zeltdach am Maultierkarren verschwunden. Ich kraulte einen der Karrenhunde hinter den Ohren und flüsterte ihm zu: Ich glaube, du magst mich. Ich hatte einen Rüden, der heißt Harm. Vielleicht werden wir beide auch Freunde!

Bei einem Schuppen am Stadtgraben fand ich im Morgengrauen eine Planke, die ich verstohlen zu den Karren zog. Hoffentlich hatte mich keiner der Scharwächter dabei beobachtet! Es war gutes Ahornholz und würde ein gut federndes Springbrett abgeben. Ich suchte einen Platz in der Nähe der Spielmannskarren, unterlegte das Brettende mit einem schweren Balkenholz und sah, dass Alan schon auf war. Ich ging zu ihm und bat: Kannst du mit mir üben? Ich bin eine ganze Zeit nicht mehr gesprungen!

Mein erster Sprung geriet gut. Ich merkte, dass der Gumpelmann ein weitaus besserer Fänger war als mein Pater. Die nächsten Sprünge dagegen gerieten völlig daneben. Ich tat mir weh und ärgerte mich. He, Haselpuselhart, rief Alan einen der

Tambure, stell dich mal dazwischen! Es liegt nämlich daran, erklärte er mir dann, dass du die Höhe nicht richtig nimmst!

Ich lief zurück zu meinem Brett, wartete auf den Tamburen, nahm einen Probeanlauf, wippte, rannte zurück, kam im vollen Lauf aufs Brett, federte und schoss im Rollsprung über Haselpuselhart weg dem Fänger in die Arme. Das war ein rechter Sprung, lobte mich Alan.

In der Nähe sah ich Linori. Sie schaute verschlafen zu uns herüber und riss plötzlich ihre Augen auf, deutete mit der Hand auf ihr Haar, danach auf meinen kahlen Kopf und rief mir etwas zu. Es war mir schrecklich, so stoppelig mit verschnittenen Haaren vor ihr zu stehen. Verlegen schaute ich zu dem Mädchen hinüber. Linori war mit ein paar Schritten bei mir, rieb mir den Kopf und sagte: Du, Martis, deine Haare?

Das waren die ersten deutschen Worte, die ich von ihr hörte. Dann entdeckte sie in meinem Hemdausschnitt blaue Striemen und legte erschreckt die Hand auf den Mund. O raklo miro! Dukhala?

Mädchen, hau ab, rief Haselpuselhart und rieb sich hungrig den Bauch. Sieh zu, dass du Feuer machst, stell den Mustopf auf!

Linori schaute sich unsicher um und ging. Also, sagte Alan, sie haben dir die Haare geschoren und den Rücken gestrichen. Lass mal sehen. Er zog mir das Hemd aus der Hose und pfiff zwischen den Zähnen. Für heute genug, Kleiner! Ich traue mich nicht, dich anzufassen. In deinem Zustand! Dein Buckel sieht aus, als hättest du unter dem Galgenstock gesessen. Geh nachher zu Aude, die versteht sich auf solche Sachen! Nein, ich will nicht wissen, was du angestellt hast. Doch Ärger wollen wir keinen hier haben, hast du verstanden?

Eine Hand voll Augsburger Silberpfennige, mehr war nicht drin, rechnete der Gumpelmann vor, als wir später um die Muspfanne saßen. Ich habe dem Priester als Zugabe nur noch das Stroh abhandeln können. Das macht auf den Kopf vier

Pfennige für jeden, und der Rest geht in den gemeinsamen Kasten. Ist es so recht?

Die Fahrenden stimmten zu.

Ich habe den Priester auch gefragt, setzte Alan hinzu, ob es nicht auch noch zu einem unentgeltlichen Bad für uns reichte. Oder auch ein paar Tage Platz für uns in der Elendenherberge.

Die süße Gottesmutter weiß, seufzte Metza, die Frau an Alans Seite, ich könnte ein Bad gebrauchen!

Ja, euch Frauensleuten wolle man es gestatten, nickte der Gumpelmann. Einer der Wachen vom Tor soll euch zum Badehaus bringen. Doch das ist schon alles. Sie hätten genug Stadtarme unter den Mauern, gab der Priester vor. Ein verdammter Kümmelspalter! Aber bevor ihr losgeht, Aude, guckst du nach dem Jungen. Er heißt Martis. Er bleibt bei uns. Ich werde aus ihm einen Luftspringer machen. Der Junge hat das Zeug dazu, wenn er auch den Kober da auf dem Rücken hat. Und Metza erklärt es Jankos Mädchen, dass sie mit euch ins Bad kann. Obschon ich nicht glaube, dass die braune Farbe, die sie auf sich hat, ganz aus Dreck besteht.

Haselpuselhart fragte zahnstochernd: Und wie geht es weiter? Ich will nämlich mit Wibert in die Stadt. Ich zum Beispiel hätte nichts gegen ein mollig gewärmtes Bettchen. Nur für ein Stündchen. Was meinst du, Wibert?

Der grinste. Das Stroh vom Herrn Pfarrer hat mir den Hals ganz voll gestaubt. Die Gurgel kratzt mich so.

Ja, ja, spöttelte der Gumpelmann, kaum habt ihr ein paar Pfennige im Sack, wird alles in Spelunken verspielt, verliebelt und vertrunken!

Also, ich meine, wir sollten vor der Stadt nicht allzu lange bleiben. Gestern der Auflauf hat die Scharknechte kribbelig gemacht. Am Ende kommt noch der Stockbüttel und befragt uns, ob wir was mit den Lärmmachern auf dem Berg zu tun hätten. Wie ich die Pfaffen kenne, werden sie nach dem Freibier von gestern heute nach dem Büttel schreien! Und freilich wird auch der Amtmann Nördlingen auf den Kopf stellen, so viel ist gewiss. Ich hörte gestern von den Stadtknechten, Kelche, silberne Patenen und etliche Messgewänder seien oben aus der Kirche verschwunden. Einem Apostelbild habe man das edelsteinbesetzte Kreuz aus den Armen gerissen, St. Emmeran die Nase abgeschlagen, von den weiteren Verwüstungen in der Kirche und von den Erschlagenen ganz zu schweigen. Deswegen ist meine Ansicht, wir sollten sehen, dass wir hier wegkommen! Wibert, du musst dir deinen großen Durst bis zum nächsten Dorf aufheben!

Mein Vorschlag ist, wir sollten zur Fastnachtszeit im Regensburgischen sein, warf Janko ein. Ich hätte auch mal wieder Lust, durchs Böhmische zu fahren. Dort hält man die Spielleute, Pfeifer und Tänzer besser in Ehren als hierzulande. Mir macht es keinen Spaß, dass wir ein verleumdetes Leben führen müssen, die Amtmänner uns mit Lotterpfaffen, Vaganten, entlaufenen Mönchen und anderem Pack über einen Kamm scheren!

Mir wäre Regensburg auch recht, stimmte Metza zu. Ich habe dort eine Tante. Nach der möchte ich sehen. Ich hörte, sie führe, seit ihr Mann tot ist, als Meisterin ein Beginenhaus. Vielleicht möchte ich bei ihr bleiben.

Haselpuselhart feixte: Ehe die Beginen dich zur reuigen Sünderin bekehren, werde ich Einsiedler in einem großen dicken Wald, huu!

Also, Leute, Regensburg ist ausgemacht, brach Alan das Gespräch ab. Ihr Frauen geht in die Stadt. Aber bleibt nicht zu lange im Bottich liegen! Und lasst die Hände weg von den Badknechten. Wir können Ärger nicht gebrauchen. Wibert und Haselpuselhart, ihr seid bis zum frühen Mittag wieder zurück. Janko, wenn du nicht mitwillst, kannst du mir helfen, unsere Sachen zu richten. Und du, Junge, du lässt deinen geschorenen Kopf besser nicht unter den Leuten sehen! Wenn du etwas davon verstehst, kannst du das Zuggeschirr der Hunde nachsehen. Da müssen ein paar Halsriemen in Ordnung gebracht werden.

So verging der Vormittag. Ich fand Arbeit genug und mir war es recht. Ich prüfte die Zugleinen an den Hundekarren, setzte neue Lederflecken auf das Geriem, trieb einen frischen Holznagel in den Boden des Maultierwagens und packte mein Springbrett darauf. Ich war froh, dass Linori mit den beiden Frauen in die Stadt gegangen war. Denn ich konnte Linori und Janko nicht ansehen, ohne dass mir dabei das Blut vom Herzen auf die Seele drang.

Die Frauen und die beiden Tambure kamen zusammen aus der Stadt zurück. Sie schauten vergnügt drein und waren guter Dinge. Wir rüsteten zum Aufbruch. Ich sah zu, wie Haselpuselhart die Hunde anschirrte. Wir zogen los und waren kaum auf der Straße, da kamen uns zwei Stadtknechte nach und geboten Halt. Ich hörte, wie sie von Alan vier Silberpfennige verlangten. Als Nutzungsgebühr für den Anger, wie sie umständlich erklärten. Alan fluchte lästerlich. Er verhandelte mit den beiden. Schließlich ließ er ihnen murrend das Geld. Stank für Dank nennt man das, beschwerte er sich bei Wibert. Und ich bin fast sicher, die haben sich das Geld auf eigene Rechnung geholt. Wahrscheinlich sitzen sie schon in der Torschenke und versaufen es. Geschriebenes vom Amtmann hatten sie nämlich nicht vorzuweisen. Aber mit fahrenden Leuten kann man vieles ungestraft machen!

## Spielmannskarren

Wir zogen über die Dörfer, die ich von meinen rot gewandeten Wegbegleitern schon kannte. Oft hielt ich nach den beiden Ausschau. Doch ich traute mich nicht, nach ihnen zu fragen, aus Furcht, es werde seit dem Kirchensturm von St. Emmeran im Land nach ihnen gefahndet. Wenn Alan und die anderen Fahrenden in den Schenken saßen, blieb ich lieber draußen auf dem Karrenplatz vor dem Etter. Ist der Winter wie dieses Jahr, geht's den Spielleuten gut, sagte Alan. Ein wenig Frost tut nicht weh, solange die Straßen nicht zuschneien. Den Leuten in den Dörfern steht der Sinn nach Abwechslung und fröhlichem Treiben. Die Schweine hängen an den Leitern, Hochzeit wird gefeiert, da fällt auch für den Spielmann was ab!

Ja, die Leute kamen gern vor ihren Etter, sooft Alan, der Gumpelmann, mit seinem bunten Rock durch die Gassen lief und die Einwohner zur Schaustellung auf den Gemeindeanger rief. Die Künste der Gaukelleute waren nahezu unerschöpflich. Zwar konnte Janko sein langes Seil nicht aufrollen, weil es durch und durch gefroren und zum Begehen, wie er mir erklärte, dann zu gefährlich war. Doch auch auf dem waagerechten Seil, doppelmannshoch über den Boden gespannt, entfaltete der Tänzer seine Meisterschaft. Wibert und Haselpuselhart führten die beiden Äffchen vor, wie sie, gepanzert und auf Hunden reitend, gegeneinander turnierten, Aude und Metza zankten sich kreischend in komischen Streitgesprächen, und Alan spielte auf seiner Fiedel und sang dazu. Ich tanzte auf den Händen, lernte unter des Gumpelmanns Anleitung immer sicherer zu springen und setzte einmal in Schmähingen mit einer Luftrolle über drei zu Pferd aufgesessene Maierknechte hinweg. Linori lief ausgelassen auf mich zu, sprang mir in die Arme und biss mir ins Ohr. Dafür wäre ich über sechs Kerle mit spitzen Mistzinken gesprungen!

Linoris beste Schaunummer war, auf zwei rollenden Kugeln über den frostharten Boden zu schwingen und zu schweben. Dazu schlug sie die Zimbeln und sang Lieder in ihrer Sprache. Alan kündigte sie als die Sarazenin an, ein Mädchen aus dem Sultansharem. Die Dorfleute schrien jedes Mal vor Begeisterung, wenn das braune Mädchen im indischbunten Kleid am Ende ihrer Vorführung auf der Zehenspitze eines Fußes mit fliegenden Armen auf der rotierenden Kugel eine Pirouette wirbelte. Ah, klatschte Janko ihr Beifall, noch nie warst du so gut, Kleines!

So kamen die Einnahmen reichlich, es fehlte nicht an Bier und Brot, Alan war vergnügt und wir alle fühlten uns wohl. Das Geld freilich sprang den Fahrenden rasch wieder aus den Händen. Die schöne Aude kaufte für ihr ganzes Geld ein Minnekästchen aus Elfenbein bei einem durchreisenden Händler und Janko stand eines Morgens da und schmetterte: Mir ist leicht wie einem Vogel, das Geld ist weg, die Würfel haben mich ausgezogen, die Würfel bringen mich noch um!

In dem kleinen Weiler Möttingen hatten die Schausteller eine Scheune aufgetan, in der wir ein paar Tage blieben. Alan erstand durch Vermittlung eines Jagdbauern vom Maierhof eine schwere Wildsau und Wibert briet sie am Spieß. Der Maier hatte Hopfenbier gestiftet und die Frauen handelten den Dorfleuten frisches Sauerbrot ab. Ich setzte mich mit des Gumpelmanns Fiedel ins Stroh, übte neue Griffe und versuchte neue Melodien. Eigentlich ging es mir in diesen Tagen so gut wie noch nie in meinem Leben. Niemand schlug mich. Alan, der Gumpelmann, verlor nicht die Geduld, wenn meine Sprünge nicht zu seiner Zufriedenheit ausfielen. Ich hatte auch in Hentz, dem Hund, einen neuen Freund gefunden und ich lachte über die Späße von Haselpuselhart. Dennoch dachte ich sehnsüchtig an die Abende in Babelins Haus zurück.

Ja, Linori hatte nur Augen für Janko. Sie spielte mit seinen Locken, drückte sich an ihn und bettelte mit ihren Augen, bis er sie küsste. Aber ich hatte kein Recht, eifersüchtig zu sein, mit dem blonden Tänzer konnte ich mich nicht messen. Nachts im Stroh malte ich mir die abenteuerlichsten Geschichten über Jankos Herkunft aus. Von einem König träumte ich, der ins Heilige Land zog und über Jahr und Tag nicht wiederkehrte. Seine junge Frau verliebte sich unterdes so sehr in einen blonden Ritter, dass sie sich zu ihm legte und empfing. Heimlich kam sie mit einem Kind nieder, vertraute sich einer Dienerin an und befahl ihr, das Kind im Wald bei den wilden Tieren auszusetzen. Die Dienerin aber hatte den Knaben angesehen und brachte es nicht übers Herz, denn er war sehr schön und hatte goldenes Haar. So brachte sie das Kind ihrer Amme, ohne aber seine Herkunft zu verraten. Bald darauf erkrankte die Dienerin und starb. Die Amme nannte den Jungen Janko. Der zog später in die weite Welt und wurde ein berühmter Seiltänzer.

Wer weiß, vielleicht stimmte die Geschichte sogar und mochte so oder anders wirklich geschehen sein. Je länger ich sie mir erzählte, umso geheimnisvoller wurde der blonde Junge in meinen Augen. Ich verehrte ihn mit einer Art scheuer Bewunderung. Und wenn Janko wieder einmal Linori behandelte wie eine Puppe, das Mädchen ihm ohne Widerspruch zu Willen war, selbst wenn er grob mit ihr umging, verzieh ich ihm doch, auch wenn es mir vor Zorn einen Riss gab.

Allein ging ich von Möttingen aus hinüber nach Allerheim. Es hatte noch kaum getagt. Aber gegen den Himmel konnte ich schon die sparrigen Elsternnester in den Bäumen an der Eger erkennen. Ein Fischer nahm mich in seinem Boot mit über den Fluss. Ich hatte abends an die Frau denken müssen, die mir vor zehn Tagen die Wunden versorgt und mir in ihrem Haus das Hemd gewechselt hatte.

Als ich nach Allerheim kam, waren die Fronbauern bereits wieder mit ihren Ochsengespannen unterwegs zum Wennenberg, um Steine für ihres Herrn Burg zu karren. Der spöttische

Spruch von Pater Kosmas fiel mir ein: Darum baut man die Bürgen, die Armen zu erwürgen! Früher war das nur einer von des Paters Sprüchen für mich gewesen. Ich hatte nie über meine Welt nachgedacht. Doch seit ich mit den roten Kaiserleuten gegangen war und jetzt mit den fahrenden Spielleuten herumkam, hatten sich meine Gedanken geändert. Wenn die Bettelleute einmal im Jahr zum Stiftungsmahl des Lechsgemünder Grafen für seine verstorbene Frau Adelheid bei uns im Klosterhof eintrafen, pflegte unser Herr Grangarius zu bemerken, er glaube nicht, dass so viel Garben wüchsen, als Menschen auf Erden waren. Ja, so sprach der Grangarius und er wies die Hungrigen und Elenden im Hof darauf hin, dass die Gräfin sich diese Stiftung bereits zu Lebzeiten von ihrem edlen Gatten ausbedungen habe, damit die Armen Gott für sie bitten sollten und die Gräfin von ihnen ewigen Lohn erwerben konnte. Damals war das alles für mich auch völlig in Ordnung gegangen. Die Frau Gräfin war eine fromme, gute Frau gewesen. Heute war ich nicht mehr so sicher, ob die Armen hungerten, weil zu wenig Garben wuchsen. Es war doch wohl eher so, dass die Herren daran schuld waren, weil sie nicht nach der Regel teilten: Wer den Kuchen schneidet, nimmt das letzte Stück!

Ich traf die Frau beim Holzhacken vor dem Erdhaus. Ich grüßte, sie schaute auf und antwortete. Ach, du bist es, Gottwillkomm! Ich erinnere mich, du bist Martis, der Junge von neulich.

Ja, Mutter, sagte ich. Ihr habt mich gleich erkannt!

Komm ins Haus, Martis, Mehl wird noch im Kasten sein. Und unsere Ziege hat geworfen und gibt so reichlich Milch, dass es für uns und das Zicklein reicht.

Ich setzte mich im Haus auf die Bank. Die drei Kinder lagen noch im Stroh und schliefen fest.

Zieh deinen Mantel aus, Junge, ich will nach deinem Rücken schauen. Hat die Salbe gut getan? Tut es noch weh?

Ich legte meinen Mantel ab und zog das Hemd aus der Hose. Die Frau streifte es mir über den Kopf und betrachtete die Haut. Doch, es sieht gut aus. Ich will dir noch Öl einkneten, dass die neue Haut nicht spannt und wieder aufreißt!

Als sie meinen Rücken versorgt hatte, stellte die Frau die Musschüssel auf den Tisch und meinte: Gut siehst du aus, Martis, deine Haare sind schon ein ganzes Stück nachgewachsen. Aber wenn du mich anschaust, denke ich, der Junge hat traurige Augen!

Ich lächelte ihr zu und meinte: Sie sehen nicht immer so aus, Mutter! Es geht mir gut. Ich bin unter die fahrenden Leute gegangen. Drüben in Möttingen haben wir Quartier gemacht. Es gefällt mir bei ihnen. Ich habe sogar schon Geld verdient. Ich habe dir etwas davon mitgebracht.

Ich kramte in meiner Gürteltasche, holte sieben Silberpfennige heraus und schob sie ihr über den Tisch zu. Nein, ich brauche das Geld nicht, beteuerte ich. Ich habe meinen Schlafplatz und mein Brot bei den Spielleuten. Und ich habe noch Sparpfennige im Kittelsaum eingenäht!

Wir saßen zusammen, redeten über dies und das. Ich erzählte der Frau von Haselpuselhart, von Janko, Alan, Hentz, dem Hund, und von Linori. Und die Frau sprach über ihre Kinder, klagte über die Schinderei im Steinbruch und sagte böse: Nicht genug, dass wir Kopfgeld, Vogtsteuer, den großen und den kleinen Zehnt entrichten müssen. Ich blicke da überhaupt nicht mehr durch, wem alles in der Welt wir pflichtig sind! Aber den Herren von Allerheim sind wir die Nächsten. Die halten sich an uns und sehen zu, dass sie auf ihre Kosten kommen. Sie schinden den Leuten die Beine in den Bauch. Außer den geschriebenen Abgaben müssen die Männer noch unentlohnt Fuhr- und Botendienste leisten, als Treiber bei der herrschaftlichen Jagd zur Verfügung stehen, und wir Frauen und Mädchen müssen in Küche und Keller vom Schloss dem Grundherrn gefällig sein.

Ich nickte und sagte: Ich habe heute früh eure Leute bereits mit den Steinkarren unterwegs gesehen!

Weißt du, erzählte die Frau weiter, vor drei Jahren haben unsere Männer am Schloss einen Fischteich ausgegraben. Als wenn die Wörnitz nicht genug Fische brächte! Im vorigen Mai kommt einer von den Burgmännern und befiehlt unserem Amtmann, die Männer abends mit Knütteln ans Fischwasser zu schicken. Warum? Nun, die Frosche, erklärte er, schnarrten und keckerten, so dass die Herrschaft sich in der Nachtruhe gestört sähe! Unsere Leute sollten Wache halten, dass das Quakkonzert endlich aufhöre. Und am nächsten Morgen mussten sie wie jeden Tag auf des Herrn Feldern arbeiten, Gräben ziehen und Steine lesen.

Während die Frau redete, waren die Kinder aufgewacht, setzten sich verschlafen an den Tisch und verlangten ihr Mus. Sie musterten mich und der achtjährige Junge rief: Du hast neulich mit uns im Stroh geschlafen!

Ja, antwortete ich, so ist es. Hier habe ich ein paar Hände voll Nüsse für euch. Sie kommen aus einem fernen Land. Das hat der Kramer gesagt, als ich sie kaufte. Ich habe von den Nüssen probiert, sie schmecken wirklich gut.

Mutter, sagte ich zu der Frau, die den Kindern ihre Löffel in die Hand drückte, ich muss jetzt gehen.

Ja, Martis, ich weiß. Da fällt mir ein, du kannst dein eigenes Hemd wieder mitnehmen, das du hier gewechselt hast. Ich habe es gewaschen und es liegt im Fach. Du gibst mir das, was du anhast, zurück.

Danke, antwortete ich, zog mich um, ging zur Tür und die Frau gab mir einen Kuss. Die Gottesmutter behüte dich, Junge. Ob du hier noch mal vorbeischaust?

Ja, erwiderte ich, das möchte ich wohl!

Die Frau kehrte an ihren Holzstock zurück und zerkleinerte den Reiser. Ich stieg über den Stapfen am Etter. Ein paar Schritte seitlich stand ein offenes Vogelschlagbrett. Die

Schnappleine lief in ein nahes Erlengebüsch, in dem sich ein halbwüchsiger Junge versteckte. Rostrote Kleiber, Buntspechte und gelbe und blaue Meisen pickten unter der Falle die ausgestreute Hirse. Ich ahmte den heiseren Ruf eines Spechts nach und der Schwarm flog zwitschernd und schreiend auf. Der Junge warf aus der Hecke schimpfend Steine hinter mir her. Ich folgte der Straße nach Appetshofen und kam gegen Mittag auf der anderen Seite der Eger wieder in Möttingen an.

Martis, rief Alan, der mich schon von weitem erkannte, Junge, da bist du ja endlich! Wir dachten schon, du seist zurück auf die Schulbank. Aber unser Janko meinte: Martis ist ein Freund, der geht doch nicht so einfach fort! Junge, wir haben uns schon Gedanken gemacht. Du weißt, dein zerschlagener Buckel und der kahle Kopf könnten den Öttinger Vogtbeamten dich mehr fragen lassen, als dir lieb ist! Dann komm mal, wir sind nämlich schon fast fertig mit dem Aufpacken, nach dem Mittagsläuten geht's weiter!

Ich war glücklich, wieder bei meinen Leuten zu sein. Ich sah nach, ob mein Springbrett auf dem Wagen lag, half die Riemen am Hundegeschirr in Ordnung zu bringen und fragte Alan: Wo ist denn Janko?

Janko?, wiederholte der Gumpelmann. Wo ist der Janko? Junge, ich glaube, um den brauchst du dir keine Sorgen zu machen. Der ist ein Hans vor allen Löchern! Wahrscheinlich wird er noch im Maierhof mit einem Mädchen schmusen. Komm, hilf mal das Seil aufladen. In der Scheune ist es ja abgetrocknet, aber es ist immer noch verdammt schwer!

Der Möttinger Maier hieß seinen Fährmann, uns aufs Ufer von Appetshofen überzusetzen. Die Leute dort waren ein umgängliches Volk. Die Lustigmacher waren ihnen willkommen. Sie ließen uns den Gemeindeanger als Karrenplatz und wir blieben mehrere Tage vor dem Dorf. Am frühen Nachmittag des vierten Tages gab es jedoch einen hässlichen Zwischenfall.

Der schönen Aude ward im Dorf unter der Linde von einem Betrunkenen Gewalt angetan. Sie schrie gellend um Hilfe. Metza und Haselpuselhart, so berichteten sie später, waren aus der Schenke gestürzt und prügelten auf den Mann ein. Männer und Frauen rannten zusammen und jemand schrie nach dem Büttelmann. Alan und ich waren inzwischen durch das Ettertor ins Dorf gelaufen, und Alan forderte von dem Amtmann, der gleich mit dem Büttel erschienen war, Genugtuung. Aude selbst saß zusammengekauert unter einem Marienbild. Es war kein Wort aus ihr herauszubringen. Der Amtmann verhörte Haselpuselhart, Metza und den Betrunkenen und verkündete sein Urteil: Ihr Spielleute fordert Genugtuung. Darum verfüge ich auf Grund von hergekommenem Rechtsgebrauch, dass der Gewalttäter drüben an die sonnenbeschienene Wand trete, und einer von euch Fahrenden soll das Recht haben, seinen Schatten schlagen zu dürfen.

Eine schöne Buße habt Ihr verfügt, höhnte Alan und spie verächtlich aus.

Halt's Maul!, schrie der Büttelmann. Oder es geht ab ins Hundeloch mit euch!

Auf, Leute, winkte uns der Gumpelmann. Metza, kümmere dich um Aude. St. Velten soll mich schlagen, wenn ich euren Kirchturm auch nur eine Stunde länger sehe.

Alan marschierte zum Ettertor und ich sah, dass sein Rücken vor Zorn bebte. Wir warfen den Maultieren und Hunden das Kummet über, schoben die Wagen an, zogen los. Aude saß hinten auf dem Karrenbrett und heulte. Alan bedachte sie mit einem vorwurfsvollen Blick. Das Schlimmste ist, fauchte er sie an, dass ich gar nicht so sicher bin, ob nicht der Amtmann sogar Recht hatte. Beim Herzen Gottes, was musst du dich auch ständig mit diesen Dorfböcken einlassen!

Wir schlugen einen Bogen um den benachbarten Weiler Lierheim, kamen aber im weglosen Gelände nur schlecht voran. Wir mussten bei den Hundekarren mit anfassen und schieben. Wibert zog den Maultieren seine Haselnussgerte über den Rücken. Wir hatten schlechte Laune und gerieten wegen jeder Kleinigkeit in Streit. Janko schlug Linori mit der flachen Hand, weil sie unter den Sachen im Karren nicht schnell genug seine Filzkappe fand. Sie fuhr ihm mit der Faust ins Gesicht, und Janko brüllte vor Wut und schlug noch mal nach ihr. Das Mädchen versteckte sich hinter dem Rücken von Haselpuselhart. Ich war drauf und dran, dem Tänzer in den Nacken zu springen. Aber der Gumpelmann warf sich dazwischen, stieß mich vor die Brust und sagte mit gefährlicher Stimme: Lasst die Hände voneinander, sage ich!

Ich schluckte bitter vor Galle, griff in das festsitzende Rad des Maultierwagens und rückte dagegen, dass sich die Speichen bogen. Von wegen Prinz!, kollerte ich. Ein dreckiger, gemeiner Hund bist du! Zu allem Überfluss hatte sich auch noch der Himmel zugezogen und aus den Wolken stob Schnee. Es war zum Verzweifeln.

Am Frauentag vor der Fastnacht waren wir in Heroldingen. Wir hatten tags zuvor, am Brigittengedenken, bei dem Flecken Halt gemacht. Der Amtmann gestattete uns, den Einwohnern unsere Schaustellkünste darzubieten. Die beiden Feiertage hatten den ganzen Ort auf die Beine gebracht. Pfennigprediger verkauften Ablässe. Lodenweber, Tuchscherer, Karrenschieber, Schinder, Mägde und Knechte mit den Eigenleuten durften ihre Arbeit ruhen lassen. Mädchen und Frauen liefen im kurzen Leinen, mit zerrissenen Badmänteln nur notdürftig bedeckt, am hellen Mittag über die Gasse zu den heißen Zubern. Alan spielte unter der winterlichen Linde mit der Fiedel zum Hoppelvogel und Firlefanz auf. Die Tambure begleiteten ihn. Ich hatte die Drehleier auf dem Schoß, Linori schlug die Zimbel. Frauen und junge Männer tanzten die krummen Reihen, Röcke flogen, und die Männer warfen Frauen in die Luft und schwenkten die Mädchen, dass sie vor Vergnügen zappelten und kreischten. Bis in die Dunkelheit dauerte der fröhliche

Spektakel, und am Abend saßen wir über dem Glühwein in den Schenken. Der abnehmende Mond strahlte kalt durch die Winternacht, als Alan und ich zum Anger gingen, um bei unseren Karren im Stroh zu schlafen.

Am Frauentag waren die Frauen los. In der Schenke hatten uns die Heroldinger bereits gewarnt, aber bei Hiobs Leiden, wir waren nicht darauf gefasst, was uns bevorstand! Ich meine, ich wenigstens hatte damit nicht gerechnet.

Frauen und Mädchen rannten frühmorgens durch die Gassen, pfiffen auf den Fingern, schwangen die Ratschen, jauchzten, hüpften aus den Fenstern, klingelten und polterten, trugen die Brüste offen und schlugen den Männern, die ihnen über den Weg liefen, den Kohlensack um die Ohren. Ich war von dem Juchzen aufgewacht und versteckte mich schleunigst hinter einem Schubkarren bei der Linde. Die Mädchen liefen zum Schankwirt, die Frauen forderten lauthals Geld vor des Amtmanns Haus, schafften Brot und Wein herbei, und aus einer Gasse trieben alte Weiber einen mit Bändern geschmückten Bock tanzend, singend und springend vor sich her. Sie aßen auf der Straße, entfachten Feuer, buken süße Küchlein und prosteten den verschlossenen Fensterläden zu: Auf, ihr Ammenmacher, her, schmaust und trinkt mit uns!

Beim Herzen Gottes, ich, Martis, wäre gern hervorgekrochen, denn der Bauch tat mir weh vom Duft der süßen Küchlein. Doch die Jungen und Männer von Heroldingen trauten den Frauen nicht, die jetzt um den schreienden Bock im Trippelschritt tanzten, sich umfassten und küssten. Da schossen Metza, Linori und die schöne Aude aus der Schenke, jubelten, warfen ihre Beine in die Luft und wurden lauthals empfangen: Auf, Schwestern, macht den Brustlatz auf, heute sind wir frei! Und einen Augenblick später sprangen die Frauen der Spielleute mit geschwärzten Gesichtern und aufgeschürzten Röcken mit in der wilden Fahrt.

Da erblickte ich Janko, der gemächlich aus der Schenkentür

trat. Die Frauen hatten ihn noch eher gesehen und frohlockten. Doch der Seiltänzer entkam ihnen mit einem Satz. Sie jagten ihn in eine Gasse und wenig später sah ich Janko keuchend aus einem anderen Durchgang auftauchen, die verschlossene Schenkentür rütteln, und dann versteckte er sich eilig in einem großen Fass. Da waren auch die Frauen wieder da. Sie schauten sich nach ihrem entschwundenen Opfer um, und dann entdeckte ein Mädchen, dem die roten Haare wie ein Feuerkranz ums geschwärzte Gesicht standen, eine aus dem Spundloch hängende blonde Locke. Die Frauen stürzten sich kichernd auf das Versteck, zogen den zappelnden Tänzer hervor, küssten ihn ab, umhalsten ihn, rissen ihm die Hosen auf und stopften sie voll Bohnenstroh, schleppten ihn zum Bock und ließen ihn verkehrt aufsitzen. Janko jammerte laut, der Bock machte einen Satz, der Tänzer purzelte, der Bock rannte auf meine Karre zu und dann hatten die Frauen auch mich entdeckt. Ich sprang in die Luft, wirbelte über ihre zottigen Köpfe, bekam in der Linde einen Ast zu fassen, schwang mich hoch und lachte, dass mir die Tränen von den Backen sprangen. Komm herunter, Feigling!, prusteten die Frauen und ich sprang ihnen in die Arme. Mir erging es nicht besser als Janko, allerdings blieb mir der Bock erspart, denn der hatte sich wie der Tänzer davongemacht. Dafür durfte ich am Feuer warme Küchlein essen. Wenn nur nicht das Stroh so scheußlich gekratzt hätte! In einem unbeobachteten Augenblick riss ich es heraus, rannte zum Etterzaun und unter das Zeltdach am Wagen. Dort warf ich mich neben Janko ins Stroh, bis unters Kinn voll Lachen und süßer Happen.

Erst nach dem Mittagläuten traute ich mich wieder über den Etter. Das Frauenfest war noch im vollen Gang. Und unter den wildesten Mädchen war Linori. Ihr indischbuntes Kleid war in Fetzen gerissen, die Ratsche schwingend, führte sie eine wirbelnde Tanzreihe an, und auf der Schubkarre unter der Linde saß seelenruhig der bunte Alan, strich den Bogen und fiedelte! Ich schlich mich hinter ihn und schrie ihm ins Ohr: Gumpelmann, hast du keine Angst?

Er schüttelte den Kopf, wechselte das Tempo, sah mich an und meinte: Wieso Angst? Ich habe keine Angst. Und du, Martis?

Ich schlug vor und zurück ein Rad. Doch, ein bisschen schon, gab ich zu.

Langsam trauten sich jetzt auch die Heroldinger Männer aus den Häusern. Haselpuselhart und Wibert kamen aus der Schenke zu uns gesteuert. Ihre Zungen hinkten vom Wein. Ich hatte mir Wiberts hohe Stelzen vom Karren geholt und lief zwischen den Tanzenden umher. Kinder rollten Fässer durch die Gassen, und die Jungen nahmen einander huckepack und führten vor dem Etter Reiterkämpfe auf. Frauen und Männer aus den umliegenden Mühlenhöfen erschienen mit ihrem Gesinde auf dem Lindenplatz.

Der Schankwirt stellte draußen Tischböcke auf und Alan und Wibert ließen zwei Marionetten mit Helm und Ritterkreuz am Kittel gegeneinander fechten. Wiberts rostiger Ritter machte dabei eine wenig bessere Figur als er selbst. Als Alan wieder aufspielte, hockte Wibert laut schnarchend auf dem Boden. Linori schwankte an Audes Hand mit halb geschlossenen Augen auf uns zu. Ich gab ihr meinen Mantel und sie rollte sich darauf.

Ich war erneut auf Wiberts Stelzen, als ich drüben auf dem Platz die Pfennigprediger sah. Diesmal waren sie in Begleitung von drei schwarz bekutteten Dominikanern. Mir kam der Zorn hoch. Mit ein paar langen Schritten war ich bei Alan, um den sich die Leute drängten. Er trug zu der Fiedel ein witziges Lied vor und seine Zuhörer lachten. Ich sprang von den Stelzen und bat: Alan, lässt du mich mal?

Dann hockte ich mich zu ihm auf die Karre und klimperte erst ein bisschen, um mich zu beruhigen. Ich hatte bis dahin noch nie vor so vielen Leuten einen Pieps gesagt. Aber jetzt musste ich. Ich dachte an Babelin, schaute auf und sagte den Leuten: Hört, jetzt kommt eine Geschichte!

Ich holte Luft, zupfte die Saiten und trug meine Erzählung vor: Freunde, da ist ein Mann. Kein gewöhnlicher, unser Mann ist oberschlau! Er hatte nämlich ein Feuer zu unterhalten und gedachte dem Feuer so viel Nahrung zu geben, dass die Flammen ein ganzes Jahr genug daran haben sollten. Hört, ihr Leute, was er tat! Unser Mann hieb einen ganzen Wald nieder. Er zerspaltete das Holz. Darauf trug er das Feuer darunter. Und er redete dem Feuer gut zu, sich einmal recht am Holz satt zu machen. Aber je mehr das Feuer Nahrung fand, desto heftiger entbrannte es. Noch ehe der Tag verflossen war, hatten die Flammen den ganzen Holzhaufen verzehrt. Und unser Mann? Der veränderte sich darüber und verfluchte die Unersättlichkeit des Feuers.

Ich machte eine Pause und blickte um mich. Die Leute drängten näher. Ich stimmte die Fiedel nach und sang dann das Lied, das ich mir in der Möttinger Scheune ausgedacht hatte:

Ich muss von bösen Dingen sagen euch und singen: Ketzerrichter Brand frisst das ganze Land! Deinen Freund und Mann, die Frau von nebenan, den Bauern mit Gesind, jetzt dein eignes Kind! Schließlich brennt man dich und am Ende mich. Ihr Feuer wird nicht satt, bis es uns alle hat!

Die Zuhörer blickten verstohlen um sich. Alan versuchte, mir die Fiedel zu entwinden. Ich hielt sie fest und sang weiter, sang so laut, dass ich mich selbst wunderte, als ich mich hörte:

Habt der Mönche Acht in der schwarzen Tracht! Ruß von Menschenbrand schwärzet ihr Gewand!

Verdammt, du bist unsinnig, Junge! Der Gumpelmann schlug mir auf den Arm, dass ich das Instrument fallen ließ. Weißt du, was du tust? Du hetzt uns die Priester auf den Hals! Am nächsten Tag sind wir da, wo die Leute aus den Rippen stinken! Hau ab, du bist besoffen! Verschwinde ins Stroh!

Die Leute betrachteten neugierig die Szene. Recht hat der Alte, hörte ich einen Mann schimpfen, als ich aus dem Kreis stolperte. Rotzlöffel wie du sollten nicht Sachen beschreien, von denen sie nichts verstehen!

Aber eine Frau stieß mich freundschaftlich in die Seite und flüsterte: Komm mit, ich habe Platz im Stroh. Du kannst bei mir bleiben.

Ich wehrte ab, lief aus dem Dorf, machte Hentz, den Hund, von der Leine los und legte mich mit ihm unters Zeltdach.

Als ich morgens aufwachte, lag Janko an meiner Seite. Linori hatte ihren Arm über ihn gelegt. Ihr Kopf, mit dem roten Band im Haar, lehnte gegen Jankos Schulter. Ich erhob mich und raunte dem Hund zu: Komm, Hentz, wir rennen! Linori blickte zu mir herüber und sagte mit rauchiger Stimme: Sowa gadscho! Sie rollte sich wie eine Katze zusammen und war schon wieder eingeschlafen. Bis gegen Mittag lag sie im Stroh und schlief, während wir unsere Sachen aufpackten und uns vor dem Aufbruch aus der Muspfanne stärkten.

Von einem Hof in der Nähe waren gestern Leute bei mir, äußerte sich Alan. Sie haben gefragt, ob wir bei ihnen zur Hochzeit aufspielen könnten.

Metza sagte löffelleckend: Eine Bauernhochzeit ist immer eine feine Sache, was meint ihr? Ich bin dabei. Und du, Aude?

Ich auch, gähnte die, obschon ich lieber noch einen Tag schlafen würde. Aber man muss die Feste feiern, wie sie fallen!

Auch die Männer stimmten zu. Der Tänzer rüttelte Linori aus dem Schlaf. Wenig später rollten unsere Karren unterhalb des Heroldinger Burgbergs auf dem Wagenweg die Wörnitz entlang.

Alan nahm mich auf die Seite und erklärte: Das musst du verstehen, Junge. Ich habe die Schwarzkittel auch gesehen. Ich weiß so gut wie du, wer sie sind. Aber da sind all diese Leute hier. Aude, Janko und die anderen. Wir sind eine gute Gruppe.

Da muss ich weiter denken als nur von der Nase bis zum Mund!

Tut mir Leid, Alan, entschuldigte ich mich, aber ich hatte gestern eine Wut auf dich!

Schon gut, Martis, sagte der Gumpelmann und legte seinen Arm um mich. Und das Spiel auf der Fiedel musst du auch noch besser lernen. Wie deine Rollsprünge. Du hast für beides noch mehr in dir!

Ich nickte und trottete neben Hentz weiter den Weg entlang.

Es war gar nicht leicht, den Haselbühl zu finden, die Hofstätten zu erreichen, von denen Alan gesprochen hatte. Es wurde stockfinster, und wir wussten noch immer nicht genau, wohin wir uns wenden sollten.

Es war Linori, die den Lichtschimmer am Berg zuerst ausmachte. Wir schoben noch mal die Karren an und hörten schon von weitem, dass die Hochzeit bereits im vollen Gange war. Die Hofhunde rannten uns entgegen, strichen um unsere Karren und schnappten nach den Zughunden. Haselpuselhart fuhr wütend dazwischen: Packt euch, ihr räudigen Viecher. Haselpuselhart hasste nichts mehr als das vertrackte Geschäft, die Hundeleinen zu entwirren.

Auf dem Hof standen Pechfässer und erhellten die Dunkelheit. Ein vielfältiges Gewimmel von Menschen wogte zwischen den geduckten Wohnhäusern und den Scheunenwänden. Drei, vier mächtige Feuer brannten und Schweine und Ochsen brieten am Spieß. Die Hofstättenleute hießen uns mit Freudengeschrei willkommen.

Lasst die Karren vor dem Hof, schirrt die Tiere aus, rief Alan, nahm die Fiedel vom Rücken, sprang auf die Tischbretter und legte los. Die jungen Hochzeiter waren bereits in ihrer Kammer. Doch als alle unsere Leute ihre Instrumente hervorgeholt hatten, führte uns der Hofvater ins Haus zum Brautgemach. Mit Fackeln voraus marschierten wir trommelnd, pfeifend, mit Zimbeln und allem Klingklang hinterher! Die Tür flog auf, wir umstellten das Brautbett, Mägde zwängten sich zwischen uns durch, kredenzten dem Paar Wein in einem Riesenhumpen, Alan fiedelte, Gäste drängten sich vor Tür und Fenster, frotzelten die jungen Leute, und Metza lachte, dass ihr das Wasser aus den Augen ging.

Bereits in der Frühe saßen wir wieder an den Tischen und ließen es uns wohl sein. Alan war mit den Hofleuten handelseins geworden und mittags sollte unsere Schau losgehen. Die Festgäste ließen ihrem Unmut über Kloster, Burgen, den Vogt und seine Fronboten freien Lauf. Ich schwöre, dass ich die Leute bei den Brüdern auf dem Anhäuser Hof nie so bitter zornig habe reden hören! Aber hier auf der abgelegenen Hofstätte, vom Met und Dinkelbier erhitzt, taten sie den Mund auf. Ich konnte mir wohl denken, dass frohe Feste wie dieses, wenn die Kessel voll mit Würsten siedeten, der Backofen nicht kalt wurde und die Hunde sich ums Fleisch statt um Knochen balgten, vorher viele magere Tage gesehen hatten.

Unsere Schausteller sollten nicht dazu kommen, den Hochzeitsgästen ihre Kunstfertigkeiten zu zeigen. Vom nahe gelegenen Wald her drang das Schnauben und Stampfen von Pferden, der Schall von Hifthörnern und das Bläffen einer Hundemeute. Die Leute an den Tischen schauten sich stumm an, standen wortlos auf und gingen vor den Hofplatz, wo unsere Karren standen. Quer durch die mit Wintersaat bestellten Felder galoppierte die Jagdgesellschaft auf uns zu. Der Brautvater neben dem bunten Gumpelmann zischte: Das ist Berthold, der Lechsgemündener! Sein Lehen endet zwar hinter dem Haselbühl am Ellerbach, doch das schert ihn wenig. Es ist nicht das erste Mal, dass der Graf bis hier in die Wälder und auf unseren Äckern jagt.

Dann war die Gesellschaft mit ihrem Gefolge an Jagdknechten, Hunden und Treibern, die den Berittenen hinterher über die Felder keuchten, am Hofplatz angekommen. Die Pferde kamen zum Stehen, schüttelten sich, schnaubten und schwitzten und der Graf befahl, man möge Bier und Met reichen. Wir verbeugten uns bis auf den Boden. Der Brautvater dienerte: Herr, unser Haus ist Euch zu Diensten! Er winkte den gaffenden Mägden und Knechten und sie rannten los, dass ihnen die Holzschuhe flogen.

Der Lechsgemündener zügelte sein schwanenweißes Ross. Sein Wappen mit einem aufrecht schreitenden roten Panther auf drei blauen Querbalken über goldenem Grund strahlte auf der Decke des Pferdes. Das Sattelzeug flimmerte von Elfenbein und silbernen Beschlägen, die Sattelknäufe waren sogar mit Edelsteinen besetzt. Hinten auf der Kuppe des Pferdes führte der Graf einen jungen rötlichen Schweißhund mit sich. Der Graf musterte uns. Sein breites Gesicht sah aus, als seien Erbsen darauf gedroschen worden. Der Fiedler raunte mir zu: Er muss sich im Heiligen Land die Blattern geholt haben!

Ihr feiert, stellte der Graf mit einem Blick über Bänke und Tische hinweg fest.

Wir richten die Hochzeit unseres Kindes aus, Herr, antwortete der Hofstättenmann.

Mit üppigen Zweigen des Übermuts, wie ich sehe!, bemerkte der Herr. Ihr habt so viel Volk zum Prassen und Trinken geladen, dass man meinen möchte, der liebe Gott von Arras halte Hof.

Die Spielleute, Herr, stammelte der Bauer, die zählen nicht dazu. Sie fahren am nächsten Tag weiter.

So, Spielleute habt ihr auch geladen, sagte der Lechsgemündener gedehnt, nahm der Magd den Krug aus der Hand und trank ihn mit einem Zug leer, wischte die Lippen und fragte: Wer ist der Sprecher der Fahrenden?

Hier, ich bin es, gnädiger Herr, ließ sich unser Gumpelmann vernehmen. Der Bauer sagt, wie es ist. Wir sind auf der Durchreise hier. Unser Ziel ist Regensburg an der Brücke.

Der Graf musterte unsere Karren und ordnete an: Du

kannst mit deinen Spielweibern und Lustigmachern gleich aufbrechen! Zwei meiner Knechte werden euch geleiten. Die Fastnacht ist nicht weit. Da könnt ihr auf meiner Burg die Damen und das Gesinde vergnügen.

Der Graf rief zwei Knechte und zeigte auf unsere Karren: Diekhartz und Schiefmund, ihr zieht mit ihnen. Aber treibt euch nicht auf den Dörfern herum! Ich will die Fahrenden in drei Tagen bei mir in Lechsgemünd sehen.

Er warf dem Hausvater den leeren Krug zu und befahl den Pagen: Blast! Die Jagd geht weiter!

Graf Berthold winkte seinem Gefolge und die Gesellschaft trabte los. Die Treiber warfen einen sehnsüchtigen Blick auf die Tische mit den Krügen im Hof und zottelten mit ihren Netzen und Jagdseilen hinter den Herrschaften her. Schiefmund und Diekhartz, des Grafen Reisige, blieben aufgesessen.

He, sputet euch, ihr Tellerlecker, ihr habt gehört, was unser Graf befohlen hat. Packt eure Sachen auf, drei Tage sind verdammt wenig Zeit! Los mit euch! Heda, und du, raunzte Schiefmund den Brautvater an, lass Stroh holen und unsere Pferde abreiben, dass sie sich nicht Rotznasen holen!

Die drei Tage waren eine böse Zeit. Schiefmund und Diekhartz hetzten uns und die Tiere, als müssten sie die von ihren Herrn gesetzte Frist noch unterbieten. Tatsache ist, dass wir erst am vierten Tag die Burg über der Donau erreichten. Wir fluchten, ächzten und stöhnten auf den wilden Wegen durch den Karab- und den Haidwangforst. Doch die Fahrenden blieben wohlgemut: Bis zum Aschtag nach der Fastnachtswoche sind es noch beinahe fünf Wochen, rechnete uns Alan vor. Während der Zeit haben wir festes Quartier, unser Brot und Bier auf der Burg und können's uns wohl gehen lassen!

Wir übernachteten zwischendurch auch unter der Pforte der Zisterzienser in Kaisheim. Ich hielt mich unter einer Kapuze versteckt und hatte Herzklopfen, einer der Brüder würde mich, ihren entlaufenen Eigenjungen, erkennen und den

Stockmeister rufen! Ich war froh, als Diekhartz und Schiefmund uns aus dem Stroh trieben, noch ehe es Tag war.

Der Weg durch das Haidwangholz war besonders schlimm. Hentz, der Hund, brach sich den Hinterlauf. Diekhartz stieß ihm ungerührt die Lanze in den Bauch und ließ den Kadaver für die Krähen und Wölfe liegen. Ich schluchzte. Ich hätte Hentz den Rest des Wegs auf den Armen getragen. Aber ich konnte nicht. Linori hatte fiebrige Augen bekommen. Sie krümmte sich vor bellendem Husten. Aude verordnete ihr Kräutersaft. Aber der schien dem Mädchen nicht zu helfen. Ich bin krank!, klagte sie. Ich zog ihren Arm über meine Schulter, hielt sie um den Leib und stolperte mit ihr dem Ende unseres Zugs hinterher. Ich redete flüsternd auf sie ein. Ich weiß nicht, was sie davon verstand. Aber Linori hatte in den letzten Wochen so viel von unserer Sprache gelernt, dass sie sich halbwegs darin verständigen konnte, und ich hatte hier und da ein Wort von ihr aufgeschnappt. Mire tschajori, mein Mädchen!, sprach ich ihr zu; es kann nicht mehr weit sein! Du wirst dich ins Heu legen. Ich schnitze dir einen Vogel. Vor Babelins Haus habe ich unsere Bachstelze begraben. Jemand hatte sie zertreten. Die Flügel waren ihr gebrochen.

Linori sah mich forschend an. Ihre Lippen waren trocken und aufgesprungen. Babelin?, fragte sie mit keuchendem Atem. Wo ist Babelin? Ich erzählte ihr, soviel ich wusste, und die Tränen sprangen ihr wieder in die Augen. Sie schüttelte den Kopf und sagte: Die Männer kamen. Sie haben Babelin auf den Karren gesetzt. Das Haus war voll Feuer und ich rannte ins Moor.

Wie konntest du ihnen entkommen?, fragte ich. Haben die Männer nicht nach dir gesucht?

Linori nickte heftig. Der Husten schüttelte sie erneut und wir mussten stehen bleiben.

Ihr beiden dahinten, schalt Diekhartz, ihr denkt wohl, ihr könnt hier im Wald schmusen! Bewegt euch!

Mann, schrie ich aufgebracht, das Mädchen ist krank. Du merkst doch, sie hustet sich die Lunge aus dem Hals!

Arme Babelin, schluchzte Linori, als wir uns weiterschleppten. Und dich haben sie geschlagen?, fragte sie später.

Ja, sagte ich, ans Schandholz gebunden, geschlagen und mir die Haare geschoren. Sie haben mich nach dir gefragt. Sie denken, du bist durch die Luft ins Moor zu Babelins Haus geflogen!

Linori guckte mich an. Ihre fiebrigen Augen glänzten und rote Flecken standen ihr im Gesicht. Ich hob sie auf und trug sie ein Stück.

Deine Haare sind wieder schön, Martis, sagte sie. Ich bin weggelaufen ins Moor, als sie nach mir rannten. Ich war schneller. Oder sie hatten Angst. Ich bin krank, ich will zu meinen Leuten! jammerte sie auf. Wo ist meine cuci, wo ist mein dad?

Sie klammerte sich an mich, und ihre Tränen liefen in meinen Nacken. Ich sterbe, klagte sie. Wo ist Janko?

Ich musste Linori absetzen. Da kam Alan. Junge, so geht das nicht, erklärte er ungeduldig. Wir verlieren euch beide hier im Wald. Die beiden Eisenbeißer schert das nicht! Auf den Wagen können wir das Mädchen nicht setzen. Unsere Maultiere sind so schon bald am Ende. Ich trage das Mädchen ein Stück, und Haselpuselhart und du, ihr bleibt zurück und macht eine Trage, auf die wir das Mädchen legen.

Danke, Alan, brachte ich hervor. Der Fiedler nahm Linori behutsam in seine Arme, trug sie über seine Schulter gelegt und summte ein Kinderlied.

# Burg Lechsgemünd

Am Nachmittag vor Sonntag Septuagesima schoben wir unsere Wagen unter den eisenbeschlagenen Spitzen des Fallgatters hindurch in den Vorhof der Burg. Mir war, als müsste ich ins Gefängnis. Dass der Graf seine Dörfer unter harter Hand hielt, konnten wir alle sehen. Auf dem Galgenberg des Burgdorfs Lechsend waren zwei liegende Wagenräder auf Stangen hochgestakt, und um das Fleisch der Geschundenen stritten sich Krähen. Im Burghof erbat Alan für Linori einen Platz in der Zehntscheune. Ich kümmerte mich um sie. Ihre braune Farbe war zu einem schmutzigen Grau geworden. Die Backenknochen standen hoch über ihren Wangen. Linori war ohne Besinnung. Ich erbettelte mir im Wirtschaftsgebäude einen Zuber mit warmem Wasser, kleidete das vor Fieber schnatternde Mädchen aus, wusch sie, wickelte sie bis ans Kinn in ein nasses Laken, bettete Linori zwischen zwei Pferdedecken, flößte ihr heißen Tee ein und bedeckte ihr Lager mit einem hohen Haufen Heu.

Sie schaute mit flachen Augen auf und brachte ein Lächeln zustande. Du bist gut zu mir, miro pirano, flüsterte sie. Komm, wir spielen Schwarz oder Weiß! Sie versuchte ihre Arme frei zu machen. Es geht nicht!, ächzte sie dann. Wo ist die Tante? Wo ist Pichi, meine puri dai? Ich habe Angst. Die weißen Hunde bellen im Wald. Sie wollen mich holen. O Janko, miro losjano, hörst du sie nicht? Jage sie fort. Ich will nicht zu den weißen Hunden. Ich will ihnen keine goldenen Nüsse suchen!

Linori fing bitterlich an zu weinen und warf ihr schweißnasses Gesicht wild umher. Ich kühlte ihr den Mund mit frischem Wasser.

Linori, tröstete ich sie, es wird doch wieder besser. Ich bleibe hier sitzen. Hast du noch mehr Durst?

Ja, antwortete sie und fuhr mit der Zunge über die Lippen.

Aber wo ist Janko? Mein Junge ist fort und kehrt nicht zurück!

Ich hole Janko, versprach ich schluckend. Er kommt bald.

Aber ich traute mich nicht von ihrem Lager fort. Das Mädchen bäumte sich auf, und es gelang ihr, einen Arm aus der Schwitzpackung zu zerren. Sie stieß das Heu zur Seite. Es staubte in ihr nasses Gesicht und ich musste sie mit aller Kraft festhalten. Sie hustete zwischendurch trocken und hohl, wie es die Kälber tun, wenn sie die Lungenseuche befällt. Ihr Atem ging kurz und mit ängstlicher Hast. Ich flößte ihr zwischendurch wieder Tee ein und schließlich fiel sie erschöpft in den Schlaf.

Ich saß bei ihr und betrachtete ihr Gesicht. Auf dem Klosterhof hatte ich kaum je ein Mädchen gesehen. Eigentlich war die Gänsemagd vom Kriegsstatthof vor dem Ried bisher das einzige Mädchen, mit dem ich schüchtern ein paar Worte gewechselt hatte.

Freilich, seit ich weggelaufen bin, seit ich mit den Fahrenden ziehe, habe ich in Nördlingen und den Dörfern umher viele andere Mädchen gesehen. Und am Frauentag in Heroldingen haben sie mich abgeküsst und ich habe mich sehr wohl dabei gefühlt. Aber wenn ich Linori ansah, war da etwas anderes. Davon wurde mir so elend, dass mich manchmal Zorn überkam und ich Linori in Gedanken anfuhr: Was musst du dich in mein Leben mengen? Warum tust du mir so weh?

Jetzt tat es mir Leid. Linori, sagte ich und strich ihr Heusamen vom Kinn. Auch jetzt, wo sie mit eingesunkenem Gesicht und keuchendem Mund dalag, wusste ich, dass niemand schöner sein konnte als sie.

Ich erhob mich und ging über den Wirtschaftshof. Ein ungefüger Baukran schwenkte einen schweren Stein in der Zange hinüber zur Mantelmauer. Das Tretrad quietschte und die beiden halb nackten Männer darin liefen keuchend auf den Sprossen. Seitlich vom inneren Mauerring stieß ein Schacht in den Fels. Frischer Aushub lag gehäuft daneben und ein Burgknecht ließ einen leeren Korb an der Winde hinab. He, du da, schrie er nach unten. Sag deinen anderen Kaufmannsfreunden einen schönen Gruß von dem Grafen: Euer Lösegeld steht immer noch aus! Von nun an gibt's halbe Portionen für doppelt so viel Arbeit. Elfmal seit Mittag einen Korb voll Brocken, das ist zu wenig!

Der Knecht blinzelte mir vertraulich zu: Ich möchte da unten nicht drin stecken! Aber das ist unseres Herrn Grafen wunderliche Macke. Er hat sich in den Kopf gesetzt, dass es da im Berg unterirdische Gänge geben soll, die früher bis hinab an die Donau führten. Ich weiß nicht, ob da was dran ist. Den halben Berg haben die da unten schon durchgewühlt und immer noch nichts gefunden. Lange halten die drei Regensburger sowieso nicht mehr durch. Ich wette, bald setzen sie den ersten Toten in den Korb! Bist du bei den Spielleuten, Buckel?

Ja, antwortete ich. Und ich suche, wo sie sind. Ich traue mich aber nicht, zwischen all den Gebäuden nach ihnen zu schauen! Das tust du besser auch nicht, Bursche, erklärte der Burgknecht bestimmt. Er drehte das Windenkreuz und wuchtete einen beladenen Steinkorb aus dem Schacht. In der inneren Burg hast du und deinesgleichen nichts verloren. Für euch ist Platz hier auf dem Wirtschaftshof. Habt ihr ein gutes Programm?

Doch, bestätigte ich. Du wirst schon sehen. Hat man gesagt, wann wir auftreten?

Der Knecht spuckte aus. Keine Ahnung. Soviel ich weiß, ist unser Graf heute Vormittag weggeritten und kommt erst in einigen Tagen wieder zurück. Bis dahin tut sich wohl nichts.

Ich ging um den Ziehbrunnen zu unseren Karren, die zusammengeschoben unter dem hölzernen Wehrgang an der Halskragenmauer standen. Die Maultiere fand ich im Eselsstall und die Hunde eingesperrt in einem offenen Koben. Sie bellten mich an. Ich sah, dass sie Futter wollten. Auch ich hatte

Hunger. Doch von unseren Leuten entdeckte ich keine Spur. Ich ging an den Steinhauern und Brettsägern vorbei. Der Baumeister hantierte mit Messschnur und Winkel zwischen den Steinen. Am Amboss der offenen Feldschmiede hämmerten der Schmied und sein Geselle Mauerklampen zurecht.

Ich kam wieder zur Zehntscheune und zog die Tür hinter mir zu. Der Baulärm drang nur gedämpft bis hierher. Linori lag und schlief ruhig. Ich holte frisches Wasser vom Ziehbrunnen und entdeckte sogar einen Seifenrest auf dem Rand der Tränkrinne. Als ich mit dem Zuber zurückkam, war das Mädchen wach. Ihr schien es besser zu gehen. Wenigstens war ihr Fieber zurückgegangen, denn Linoris Augen blickten klarer.

Martis, sagte sie, ich kann mich nicht bewegen!

Warte, antwortete ich, gleich helfe ich dir heraus.

Ich schob das Heu zur Seite, befreite das Mädchen von der Pferdedecke und wickelte sie aus dem Laken. Die untere Decke war bis ins Heu durchgeschwitzt. Linori setzte sich fröstelnd auf, ich gab ihr die Seife und fragte: Magst du dich waschen?

Ich kann nicht, seufzte sie. Mir ist schwindlig.

Sie kippte vornüber und ich bückte mich schnell, um sie zu halten. Ich suchte nach meinem Mantel, warf ihr den über die Beine und fing an, sie schnell zu waschen. Danach steckte ich ihr den Kopf durchs Hemd, hob sie auf und bettete sie auf der gegenüberliegenden Scheunenseite ins Stroh. Als ich sie gerade in die Pferdedecke eingeschlagen halte, knirschte die Tür und Alan kam herein. Er hatte eine brennende, in Glas gefasste Öllampe, hielt sie hoch und rief: Martis, bist du da?

Hier hinten, Alan, rief ich zurück. Der Gumpelmann kam, leuchtete dem Mädchen ins Gesicht, fühlte ihre Hand und erklärte: Es geht ihr besser!

Sie hat geschwitzt, erzählte ich. Dann schlief sie, und ich bereite ihr gerade im Stroh das Nachtlager. Aber sie sollte etwas essen. Und ich habe auch Hunger!

Ich sage Metza, dass sie euch beiden Essen bringt. Hast du Janko gesehen?

Linori hat auch schon nach ihm gefragt, sagte ich. Sie möchte, dass er bei ihr ist. Ich konnte ihn aber nicht finden.

Als wir von der Gräfin weggingen, war er plötzlich verschwunden, erklärte Alan. Wenn ich ihn sehe, schicke ich ihn her.

Alan stellte die Laterne ab und kam mit Metza zurück. Sie hatte ein Holzbrett mit Essenssachen voll gepackt, die fremdartig rochen. Fast wie der Kräuterschrank von Pater Kosmas. Mir schmeckten die Sachen nicht. Sie waren so scharf gewürzt, dass ich dachte, der Mund müsse mir davon rauchen! Metza fütterte Linori. Mädchen, Linori!, rief sie verwundert. Für jemand, der krank ist wie du, schaffst du ganz schön was weg!

Es ist wie das Essen bei uns Romleuten, erklärte Linori und legte sich wieder zurück.

Die Gräfin hat uns von ihrer Tafel die Reste gelassen, berichtete Metza. Ich könnte davon essen, bis ich umfalle! Heilige Magdalene, so viel Ingwer und Zimt und gepfefferte Pasteten mit Lerchenzungen! Magst du noch was, Junge?

Ich nahm von dem Brot und versuchte die braunen Steinfrüchte. Ich verzog meinen Mund. Die klebrigen Dinger waren so süß, dass mir davon die Zähne wehtaten.

Das sind Datteln, Kleiner, belehrte mich Metza. Gut, wenn du nichts mehr willst, dann mache ich die Platte leer.

Metza ließ es sich schmecken, und ich sagte ihr, dass Linori ein frisches Hemd und eine Filz- oder Wolldecke für die Nacht brauche. Und Tee, bat ich. Metza nickte und verkündete: Übrigens gibt es Badezuber im Gesindehaus. Da kann das Mädchen im Bottich sitzen und Thymian einatmen. Das wird ihr den Husten lösen. Ich sage Aude, dass sie Linori morgen holt. Und Wäschewaschen tun wir morgen. Ich habe das Brunnenmädchen schon um Seife gefragt.

Metza ging und Alan blieb und plauderte mit mir. Linori

war wieder eingenickt. Ja, berichtete Alan, die Gräfin habe alsbald nach ihnen geschickt. Sie hätten der Edlen die Äffchen vorgeführt, die Jungritter und Knappen hätten sich mit den Marionetten vergnügt. Janko habe seine blonden Locken geschüttelt und versprochen, für die Dame das Schrägseil bis auf die Spitze des Burgfrieds zu spannen und eine Sondervorführung zu geben. Die Gräfin, erzählte der Gumpelmann weiter, sei eine Prinzessin aus Zypern, die erste Frau des Herrn Berthold stammte, wie die edle Frau nasekrausend bemerkt habe, aus Gießen im Hessenland. Schlammbeißerin habe die Gräfin sie geheißen. Ich berichtete Alan von den Leuten unten im Bergschacht. Ja, bestätigte Alan, er habe von den Torknechten erfahren, dass Graf Berthold mit den Regensburger Bürgern in Fehde liege.

Weißt du, meinte Alan, da sitzt der Graf am stärkeren Ende! Oben über die Straße, auf der wir gekommen sind, und unterhalb von der Burg auf der Donau geht der ganze Handel der Ravensburger vorbei. Das bekommt dem Grafen ganz gut, kann ich dir sagen! Wenn du in den Pallas kommst, gehen dir die Augen über. Du hast ja den Grafen gesehen, wie der zu Pferde saß.

Wann erwarten sie ihren Herrn zurück?, erkundigte ich mich.

Um den Valentinstag, sagt die Gräfin. Bis dahin können wir uns gemächliche Tage machen. Junge, es war ein Glück für uns, dass der Graf neulich bei den Hofstätten auftauchte! Jetzt haben wir eine gute Zeit. Die können wir auch gebrauchen. Besonders das Mädchen hier. Es gefällt mir nicht, wie sie da liegt. Ich werde gleich Janko nach ihr schicken. Bleibst du dann heute Nacht hier? Ja, dann ist es gut.

Janko erschien nicht am Abend und auch nicht in den folgenden Tagen. Ich war fast die ganze Zeit bei dem Mädchen. Aude hatte sie in den heißen Zuber gesetzt und Linoris Husten besserte sich. Auch das Fieber kehrte nicht mehr so böse wieder. Ich machte ihr noch zwei- oder dreimal kalte Wickel an den Beinen und dann war Linori ganz fieberfrei. In den Tagen nach Vollmond hatte sie ihre Tage nach Art der Frauen. Ich hörte, wie sie es Aude erzählte. Der Graf war noch immer nicht zurück. So fand ich Zeit für Linori. Sie war nach ihrer Erkrankung nicht nur körperlich geschwächt. Es war, als sei der Lebenswille von ihr gewichen. Nach Janko fragte sie nicht mehr. Linori lebte nur auf, wenn ich sie nach ihrer Mutter, der Tante Pichi, ihren Leuten und der Sippe fragte und sie von früher erzählte. Ich sah Linori vor mir, wie sie mit den Rom am Strand des griechischen Meeres in den Zelten wohnte. Ich erfuhr von dem Leben ihrer Leute, die mit Unserer Lieben Frau und ihrem Kind zugleich den Mond verehrten, Geschichten aus ihrer ägyptischen Heimat erzählten und aus Aschknochen wahrsagten.

Ja, sie, Linori, sei das siebte Mädchen von einer durch keine Knaben unterbrochenen Kinderreihe, berichtete sie stolz. Auch sei bei ihrer Geburt das Ende des Regenbogens übers Zelt gezogen! Ein solches Mädchen werde bei den Rom als Glückskind von den Freiern bestürmt und erlange unter den Ihren später als Stammesmutter und puri dai hohe Ehren!

Nur aus mir ist kein Glückskind geworden!, bemerkte Linori kläglich.

Linori, wie bist du eigentlich deinen Leuten abhanden gekommen?, erkundigte ich mich.

Ich hatte Mühe, ihre Geschichte zu verstehen. Linori fiel streckenweise ganz in ihre Sprache, dann suchte sie deutsche Worte, und ich musste sie nach dem Sinn von Ausdrücken fragen, mit denen ich nichts anfangen konnte. Was ich schließlich herausbekam, war dies: Linoris Urelterntutter, die puri dai, das Haupt ihrer Sippe, war mit ihrem ganzen Anhang die Donau stromauf gezogen. Ihre Tante Pichi, wie Linori die puri dai auch nannte, wollte ans westliche Ende der Welt gelangen. Dort, erklärte Linori, habe in der Urzeit der Erde die Wiege der Rom gestanden. Eine dunkle Höhle führe an jenen Ort zu den schwarzen Bergen. Er sei von neun weißen Hunden bewacht. Pichi habe sich dort mit den Altvorderen ihres Volkes vereinen wollen.

In einer Stadt, erzählte mir Linori stockend weiter, wurde mir am Markt, wo wir unsere Wagen stehen hatten, ein Sack über den Kopf geworfen. Man schleppte mich in einen Kellerraum. Es waren noch mehr Mädchen und Jungen da, doch ich verstand ihre Sprache nicht. Nur ein Junge aus Ungarn konnte ein paar Worte meiner Sprache reden. Er sagte, die Männer wollten uns in Frankreich als Sklaven an sarazenische Händler verkaufen. Wir wurden aneinander gebunden und waren sehr lange in einem verschlossenen Planwagen unterwegs. Dann glückte einigen Kindern die Flucht. Auch ich entkam. Zuerst war ich mit dem Jungen aus Ungarn zusammen, wir rannten in den Wald. Dort konnten uns die Männer nicht finden. Dann kamen wir in ein Dorf. Soldaten griffen uns auf. Sie haben mich behalten und den Jungen fortgejagt. Sie haben mich mehrere Tage lang mit sich geschleppt. Dann kamen sie an eine Burg. Der Ritter hatte ein Wappen mit einer Mohrin auf dem Schild. Er kam auf der Straße geritten und hat den Soldaten befohlen, mich gehen zu lassen. Sie ließen mich los und da bin ich einfach weiter gegen Abend zu gegangen. Ich dachte, dort, wo die Sonne untergeht, würde ich Pichi und unsere Leute treffen. Ich hatte große Schmerzen. Dann war da das Moor. Ich fand nicht wieder hinaus. Ich wollte sterben und tot sein. Da hast du mich dann gefunden.

Das also war Linoris Geschichte. Und was, fragte ich, soll nun weiter werden?

Sie schüttelte den Kopf und weinte stumm.

Mir fielen die blauen Flecken ein, die Striemen auf ihrem Bauch, ich dachte an Babelins wütend klapperndn Tiegel, als sie mir davon erzählte. Wäre wenigstens Janko hier gewesen, um Linori zu trösten. Ich verfluchte den schönen Prinzen, der sie im Stich gelassen hatte, nachdem sie schon ihre Familie verloren hatte. Jetzt lag sie krank unter fremden Menschen. Sie musste ja umkommen vor Heimweh nach ihren Leuten.

Abendliches Dämmerlicht erfüllte die Scheune. Eine hagere graue Katze strich durch die Tenne und rieb ihren Kopf an meinen Beinen. Ich fuhr ihr über den Rücken und sagte zu Linori: Du, ich helfe dir, Pichi und deine Leute wieder zu finden. Ja, wenn du willst, wiederholte ich zaghaft, suchen wir beide zusammen nach ihnen!

Linori sah mich an und lächelte zum ersten Mal seit Tagen. Sie schlug die Decke zurück und sagte: Martis, komm zu mir und halte mich fest, mir ist kalt.

Ich legte mich zu ihr. Linori fasste nach meiner Hand und legte sie unter ihre Backe. Einen Augenblick später war sie tief im Schlaf. Ich lag mit offenen Augen. Ich sah die griechischen Inseln, Pater Kosmas im Eibenbaum. Vor der wacholderumstandenen Quellgrotte blickten die Romleute auf eine Schlange im Gras. Sie hob ihren Kopf und sah mit runden Augen ein braunes Mädchen an, das Linori glich. Darauf verschwand die Schlange in den schwarzen Klippen. Ich hörte Hundegebell und wusste, dass es die Ureltermutter, die puri dai, gewesen war. Ich lief zum Strand und pflückte duftendes Mädesüß in den Wellen.

Am nächsten Morgen, dem Mattiestag in den Fasten, ritt Graf Berthold mit seinem großen Gefolge durch das Torhaus in den Burghof. Man sagt vom Mattiestag, dass er das Eis bricht. Aber wenigstens in diesem Jahr stimmte das nicht. Es hatte während der vierzehn Tage, die wir bereits in Lechsgemünd waren, eine Woche lang heftig geschneit. Der Schnee war mir bis an den Gürtel gegangen. Dann blies wieder der Föhn, alles triefte, und unmittelbar darauf hatte vor zwei Tagen strenger Frost eingesetzt, der noch anhielt. Gundel vom Anhäuserhof hatte Recht behalten mit seiner Wetterregel vom Martinstag: Wolken am Martinstag, der Winter unbeständig werden mag! Sicherlich hatte der ungestüme Schneefall auch den Grafen unterwegs länger festgehalten, als er ursprünglich gerechnet hatte.

Man merkte zwischen den Burgmauern gleich, dass der Herr des Hauses wieder seine Hand auf dem Tisch hatte! Das Torhaus, der Bergfried und die Wehrmauern hallten wider von ungestümem Lärm. Durch die Wehrgänge brüllten Weisungen, die Burgmannen tummelten vor der Burg ihre Rosse, rannten Speere gegen aufgestellte Schilde, hieben auf sandgefüllte Kettenhemden und Topfhelme ein. Die Jungherren übten sich im Steinstoßen, Zweikampf und Bogenschießen. In allen Ecken lagerte schweres Gerät, roch es nach Pech und klirrten Waffen. Dazwischen hämmerten die Steinbehauer, fauchte die Esse, kreischten die Mägde, bauzten die Hunde, schallte es von den Scharwachttürmen und Erkern, quietschte das Tretrad und über allem dröhnte des Lechsgemündener Grafen herrische Stimme.

Ich war gerade unterwegs zum Gesindehaus, als Alan über den Hof schrie: Martis, der Graf hat bestellen lassen, er wolle heute Abend zur Tafel die Spielleute um sich sehen. Wie steht es mit Linori? Kann sie wieder auftreten?

Das wohl nicht, rief ich zurück, lief auf Alan zu und fragte: Hast du den Grafen gesehen?

Nein, das nicht, winkte der Gumpelmann ungeduldig. Komm jetzt, wir müssen unsere Sachen richten, dass wir heute Abend eine gute Schau abgeben. Ihr Heiligen, wenn ich denke, was bis dahin noch alles erledigt werden muss! Schau du nach den Instrumenten. Gib Aude Bescheid, dass sie mit den beiden Kugeln auftritt. Und wenn Janko dir über den Weg läuft, frage ihn, ob er auf dem inneren Hof das Querseil spannen und nachmittags etwas bieten kann. Du gehst dem Tänzer beim Richten des Seils zur Hand. Ich kann mich nicht um alles kümmern, ich weiß schon jetzt nicht, wo mir der Kopf steht!

Ich rannte zurück zur Scheune, um Linori zu sagen, dass ich

heute nicht gut nach ihr sehen könne. Janko, den Tänzer, traf ich bei Metza und Aude. Junge, begrüßte er mich, dass es dich auch noch gibt! Ach so, du hast die ganze Zeit bei unserer kleinen Sarazenin gesteckt! Ist sie wieder auf den Beinen? Gott, ich wollte ja nach ihr sehen. Also nachher schaue ich bei ihr vorbei. Sag ihr einen Gruß.

Janko, sagte ich, der Gumpelmann fragt, ob du dein Querseil spannen kannst. Im inneren Burghof. Ich soll dir dabei helfen.

Der Tänzer wiegte den Kopf. Meinetwegen, wenn es nicht feuchte Luft oder gar Eisregen gibt. Denn selbst für den Grafen breche ich mir nicht gern den Hals! Na, schauen wir uns die Sache an.

Ich war zum ersten Mal im Bergfriedhof am Pallas. Janko indes schien sich hier auszukennen. Als die Burgleute unser Seil sahen, ließen sie uns ohne Fragen vorbei. Janko schaute prüfend den Mauerkranz entlang. Gut, meinte er endlich, da oben auf der einen Seite der Erker, die Pfefferbüchse dahinten, siehst du sie? Dann quer vorbei an diesem Turmklotz zu der Zinne im Wehrgang. Dass dann das eine Ende ganz im Wehrgang steckt, gefällt mir allerdings nicht. Ich muss beide Seilenden sehen können, sonst habe ich kein gutes Gefühl. Immerhin, die Höhe geht an. Gut, machen wir's so!

Wir schleppten das Seil über die gewendelte Treppe zum Erker hinauf. Janko verknotete es an der Laibung zwischen zwei Fenstern und ließ das Hanfseil nach unten in den gepflasterten Hof hinab. Auf der gegenüberliegenden Mauerseite am Steilabfall zur Donau zog er es mit einer Hilfsschnur in den Wehrgang hinein, band es um die Zinne und straffte das Seil mit dem Knebel.

Bleibe du hier stehen, hieß er mich, pass auf, dass sich keiner von diesen Schlagetots daran zu schaffen macht!

Im Wehrgang kamen die Bogenschützen neugierig näher und sahen bewundernd dem Tänzer zu, der auf weichen Lederstrümpfen prüfend das Seil entlangging. Er bückte sich, fuhr über eine faserige Stelle und lief hinüber zum Erker. Er spaßte mit den Mägden unten im Hof, die ihm lachend zuwinkten. Janko lief zurück zur Mitte und begann sich einzuüben.

Nein, der Himmelreicher musste sich nicht um seinen Auftritt am Nachmittag sorgen. Es würde kalt und trocken bleiben. Ich schaute aus dem Sehschlitz des Wehrgangs über die ausgebreitete Donauebene. Auf der Mittagsseite glänzten Berge am Himmelsrand. Oder war es fernes Gewölk? Am äußersten Punkt gegen Osten zu öffneten die bergigen Gestade des Stroms die Aussicht auf Neuburg und das Seebecken jenseits der Donau.

Unter mir lag die geräumige Auinsel, von den Mündungsarmen des Lechs umschlossen, der hier in die Donau fließt, und deren Strömung bei Marxheim eine feste Brücke überspannte: die Zollstelle des Grafen von Lechsgemünd, der hier von den Kauffahrenden, Schiffen, Händlern und Flößern seine Schutz- und Nutzgebühren erhob.

Ich bekam den ganzen Tag über alle Hände voll zu tun. Ich hatte ein schlechtes Gewissen, weil ich überhaupt keine Zeit fand, nach Linori zu schauen. Doch als ich ihr mittags das Essen bringen wollte, kam sie selbst über den Hof. Man konnte deutlich sehen, wie viel wohler sie sich fühlte. Mir war auf einmal der ganze Tag voll Lust und Lachen! Ihr Schritt war noch nicht fest, doch Linoris Augen hatten nicht mehr den trostlosen Blick. Linori, rief ich und lief ihr entgegen. Sie quirlte einmal um ihre Achse und fiel mir in die Arme: Miro pirano Martis, ich glaube, ich werde doch nicht in den Wald zu den weißen Hunden gehen.

Linori hing sich bei mir ein. Ich habe von dir geträumt, erzählte ich, und von Pichi, deiner Ureltermutter. Wir waren am Meer. Ich habe dir aus den Wellen Blumen gepflückt.

Wann gehen wir?, fragte sie mich. Bald?

Wir überlegen es uns am Abend, antwortete ich. Du weißt, heute Abend gibt es für den Grafen die große Schau. Wirst du mitkommen?

Nane!, wehrte Linori heftig ab. Aber ich warte im Stroh auf dich, miro pirano! Linori fasste in meine drei Finger weit nachgewachsenen Haare, zog meinen Kopf zu sich und biss mich. Du bist szukares!, flüsterte sie. Wie sagt man in deiner Sprache? Du bist – Zucker?

Ich wurde rot und lief ihr davon. Alan erschien in der Tür und kaute wie ein Drescher auf beiden Backen. Martis, rief er hinter mir her, hast du auch nach den Marionettenpuppen gesehen? Hänge sie auf, dass wir sie griffbereit haben!

Ist in Ordnung, rief ich zurück. Ich habe auch die Instrumente geprüft. Die Drehleier ist verstimmt. An die traue ich mich nicht. Du musst sie selber richten!

Abends standen wir im hellen Saal des Pallas. Fackeln staken in eisernen Koben an den Wänden. Von den vielarmigen Ständern strahlten ungezählte Kerzen. Ein ungeheurer Kamin loderte an der seitlichen Wand. Janko hatte auf dem Seil bereits am Nachmittag großen Beifall gefunden, sogar beim Grafen. Jetzt stand unsere Truppe, ich mit der Drehleier im Arm, an der offenen Seite der hufeisenförmig gedeckten Tafel und warteten auf des Grafen Zeichen, zu Tisch aufzuspielen. Alan stieß mich in die Seite: Habe ich's nicht gesagt? Die Augen gehen einem über!

Ich stand da und konnte kein Glied regen. Aber es waren nicht die weißen Tafeltücher, nicht die golddurchwirkten Seidentapeten an den Wänden, die mich erstarren ließen. Im Gefolge des Grafen und seiner zyprischen Gemahlin, die wie schwebend den Gästen voranwandelte, hatte ich den grauen Habit eines Zisterziensermönches entdeckt. Ein Pater der Kaisheimer, deren Eigenjunge ich war? Erst als ich sein Gesicht sehen konnte, bekam ich wieder Luft. Ich kannte den Pater nicht, der an der Seite vor dem Kamin Platz nahm. Graf

Berthold gab Alan ein Zeichen und wir begannen mit unserer Tafelmusik.

Ungefähr gegen vierzehn Ritter, Ministeriale und Jungherren hatten in bunter Reihe zwischen den Damen und Fräulein Platz genommen. Die Damen waren überreich geschminkt. Ich dachte, wollten sich alle Frauen so bemalen, würden sich die Heiligenbilder beklagen, dass für sie keine Farbe mehr bliebe. Pagen reichten mit Rosen und Rosmarin parfümiertes Wasser zum Händewaschen, sie trugen die Brotschalen herein, die Tafelgesellschaft erhob sich, wir schlugen unser Kreuz, der Pater begann das Benedicte zu sprechen und alle fielen mit ein. Die Diener erschienen mit Schüsseln, reichten hopfen- und salbeiduftenden Met, Würzwein, Bier, aus Brot geschnittene Salzfässer und tischten, weil es die Fastenzeit so vorschrieb, statt Braten mancherlei Fischgerichte auf, gesotten, gebraten und ein kapitales Bibermännchen, mitsamt seinen Testikeln, wie der Graf, von einer Lachsalve begleitet, schmunzelnd der restlichen Runde eröffnete. Waffeln, dazu abermals Metwein, kandierte Früchte, Mandeln und Zuckerwerk beschlossen die Tafel. Die Gäste erhoben sich und sprachen, vom Pater angeführt, das Gratias. Tisch und Tafel wurden zusammengeschlagen, fortgeschafft und der Graf ließ das Hifthorn blasen.

Das Fastenessen mochte über zwei Stunden gedauert haben. Die Gäste hatten den Getränken zugesprochen, Witze und Aufschneidereien dröhnten durch den Raum, die Pagen trugen Becher auf Kredenztischen herein, und jetzt war die Reihe an uns, die Gesellschaft zu erheitern. Alan und seine Lustigmacher zeigten ihre besten Gaukelstücke. Die trunkene Gesellschaft hatte in Sesseln und auf Bänken an der Kaminseite Platz genommen. Aude rutschte auf ihrer Wirbelkugel im Gespei eines Betrunkenen auf dem steinernen Fußboden aus und schlug lang hin. Sie verzog kein Gesicht. Der Graf presste vor Lachen die Schenkel. Ich hielt mich abseits und drückte mich davor, zu tumbeln und zu springen. Mich widerte die gräfliche Pracht an.

Plötzlich forderte der Graf Alans Fiedel und begann lauthals von seinen Heldentaten vor Damiette in Ägypten zu prahlen: Freunde, das waren noch Zeiten! Wenn der verdammte Püller, der Kaiser, uns damals nicht im Stich gelassen hätte, wir wären bis nach Kairo durchmarschiert. Wir hätten die Moslems voll in den Sack gesteckt! Gebt es zu, Pater, schrie Berthold, das Gesicht vor Zorn verfärbt, damals hat es euer Orden noch mit dem Kaiser gehalten.

Er warf sich, den Fiedelhals in der Rand, über den Kredenztisch und spie würgend aus. Diener eilten herbei und wischten mit Stroh auf.

Der Pater schaute mit Unbehagen unter sich und erklärte: Unser Orden steht treu zum Heiligen Vater. Der hat Friedrich gebannt!

Berthold richtete sich schnaufend auf. Recht verfährt der Heilige Vater mit diesem Hund!

Der Lechsgemündener erntete das beifällige Gemurmel seiner Gäste. Berthold trank ihnen zu: Trinkheil, Freunde! Wenn ihr meine Meinung wissen wollt, dann müsste Innozenz, der Papst, die Regensburger Pfeffersäcke ebenso mit dem Kirchenbann behängen! Weil der Püller ihnen die Stange hält, glauben sie sich ungestraft jede Frechheit herausnehmen zu dürfen! Sie verwehren gar ihrem neuen Bischof, einem dem Papst treu ergebenen Diener, den Zutritt zu seiner Stadt! Wie findet ihr das, Pater? Und der Heilige Vater lässt sie gewähren!

Mein Graf, der Heilige Vater wird die Regensburger streng vermahnen! Da könnt ihr ganz sicher sein, stellte der Pater eilfertig fest.

Ach, was rege ich mich auf, knurrte Berthold. Die Regensburger bekommen unterdes meine Hand zu spüren. Ich will diesem aufmüpfigen Bürgerrat doch zeigen, wo das Messer steckt! Wir haben die Heiden das Fürchten gelehrt, da werden wir es ja wohl auch noch mit dieser lausigen Stadt aufnehmen können!

Er warf Alan die Fiedel zu und befahl: Schick mir mal den Jungen mit der Drehleier her! Ja, den da mit dem Ast im Kreuz!

Alan stieß mich an und ich ging mit unsicheren Schritten hinüber zum Kamin. Gib mir mal die Schnarre, Junge, brummte Berthold, drehte die Leier, räusperte sich und begann mit einer wohlklingenden, kräftigen Stimme vorzutragen: Zu verrecken wie die Schnecken, so steckten wir's den Heidensäcken! Am Nil wir saßen an den Straßen, aßen und fraßen mit Spaßen sonder Maßen und tranken ohne Wanken, bis wir in die Ranken sanken und aus dem Blanken stanken!

Berthold griff nach dem Becher, trank seinen Gästen zu und knallte das Gefäß auf den Tisch. Ja, so war das, Freunde, als wir den Kettenturm vor Damiette stürmten, ich voneweg, das könnt ihr mir glauben! Drei Lanzen habe ich zerstochen, zwei Schwerter zerhauen, und dann habe ich nur noch mit dem Kloben draufgedroschen! So waren wir damals, nicht nur ich, alle waren wir Helden, eben Männer, das ist es, was ich sagen wollte!

Der Christenglaube war, trug der Graf sein Lied weiter vor, bei Petri Haupt, uns wert, ihn zu behaupten! Wir raubten und schnaubten, kuhlten uns auf Pfuhlen, suhlten mit des Sultans Buhlen, Tanderadei, da warn wir frei! Alle mitmachen, los, Freunde, singt. Tanderadei, tanderadei, da warn wir frei!

Was ist denn, Buckel?, starrte mich der Graf mit geröteten Augen an, denn ich stand immer noch vor ihm und wartete, dass er mir die Drehleier zurückgäbe. Was hast du denn vorzuweisen außer deinem Ast und dass du an dem Ding hier kurbelst?

Er ist unser Luftspringer, erklärte Alan und trat rasch hinzu. Der Junge ist gut. In einigen Monaten ist er so weit, dass er durch den Feuerreifen springt! Ich bin sein Fänger. Wo hast du dein Brett, Martis?, zischte er mir zu. Ich zuckte die Schultern.

Nun, dann zeige mal, was du kannst. Der Graf lehnte sich behaglich in den Lehnstuhl zurück, klatschte in die Hände und befahl: Rück die Kerzenständer hier in die Mitte, ja, alle auf einen Haufen! Du springst hinüber, Junge, mit einer Rolle, versteht sich. Zehn Schritte gebe ich dir Anlauf. Dann geht's zack, hinüber oder hinein!

Hol sein Brett vom Karren, Haselpuselhart, oder du, Wibert, rief Alan, weiß im Gesicht, den Tamburen zu.

Lieber möchte ich Euch auch ein Lied vortragen, wandte ich mich an den Grafen.

Lieber ein Lied, schau, schau, was der Junge alles kann, stellte der Graf belustigt fest. Mir ist es recht. Gut, erst das Lied, dann der Sprung. Für Gesang bin ich immer zu haben. Hoffentlich kann man über dein Liedchen auch lachen!

Ja, es ist ein lustiges Lied, antwortete ich und ärgerte mich, dass meine Stimme so wackelte. Es ist ein Lied vom Schlaraffenland. Gestattet Ihr mir die Leier?

Alan war noch bleicher geworden. Er näherte sich dem Grafen und sagte: Herr, der Bengel kann gar nicht singen. Er ist wirr im Kopf. Erlasst ihm bitte das Lied!

Ein Depp also, freute sich der Graf. Dann wird's ja lustig werden. Was meinst du, meine Liebe, wandte er sich an seine zyprische Gemahlin und zog ihre blasse, edelsteinbesetzte Hand an seinen Mund. Wer weiß, vielleicht schenke ich dir den Burschen.

Die Gräfin fingerte an ihrem Busenschnürlein und bemerkte spitz: Ich dachte, wir hätten schon genug Narretei in diesem Haus!

Der Graf ließ ihre Hand fallen und schaute seine Dame missmutig an. Also, wo ist dein Lied, Junge?, raunzte er.

Ich rückte das Kredenztischchen vom Kamin, setzte mich

mit der Drehleier auf die Kante und trug mein Lied vom Schlaraffenland vor:

Wüchse gleich beim Kraut die Wurst, zahlte man fürs Schnarchen Sold, schäumte Bier vom Dach dem Durst und statt Jauche flösse Gold, dann würde manches anders sein und keiner müsst nach Brot mehr schrein!

Der Graf lachte und klatschte Beifall: Also, für einen Deppen bist du ganz gut beieinander, alles was recht ist! Heilige Gottesmutter, statt der Jauche Gold und fürs Schnarchen Sold, dann würde wirklich alles anders sein. Da hätten die Regensburger sich ihr Lösegeld bald verdient. Er grinste und stieß mit dem Fuß auf den Boden: Hört da unten, ihr müden Ratten, fünfzehn Stück flämisches Tuch für jeden von euch! Oder den Geldwert in goldenen Augustalen!

Ich sah mich nach Alan um. Wibert und Haselpuselhart drängten mit dem Springbrett durch die Tür, hinter mir stellten Diener die hohen Kerzenständer zusammen, ein feuriges Meer, und Alan besprach sich aufgeregt mit Aude.

Also, Junge, bedeutete mich aufgeräumt der Graf, lass weiter hören!

Ich griff ein paar Töne und sagte: Vom Schlaraffenland träumen die Leute, Graf Berthold. Doch was wirklich uns gebricht, ist nicht Schlaraffenmus und -brei! Pressten Fürst und Burg uns nicht, wärn vom Klosterzehnt wir frei, dann würde manches anders sein und keiner müsst nach Brot mehr schrein! Ja, wären los wir Zins und Fron, äßen selber unsern Rahm und Barsch, scherten wir Euch Herrn zum Dank und Lohn das Haar vom Kopf und aus dem Arsch, dann würde manches anders sein und keiner müsst nach Brot mehr schrein! Auf einmal wäre alles da, es gäbe volle Scheuern, der Mond wär uns zum Schmusen nah und mahnte nicht mehr Steuern.

Ich hüpfte vom Tisch. Der Graf schaute mich wohlwollend an und lachte: Der Junge ist kostbar, Freunde, was meint ihr?

Doch der Pater war unterdessen zum Grafen getreten und

flüsterte ihm eindringlich ins Ohr. Was willst du?, verlangte Berthold. Mein rechtes Ohr ist fast taub, seit mir der Mohr mit dem Krummsäbel eins darüber gezogen hat!

Der Pater bückte sich wieder.

Also Pater, meint ihr wirklich? Der Graf runzelte die narbige Stirn und musterte mich von Kopf bis Fuß. Bursche, sagte er dann, der Priester meint, du wollest mir Stroh in den Bart flechten, dein Liedchen sei schon kein Spaß mehr. Er hält sogar dafür, du könntest dein Gesinge ernst meinen!

Der Pater tuschelte wieder hinter der vorgehaltenen Hand.

Ja, und unser Pater erklärt, ihnen sei im Kloster unlängst ein Eigenjunge entlaufen, gerade so einer wie du, mit einem Ast auf dem Rücken! Sag, wie heißt du?

Martis werde ich gerufen, gab ich Bescheid, so ruhig ich konnte.

Dann ist er das tatsächlich, Herr!, fuhr der Mönch dazwischen. Jetzt fällt es mir wieder ein, so ein merkwürdiger Name wurde genannt! Versteht Ihr, ich bin noch nicht lange drüben in Kaisheim. Ich habe auch mit der Außenarbeit nichts zu schaffen, ich diene unserem Herrn im Chor! Darum kenne ich den Jungen nicht von Angesicht. Aber, fuhr er fort und wies anklagend mit dem Finger auf mich, du kannst es nicht leugnen, du bist es! Dein Name war kürzlich im Geschrei, als Dominikanerbrüder in unserem Kloster herbergten. Sie hatten dich in Wemding unter Anklage wegen eines buhlerischen Verhältnisses mit einer Schadzauberin! Sie hießen den Büttel dich scheren! Da schaut hin, Herr, man sieht es noch. Der Bursche hat verschnittenes Haar!

Das geht mich nichts an, wehrte der Graf unwillig. Die Ritter von Wemding und ihr Gericht sind Sache des Hirschbergers. Ich sitze zur Tafel und nicht zum Landgericht, Pater. Der Junge ist auf meiner Burg, Kaisheim ist eine Stiftung unseres Hauses an euch Ziteln, und ich werde in dieser Sache verfahren, wie ich will!

Der Zisterzienser zog sich gekränkt zurück. Nun, Junge, wandte sich Graf Berthold an mich, du siehst, was gegen dich hier im Raum steht. Da sind die Kerzen, hier bist du! Ein Sprung, und du hast gewonnen. Ich kaufe dich den Mönchen ab.

Ich schaute mich in dem Rittersaal um, sah die angespannten Gesichter, die zu einer Wand von Augen verschwammen. Heiß spürte ich hinter mir die Kerzen. Den Sprung könnte ich mit einigem Glück schaffen, dachte ich, wenn auch zehn Schritte Anlauf sehr knapp sind. Aber ich will nicht. Was es auch koste, ich tu es nicht!

Herr, sagte ich zu dem Grafen, nein, ich springe nicht!

Der Graf schaute mich an. Du springst nicht?, fragte er enttäuscht. Dann spie er mir auf die Füße. Feigling, schnarrte er.

Nein, Graf, entgegnete ich. Ich traue mich schon. Ich könnte es schaffen. Aber ich will nicht. Ich springe nicht, weil Ihr es befehlt.

Berthold fuhr aus dem Sessel hoch und packte mich am Kittel. Du willst nicht! Er schlug mir mit der Hand ins Gesicht. Sein Ring riss mir die Lippen auf. Das hat mir noch keiner in meinem Haus gesagt! He, ihr beiden da drüben! Ja, ihr mit den Kannen! Nehmt diese Säurange und werft ihn zu den Regensburgern ins Loch! Da kann er seine frechen Lieder weiter singen! Du sollst dir an den Steinen die Zähne ausbeißen! Wein her, Met! Was ist, was steht ihr so dämlich herum? Spielmann, Musik, dass sich unterm Dach die Kehlbalken biegen!

Ich wurde durch den Lärm hindurch in den Hof gestoßen, auf das Reitholz der Winde gesetzt und landete im Sturz auf der Stollensohle im Berg.

Ich richtete mich kniend auf und tastete gebückt in dem Gang einige Schritte vorwärts. Ich horchte. Aber ich vernahm keinen menschlichen Laut. Wassertropfen tickten weit hinten im Gestein.

Langsam kauerte ich mich nieder, zog die Knie an und legte

den Kopf darauf. Ich verbot mir, an Linori zu denken. Ich verbot mir, mich selbst zu bemitleiden. Ich lehnte meinen Kopf gegen die mergelige Wand, öffnete die Augen und sah des Grafen breites Gesicht vor mir. Meine Fäuste ballten sich. Nein, ich bedauerte nichts. Lieber würde ich mich totschinden, als des Lechsgemünder Eigenjunge zu sein. Kaufen wollte er mich vom Kloster! Wie viel hätte ich denn gekostet? Zehn Schillinge in Augsburger Geld vielleicht?

Mir wurde übel vor Elend. Ich fuhr mit den Fingern durchs Gesicht. Da waren aufgesprungene Lippen. Sie taten weh. Aber der Schmerz gehörte nicht zu mir. Ich weinte und schluchzte, doch mein Gefühl blieb dabei stumm.

Da rief jemand meinen Namen: Mar-tis, hörte ich es wispernd im Schacht. Leben kehrte in mich zurück. Ich spürte wieder meine geschundenen Knie, die geprellten Arme, den hässlichen Schmerz der zerschnittenen Lippen. Ich hastete zu dem Windenschacht und sah gegen das Sternenlicht Linoris Kopf. Ich meldete mich leise: Linori, hier! Ich bin da.

Aude war bei mir, flüsterte sie zurück. Sie hat mir alles erzählt. Die anderen sind noch im Saal. Ich bin allein auf dem Hof.

Linori, sagte ich mit verhaltenem Atem, kannst du die Winde drehen? Ich wartete. Dann kam ihre Antwort: Es ist kein Seil dran!

Janko kann mich mit seinem Seil herausholen, drängte ich. Du musst ihn fragen. Vielleicht geht es irgendwann in der Nacht.

Er muss es tun, antwortete Linori. Oder ich bringe ihn um. Martis, wir beide gehen fort und suchen meine Leute?

Ja, Linori, sagte ich mit erstickter Stimme. Salz brannte mir in den gerissenen Lippen.

Linoris Stimme wurde noch leiser. Ich glaube, es kommt jemand. Wenn Janko dich nachher nicht herausholt, bin ich morgen Nacht wieder da. Pass auf, dass du mich hörst, raklo miro!

Dann war sie verschwunden. Ich ging auf den Zehen zurück in den Stollen und blieb in der Nähe des Windenschachts sitzen. Da fiel mir ein, dass ich Jankos Seil noch ausgespannt über dem Burghof gesehen hatte, als wir abends zum Pallas gingen. Er würde es nachts schlecht abnehmen können, oder? Und dann mit dem Seil über die Mauer am Graben? Zusammen mit Linori? Und wenn die Hofknechte die Regensburger im Schacht nach mir fragten? Aber vielleicht war alles so still hier unten, weil die Kaufleute wider Erwarten doch auf den alten Gang hinab zur Donau gestoßen waren? Konnten sie bereits entflohen sein? Ich biss mir die Nägel. Was sollte ich tun? Hier auf Janko warten oder in den Gang kriechen? Ich entschied mich, den Gang zu erkunden.

Ich stieß auf klirrendes Eisenzeug. Keile, Hämmer, Hacken, stellte ich gebückt fest. Behutsam bewegte ich mich weiter. Wenige Fuß später stolperte ich. Zwischen meinen Händen hielt ich einen Menschen. Er war starr und sein Kittelzeug gefroren. Der Mann lehnte mit dem Rücken gegen die Wand. Er war tot. Unmittelbar neben ihm fand ich den nächsten Toten. Ich bekreuzigte mich. Waren sie alle nicht mehr am Leben? Ich rief halblaut in den Gang: Ist da jemand? Ich lauschte und rief abermals. Da war eine Antwort! Jedenfalls vernahm ich krächzende Laute aus dem hinteren Stollen.

He du, melde dich. Sag doch, wo du bist?, rief ich heiser. Ich hockte mich auf den Boden. Schleppfüßige Schritte kamen näher. Das schwere Atmen eines Menschen. Ein rasselnder Husten. Die tappenden Schritte kamen weiter auf mich zu. Dann fühlte ich eine Hand nass in meinem Gesicht. Ich griff nach dem Arm und die Hand fuhr zurück. Bist du allein?, forschte ich. Der andere zischelte etwas Unverständliches, und abermals fühlte ich zwei Hände in meinem Gesicht, zwei Hände, die mich abtasteten.

Deine Stimme klingt wie von Rakl, hörte ich den Mann jetzt sagen. Aber der kannst du ja nicht sein. Hast du ihn gefunden?

Der Mann tastete weiter meinen Körper ab. Mir schauderte, aber ich zwang mich ruhig zu bleiben.

Ich weiß nicht, wer Rakl ist, sagte ich. Ist er auch hier im Schacht?

Rakl ist tot, antwortete der Mann und ich fühlte, wie er sich neben mich setzte. Goltfuz auch. Du musst sie gefunden haben. Ich habe sie in die Nähe des Ausgangs gesetzt.

Mann, erkundigte ich mich, wenn sie tot sind, warum hast du es nicht dem Knecht an der Winde gemeldet?

Dann wäre ich längst verhungert!, erklärte er mir. Sie haben in dem Korb Brot für drei, das reicht gerade zum Überleben. Goltfuz und Rakl sind seit drei Tagen tot. Sie haben sich tot gehustet. Und wer bist du? Hat der Lechsgemündener dich auch am Zoll vom Wagen geholt?

Nein, antwortete ich. Ich bin Martis, von den fahrenden Leuten. Der Graf hat mich zur Strafe ins Loch geschickt.

Du hast keinen Bart, wie es bei euch Spielleuten üblich ist, stellte der Mann fest. Aber du hast auch keine Stoppeln im Gesicht. Bist du noch ein Junge? Ja, sagte ich.

Armer Bursche, flüsterte der Mann. Hier kommst du nicht wieder heraus. Aber bald wirst du mein Brot mitessen können. Ich bin ein Kauffahrer wie Rakl und Goltfuz. Zanner, so heiße ich. Flämisches Tuch, Seide und Goldschmiedearbeiten hatte ich geladen. Ich kam aus der Champagne. Von der Herbstmesse in Troyes. Ich werde Regensburg an der Brücke nicht wieder sehen.

Ich versuchte mein Bestes, Zanner Zuversicht zu geben. Ich berichtete von unserer Gruppe, von Janko mit dem Seil. Du wirst sehen, er holt uns heraus!, redete ich dem Mann zu.

Zanner wehrte ab. Für mich kommt das alles zu spät, sagte er. Ich bin so von Kräften, ich könnte auf eigenen Beinen nicht einmal über die Zugbrücke dieses Räubernest verlassen!

Seid ihr nicht irgendwo auf Spuren von dem alten Gang gestoßen?, erkundigte ich mich.

Zanner hustete. Einen alten Gang gibt es nicht! Wir haben wirklich danach gesucht, Junge, das kannst du glauben. Wenigstens zuerst. Doch überall steht gewachsener Stein. Weiter hinten liegt der Gang halb unter Wasser. Wahrscheinlich führt die Brunnenader da vorbei. Das ist aber auch alles, was wir herausgefunden haben. Wenn in den nächsten Tagen nicht das Lösegeld kommt, ist es aus.

Zanner, warum duldet ihr Regensburger die Übergriffe des Grafen?, wollte ich wissen. Steht nicht auf Straßenraub der Galgen?

So ist es, bekräftigte Zanner. Man hängt sie mit Stiefeln und mit Sporen neben der Heerstraße! Aber der Graf fühlt sich stark. Wir Regensburger halten zu Kaiser Friedrich. Auch wenn ihn der Papst gebannt hat. Da spielt sich der Lechsgemündener jetzt als Schutzherr der Kirche auf. Er und seinesgleichen haben überdies starken Anhang im Reich. Der Graf gibt sich den Schein des Rechts. In Wahrheit hat er einen alten Groll auf unsere Stadt wegen einer Streitsache, bei der er hat Haare lassen müssen. Noch mehr ärgert es ihn aber, dass der Kaiser unserer Stadt jüngst die Selbstregierung, einen eigenen Bürgerrat zugestand. Das verdrießt die adeligen Herren! Sie haben Angst, dass eines Tages ihr Feuer ausgepisst ist. Dann haben nicht sie, sondern wir Bürger das Sagen!

Zanner griff mich am Arm. Es ist gut, dass du da bist. Ich meine, es ist gut für mich, nicht für dich. Vielleicht schaffen wir das mit dem Seil von eurem Tänzer doch noch!

Wir rutschten in die Nähe des Eingangs und lauschten hinauf in den Burghof. Auf dem hölzernen Wehrgang stiefelten die Wachen. Schritte eilten verschiedentlich am Schacht vorbei.

Mitten in der Nacht vernahmen wir das lärmige Treiben, als der Pallas sich leerte. Doch das Seil erschien nicht.

In der Frühe quietschte die Winde, und der Steinkorb kam mit zwei brennenden Laternen und Brot herabgefahren. So, schrie der Windenknecht, frisch an die Arbeit, Leute! Wenn der Korb voll ist, schreit. Ich bin in der Nähe. Ihr wisst ja, wenig Steine, wenig Brot. Also hackt und haut und schabt, oder der Graf hängt euch den Brotkorb noch höher!

Zanner und ich waren übereingekommen, nicht mehr am Stollenende weiterzugraben: Es ist nass, wie du sagst, Zanner, und es kostet uns nur unsere Kraft, die Körbe von dahinten bis vorn an die Winde zu ziehen. Wir füllen sie gleich hier in der Nähe auf!

Ich nahm eine der Öllampen, hob sie hoch und sah jetzt zum ersten Mal Zanners Gesicht. Ich erschrak fast zu Tode. Der Mann war unsäglich heruntergekommen, das weiße Haar stand ihm filzig um den Kopf, der Kittel war nur noch ein Lumpen, der die blau aufgetriebenen Glieder kaum bedeckte, und sein Gesicht war verunstaltet wie das Leiden Christi. Bruder, sagte ich, bleibe du hier sitzen. Ich gehe mit dem Licht und schaue mir den Gang an!

Der Gang war lang. Mit welcher Inbrunst mussten die Männer auf Rettung gehofft haben, dass sie eine solche Strecke in dem Berg geschafft hatten! Ich leuchtete Raki und Goltfuz ins Gesicht, stieg über die Toten hinweg, die fallende Sohle tiefer. Der Geruch von Ausscheidungen drehte mir den Magen um. Dann sah ich hinten das Ende des Ganges. Das eisige Wasser stand über der Sohle. Gegen vierzig Schritt, zählte ich zurück bis zum Windenkorb, hatten die Männer aus dem Stein gehackt!

Ich hieb nicht weit von den beiden Toten eine Nische, füllte den Korb und brüllte nach oben: Los, Mann, die Winde!

Der Knecht erschien und erkannte mich. Ach, du bist es, begrüßte er mich aufgeräumt, unser Junge, der so tolle Liedchen weiß! Schaff nicht so viel da unten, sonst habe ich die Arbeit. Morgen ist auch noch ein Tag!

Für den Mann gab es jedoch keinen nächsten Morgen mehr. Sein Geselle, der nach ihm die Winde bediente, machte ein unmissverständliches Zeichen, als ich am nächsten Tag unten vom Schacht heraufrief und nach dem Verbleib des anderen fragte.

Ein Bolzen der Regensburger Bogen!, schrie er zurück und zeigte gegen seinen Hals.

Die Bürger von Regensburg berannten Lechsgemünd! Wir merkten plötzlich, wie oben auf dem Hof der Lärm jäh zunahm. Stimmen schrillten, auf dem Wehrgang drängten sich nagelbeschlagene Schuhe, von allen Seiten her drang der Klang von scheppernden Waffen, kreischenden Hörnern, blechernen Trompetenstößen, Steingewichte rollten rumpelnd übers Pflaster und dann konnten wir unter dem wachsenden Tumult einzelne Befehle unterscheiden: Die Bogen dorthin! Zehn Helme hinüber zur Halskragenmauer! Wo bleiben die Pechtonnen? Zanner und ich hatten Brecheisen und Hacke hingelegt und waren zum Windenschacht gelaufen. Ich sah Zanner fragend an. Der hob die Brauen und meinte: Ja, irgendetwas tut sich da oben! Das ist klar. Es hört sich an, als setze der Lechsgemündener die Burg in Verteidigungsbereitschaft.

Es war Alan, der uns vom Anmarsch der Bürgersoldaten verständigte. Der Gumpelmann tauchte blitzschnell am Schachtmund auf und schrie hinunter: Die Regensburger sind im Anmarsch, sie sollen morgen hier eintreffen.

Zanner schaute mich an. Tränen liefen über sein ausgemergeltes Gesicht. Er hämmerte die Fäuste gegen den Kopf: Sie holen uns hier heraus! He, Goltfuz, Rakl, habt ihr das gehört? Dann fiel er zusammen.

Die Vorausabteilung der Bogenschützen traf noch am selben Tag ein. Bolzen sirrten. Ein Brandpfeil fiel bis zu uns auf die Stollensohle. Ich sah aus der Richtung des Wehrgangs einen Rauchfaden über den Himmel ziehen. Der Windenknecht war offenbar nicht an seinem Platz. Als ich schrie, er solle den Steinkorb hochziehen, erschien er nicht. Aber Linoris Kopf schaute plötzlich über den Stollenrand. Martis, rief sie, ich kann dich nicht sehen. Bist du da?

Geh hier weg, brüllte ich entsetzt. Wenn dich ein Pfeil erwischt?

Wenn es dunkel wird, antwortete Linori, kommen Janko und Alan und ziehen dich hoch! Sie haben es versprochen.

Ein Tuch mit Brot fiel in den Schacht. Ich fing es auf. He, du, hörte ich jemanden schelten, was machst du denn hier am Loch, Weibsbild? Sieh zu, dass du weiterkommst, und lass dich nicht wieder hier blicken!

Es war unser neuer Windenmann, der sich zurückmeldete. Leute, lachte er, bald werdet ihr Verstärkung bekommen. Unsere Reiter machen die ersten Gefangenen. Habt ihr den Korb jetzt voll?

Wir warteten auf Alan und Janko in der Nacht. Doch der Hof war beleuchtet, die Wachen lösten sich pausenlos ab, wir rochen die kochenden Pechkessel, die Schmiedehämmer tönten die ganze Nacht. Erschöpft ließ ich mich auf den Boden fallen und schlief ein. Ich erwachte erst, als ein Burgknecht den Laternenkorb ankündigte. Benommen stand ich auf und sah nach Zanner. Der lag wie tot unten im Windenschacht. Ich zog ihn in den Gang und merkte, dass er noch lebte. Ich knüpfte den Korb von der Winde und fand neben dem Brot Fleischknochen und einen kleinen Zuber Sauerbier. He, du, rief ich nach oben, wollt ihr uns verwöhnen?

Der Mann antwortete: Befehl vom Grafen! Wahrscheinlich möchte er nicht, dass ihr ganz vom Fleisch gefallen seid, wenn's ans Verhandeln geht! Aber legt euch nicht auf die faule Haut. Seht, dass ihr eure Steine nach oben bekommt!

Ich nahm die Laternen und besah mir Zanner. Dem Mann ging es schlecht. Ich stützte ihn auf, drückte ihm einen Fleischknochen in die Finger und sagte: Zanner, du darfst nicht aufgeben. Iss etwas!

Es gelang mir, den Mann zum Essen zu bewegen. Ich riss

kleine Fitzelchen Fleisch ab, tauchte sie in Bier und fütterte ihn.

Nachmittags rumsten schwere Schläge über den Wirtschaftshof. Es pochte, rumorte, schrie, und immer wieder klang ein schwerer, regelmäßiger Schlag dazwischen. Sie haben einen Mauerbrecher über den Graben gebracht, flüsterte Zanner. Jetzt muss die ganze Bürgerwehr der Stadt vor Lechsgemünd liegen. Prager, der Bürgermeister, und der Hansgraf Gerhard werden das Kommando führen. Jetzt wird dem Graf ein Stachel durch den Arsch gezogen!

Drei Tage und Nächte hämmerte der Mauerbrecher gegen Lechsgemünd. Die Regensburger mussten nach und nach mindestens vier von den Ungetümen über den Halsgraben gebracht haben. Wurfspieße und Steinbrocken hagelten über den Hof. In die Wehrgänge hörten wir Schleuderkugeln fetzen, Signale schrillten bei jeder neuen Angriffswelle. Einmal waren offensichtlich Männer der Regensburger Wachten in den Wirtschaftshof eingedrungen. Wir hörten die Schreie und Flüche der Kämpfenden unmittelbar bei unserem Loch. Aber sie wurden wohl wieder zurückgeschlagen. In der vierten Nacht steigerte sich der Kampfeslärm in der Vorburg zu einem betäubenden Jaulen und Brausen. Die Mauerbrecher schwiegen, beißender Qualm sank bis zu uns in den Stollen. Auf dem Hof wurde gekämpft, Schilde und Helme dröhnten. Verwundete schrien. Ein Streitkloben polterte gegen das Windenholz und fiel in den Schacht. Dann Jubelschreie, Hundegebell, Pfiffe, donnernde Schläge und plötzlich das unverkennbare Quietschgeräusch unserer Winde, und Linori rief: Martis, ich ziehe dich hinauf, das Seil kommt! Bist du da?

Ja ja, Linori, brüllte ich zurück.

Das Seil schien festzuhängen oder Linori kam mit der Winde nicht zurecht. Linori, schrie ich, das Seil! Wo bleibt es?

Einen Augenblick später hatte ich sein Ende in der Hand, stopfte Zanner die Kittellumpen unter die Achseln, zog das

Seil um seine Brust und verschnürte es. Zanner, schrie ich ihm ins Ohr, jetzt hast du's geschafft! He, Linori, dreh die Winde.

Ich hob an, hielt Zanner in den Armen, bis ich spürte, dass das Seil sein Gewicht trug, und dann verschwand er mit schlenkernden Beinen, den Kopf vornüberbaumelnd, nach oben. Du musst ihm helfen, Linori, brüllte ich hinterher, allein kommt er nicht los. Und lass das Seil wieder runter!

Ich hörte Linori Zanner aus dem Loch zerren, sie fingerte am Knoten, bekam ihn los und ich hörte wieder die Winde gehen und Linoris Stimme: Martis, wo bist du? Wann kommst du?

Jetzt komme ich, mach schnell mit dem Seil! Ich reichte so hoch ich konnte und zog das Ende gewaltsam herunter. Ich knotete es mir um die Brust und rief, dass meine Stimme kippte: Jetzt Linori, jetzt!

Dschass krik!, hörte ich sie schreien, dazwischen eine grölende Männerstimme und dann wieder Linori: Atschi!

Ich riss den Knoten auf, hängte mich ans Seil und versuchte hochzusteigen. Es war noch mehr Seil auf der Winde und ich landete wieder auf der Sohle. Rasend vor Wut griff ich wieder ins Seil und klammerte mich daran, griff, das Tau zwischen die Beine geklemmt, Hand über Hand hoch und zog mich hinauf in den Schacht. Gott, dachte ich, das schaffe ich nie!

Mein Rücken stach fürchterlich. Ich tauchte mit dem Kopf aus dem Loch, sah Linori dicht neben mir, sich verzweifelt gegen einen Soldaten der Regensburger Wachten wehren. Ich packte nach der Windenrolle, schwang mich aus dem Loch, da stach das Mädchen mit ausgestreckten Fingern dem Mann mitten ins Gesicht. Er stieß einen grässlichen Schrei aus, fasste mit den Händen nach seinen Augen, taumelte, torkelte, stürzte gegen das Windenholz, seine Beine knickten ein und der Mann fiel in den Schacht. Ich konnte mich nicht bewegen vor Schreck. Linori fasste mich bei der Hand und zog mich mit. Martis, weinte sie, komm!

Ich riss mich los und bückte mich zu Zanner. Er lag neben dem umgestürzten Steinkorb ausgestreckt auf dem Aushub. Ich bückte mich unter einen glühenden Bolzen, der von der inneren Mauer her über mich zischte. Lauf, lauf, Linori, keuchte ich. Ich blickte mich eilig um. In der Halsgrabenmauer klaffte ein Loch. Der Wehrgang über dem Gesindehaus stand in Flammen. Die Regensburger hatten durch das Mauerloch eine Sturmramme in den Hof geschleppt und berannten nun das Tor zur inneren Burg. Feuriges Pech rann über den Boden. Baukran und Tretrad hatten Flammen gefangen. Linori kniete neben mir, während Pfeile und Steine auf den Hof prasselten. Lauf doch endlich, bellte ich sie an.

Ich schleppte Zanner hinter die Tränkrinne des Brunnens, rollte ihn auf die Seite, riss einem Toten den gesteppten Lederrock vom Rücken, knäulte ihn zusammen und schob ihn unter den Kopf des Ohnmächtigen. Zanner lebte, seine Freunde würden ihn hier bald finden. Ja, er hatte es geschafft!

Ich suchte mit den Augen nach Linori. Dann sah ich sie versteckt im Schatten unseres Maultierkarrens. Ich hetzte geduckt zu ihr. Komm, rief ich. Wir rannten hinüber zum Gesindehaus. Durch die Fensterluke fiel der Feuerschein des Wehrgangs. Ich hörte Balken aufs Dach über uns poltern. Ich fand eine Decke. Linori griff ein paar Brotfladen, ich sah Tuchzeug im Fach liegen und warf es zu den Broten, griff nach einem mehlbestaubten Sackstumpen, erblickte zuletzt noch ein Feuerzeug, steckte es ein, schlug die Decke zusammen, hing sie über und rannte hinter Linori durch die brennende Tür.

Wir kamen unbemerkt durch das Mauerloch über den Graben. Wir liefen ein paar hundert Schritt und hielten in einem Gebüsch an. Ich ließ mein Rückenbündel zu Boden fallen. Mädchen, japste ich und küsste sie. Linori rieb ihre Backe an mir und fuhr durch meine Haare. Martis, miro losjano, alles ist mischto! Bar'baro del! Gott sei Dank, o Martis!

Ich fühlte Linoris pochendes Herz und strich ihr über das

schweißnasse Gesicht. Wir verstecken uns im Wald, sagte ich. Und dann finden wir die Rom.

Wir sahen zurück zur Burg. Morgen war der erste Tag im März. Die Herrenfastnacht. Der erste Tag der »unsinnigen Woche«, wie der Herr Grangarius auf dem Anhäuser Klosterhof die Fastnachtswoche nannte. Aber die Regensburger mochten über die Fastnacht wohl anders denken!

Jetzt brannte die ganze Lechsgemündener Vorburg. Die Wehrgänge standen wie ein feuriger Kranz auf den Zinnen der Mantelmauer. Brennende Balken und Bretter segelten hinunter und ich sah die Flammen auf die Wehrgänge der Hauptburg übergreifen. Bis hierher drang Geschrei, das Saugen des Windes im Feuerring, das Gebrüll von Vieh. Die Regensburger zogen sich aus der Vorburg zurück. Sie liefen zu ihren Wagen, Hütten und Zelten an der Straße im Vorfeld der Burg. Jetzt brannten auch die beiden Turmdächer der Vorburg auf. Wie lange würde sich Graf Berthold noch halten können?

Ich dachte an Alan, die schöne Aude, an Haselpuselhart und die anderen Spielleute. Ich dachte an Janko, meinen böhmischen Märchenprinzen. Wo in der Burg mochten sie wohl stecken? Und hatten die Regensburger Zanner gefunden? Hatten sie die beiden anderen Leichen im Stollen entdeckt?

Jedenfalls, wenn der Graf klug genug war, würde er in den nächsten Tagen Schild und Speer von sich werfen und darangehen, mit dem Bürgerrat zu verhandeln. Die Spielleute würden abziehen. Sie hätten zwar alles verloren, aber immerhin ihr Leben davongebracht. Alan würde seine Gruppe schon wieder hochbringen!

Linori, sagte ich, vielleicht gibt der Graf auf! Wir könnten irgendwo in der Nähe auf die Spielleute warten. Was meinst du?

Ich mag nicht warten, entgegnete Linori bestimmt. Ich will weg von der Burg, fort von diesen Leuten. Hast du nicht gesagt, wir beide wollen nach meiner cuci, nach ihrem Zelt und meinem dad suchen? Komm, Martis, jetzt gehen wir!

## Im Haidwangforst

Wir hielten uns fernab vom Regensburger Bürgerheer, kamen ein Stück über freies Feld und drückten uns durch das Ahorn- und Weißdorngebüsch am Waldrand. Ein letztes Mal schaute ich hinter mich nach der aufglühenden Burg. Die Nacht war hell. Abnehmend stand der halbe Mond am Himmel. Dann stiegen wir hangaufwärts durch den Wald. Sein Unterholz war spärlich, wir kamen voran. Der Forst schien aus Buchen, vereinzelten Linden und Ulmen zu bestehen. Wir stießen auf einen gefrorenen Bachlauf und folgten ihm aufwärts gen Norden. Als wir die Steigung überwunden hatten, hielten wir mit dem Hohenrücken in westliche Richtung. Den Rest der Nacht stolperten wir durch Trockenholz, knisterndes Laub und niederes Buschwerk. Unsere Füße wurden taub. Die beengende Dunkelheit bedrückte uns. Bei jedem plötzlichen Geräusch fuhren wir zusammen. Wir klammerten uns aneinander, bis wir sicher waren, dass es nur der klagende Ruf des Waldkauzes, der Hufschlag von Wildpferden oder einfach ein frostreißender Baum gewesen war, der uns Angst eingejagt hatte.

Als der Tag graute, fanden wir Zuflucht unter dem eingesunkenen Dach einer ehemaligen Köhlerhütte. Die ausgehauene Lichtung war mit nacktem Jungholz bestanden. Den Boden des türlosen Raums mit den leeren Fensterlöchern bedeckte braunes Blattwerk, Moospolster und Trockengras. Linori fand unter dem Laub einen Igel. Pusado!, rief sie ausgelassen, mischto, wir bleiben hier!

Ich warf mein Bündel ab. Wir richteten uns beiden ein Streulager in der Fensterecke, legten uns Kleider unter und schmiegten uns unter der Decke aneinander. Linoris Wimpern flatterten an meiner Backe. Die Decke um uns gezogen, schliefen wir ein. Linori war zuerst wieder wach. Sie stieß mich an. Ich habe Hunger, Martis.

Meine Augen waren noch schwer vom Schlaf. Es war düster in der Hütte. Wie lange hatten wir geschlafen?

Ich bin schon eine Weile auf, sagte Linori, ich habe Holz gelesen. Ich finde das Feuerzeug nicht.

Ich kniete mich auf und kramte in meiner Kitteltasche. Hier ist es, sagte ich und legte mich wieder zurück.

Linori hatte die frühere Feuerstelle des Köhlers freigelegt und schlug Feuer. Das trockene Blattwerk brannte schnell auf. Die Flammen erhellten den finsteren Raum. Das Mädchen legte dünne Äste und Knüppelholz nach. Ich sah ihr zu.

Martis, ich habe kein Wasser in der Nähe gesehen. Und wir haben kein Gefäß. Es ist Mehl im Sack, aber wir können nicht backen!

Aber es muss Brot im Beutel sein!, antwortete ich.

Ja, lachte sie auf, was die Mäuse uns gelassen haben! Da schau. Das ganze Brot ist angeknabbert. Oder können es die Eichkatzen gewesen sein? Als ich vom Holzholen kam, sprang eins über dich aus dem Fenster. Du hast es nicht gemerkt, so tief warst du im Schlaf.

Ich rückte zu Linori ans Feuer. Wir steckten Brocken der Fladen an Holzstücke und rösteten das Brot. Es war aus feinem Mehl, mit Butter, Honig, Milch und Gewürzen gebacken. Es schmeckte fast so lecker wie die Klamirrn, die es am Christtag auf dem Klosterhof gegeben hatte.

Draußen war es nicht heller geworden. Ist es nun Morgen oder Abend?, überlegten wir. Aber wir hatten wohl vom Morgengrauen bis in die Abendschatten geschlafen, und es war bereits wieder die Nacht, die begann, über dem Wald aufzuziehen.

Ich habe Durst, gähnte ich. Ich glaube, ich könnte einen ganzen Bottich Bier austrinken!

Linori nickte. Ich auch. Mein Mund ist trocken, ich kann nicht mehr kauen.

Wir könnten den Wald um die Hütte herum absuchen, schlug ich vor. Es ist noch ein wenig hell. Vielleicht finden wir

Wasser. Ich deckte das Feuer zu und wir suchten im Zwielicht des Abends das Waldstück um die Köhlerlichtung ab. Gegen dreihundert Schritt nach Norden fanden wir einen Quellbach. Der Quellsprung war vereist und wir folgten dem Wasserlauf, bis wir ein ausgewaschenes Bachbecken fanden. Wir rissen Steine aus dem harten Winterboden und hackten das Eis auf. Da war Wasser. Wir wuschen uns die Finger, Arme und Gesicht, schlürften zähneklappernd das Wasser aus unseren Händen. Linori richtete sich auf, legte den Kopf schräg und horchte. Martis, hörst du es? Es ist da drüben in dem Wald. Ein ganzes Stück weg.

Nein, antwortete ich, mag sein, ich habe Wasser ins Ohr bekommen. Aber ich höre nichts.

Ich pustete in die klammen Hände. Pst doch, mahnte Linori. Doch, ich höre es deutlich. Es ist, wie wenn jemand eine Glocke anschlägt!

Jetzt habe ich es auch gehört, sagte ich. Es muss von einem Dorf kommen oder es ist ein Einsiedler. Ich würde morgen gerne nachsehen, was es ist.

Was ist das, ein Einsiedler?, wollte Linori wissen.

Ich erklärte es ihr, aber es klang mir selbst sehr umständlich. Linori sah bedauernd in die Richtung, aus der die Glocke getönt hatte. Dann ist es ein armer Mann, der allein im Wald lebt? Hat er keine Freunde? Ist er prasto, verbannt?

Nein, ich meine, die Leute besuchen ihn. Er betet für sie. Er kennt auch Kräuter. Er hilft, wenn jemand zu ihm kommt.

Mischto, ich verstehe. Es ist ein Kräuterzauberer. Er kennt den Vogelflug. Er kann wahrsagen. Gehen wir zu ihm, wenn es Tag ist? Vielleicht kann er aus den Sprüngen von Knochen lesen. Er wird sagen, wo die Zelte der Rom sind!

Wir gelangten, ohne lange suchen zu müssen, wieder bei der Köhlerhütte an. Inzwischen war es stockfinster. Der Himmel hatte sich zugezogen und eine Schneeflocke fiel auf meine flache Hand. Linori schaute nach dem Feuer. Es war heruntergebrannt und gloste. Wir tasteten uns nach der Laubschütte. Ich kuschelte mich in Linoris Arm und schlief auf der Stelle ein. Verwehter Schnee lag auf unserer Decke, als wir wach wurden. Ich stand auf und blickte aus dem Fensterloch. Es zog. Wind war aufgekommen und der Wald war tief verschneit. Linori, rief ich. Es hat geschneit. Alles ist weiß.

Komm unter die Decke, Martis, sagte sie. Mir ist kalt, wenn ich alleine liege.

Gleich, sagte ich. Zuerst will ich Feuer machen und Holz holen, ehe es draußen noch mehr zuschneit.

Bald wirbelten die Flammen, ich riss ein paar lose Dachsparren herunter, brach sie unter dem Fuß klein und ging vor die Tür. Der Schnee ging mir fast bis an die Knie. Ich grub nach Fallholz am Waldrand und schichtete es locker neben dem Feuer zum Trocknen auf. Es waren noch Brotreste von gestern Abend übrig und ich teilte sie mit Linori. Wir aßen langsam und besprachen uns, wie wir aus Schnee und Mehl Teig machen könnten: Wir müssten Steine ins Feuer legen und auf ihnen die Fladen backen.

Linori stützte sich auf einen Arm hoch und schaute mir ins Gesicht. Sie strich mit dem Zeigefinger meine Nase entlang. Martis, du hast mir noch nie gesagt, wo du warst, bevor du zu den Spielleuten kamst.

Damals bei Babelin, erklärte ich, konnten wir uns mit Worten auch noch nicht viel sagen. Na, hast du gesagt, und mischto und na dik, das habe ich behalten.

Das weiß ich auch noch, lachte Linori lustig und stieß mir mit dem Finger auf die Nasenspitze. Ich habe gesagt: na dik, guck nicht! Denn ich hatte so viele blaue Flecken hier unten!

Linori nahm meine Hand und legte sie auf ihren Bauch. Ich streichelte darüber und fragte: Tut es noch weh?

Nane, erklärte sie und fuhr fort: Es war von den Soldaten, die mich verschleppt hatten. Ich wollte nicht, dass du siehst, was sie mit mir gemacht haben. Ich schämte mich.

Meine Hand war heiß. Ich hätte Linori gerne weiter liebkost. Aber ich fürchtete mich auch. Ich dachte an Janko. Er war gemein zu Linori gewesen. Aber sie hatten bestimmt zusammen geliebt.

Janko aber war schön. Er hatte blonde Locken. Er hatte einen geraden Rücken. Ich dachte auch an die Soldaten, die Linori Gewalt angetan hatten. Ich musste die Augen zumachen. Wenn ich daran dachte, wurde mir übel. Ich zog meine Hand weg und drückte meinen Kopf an ihre kleine Brust. Dann begann ich zu erzählen, wie ich sie im Moorloch entdeckt hatte.

Ich dachte zuerst, du seist ein schwarzes Schaf, erklärte ich ihr und musste lachen. Dann erzählte ich, dass mich der Pfortenbruder von Kaisheim an einem Dienstag auf den Stufen gefunden hatte. Deswegen heiße ich Martis, es bedeutet nämlich Dienstag.

Du kennst deine cuci nicht, auch nicht deinen dad?, fragte Linori entsetzt. Du weißt nicht, wer dein gako, der Onkel ist? Weißt du, wie viel Namen ich von meinen Vorfahren kenne? Miriklo, Pichi, Panel, Kis, meine bibi Kalitschai – wie viel nennt ihr das?

Sie streckte vier Finger hoch. Das ist die Vier, erwiderte ich. Linori hob beide Hände. Das ist desch, zehn, das weiß ich. Und vier und noch einmal zehn, was ist das?

Ich zählte es an ihren Fingern ab und zählte von mir vier dazu. Das ist vierzehn!

Na, deschuschtar, das meine ich nicht!

Sie streckte viermal ihre zehn Finger hoch.

Ich verstehe, vierzig Namen kennst du von deinen Vorfahren? verwunderte ich mich.

Doch Linori sagte verächtlich: Schelja, dummes Zeug. Es ist vierzig mal hintereinander die zehn Finger in die Luft. Junge, das sind die Namen, die ich kenne!

Assi nane, das darf nicht wahr sein!, staunte ich und riss die

Augen auf. So viele Menschen kann doch niemand als Vorfahren haben!

Doch, Martis, beharrte Linori, wir Romleute schon. Und mein gako sagt: Wenn alle Völker alt und verbraucht sind, gibt es immer noch ein paar von uns, die mit ihren Karren und Zelten unterwegs sind.

Armer Junge, sagte Linori nach einer Pause, ich bin traurig, dass du die Leute nicht kennst, die vor deinem Namen ihre Namen hatten! Linori strich mir durchs Haar. Dein Haar ist wieder gewachsen. Es ist sehr schön. Wenn ich kein Rommädchen wäre, wünschte ich mir Haare, wie deine sind.

Dann hüpfte sie unvermittelt hoch. Ich weiß etwas, wovon sie sofort wachsen! Sikno, schnell meine ich. Da ist der Igel in der Ecke. Ich koche sein Fett aus und reibe dir den Kopf damit ein. Davon werden die Haare lang, doch, Martis, ich weiß es sicher!

Mich schüttelte es bei dem Gedanken. Du darfst den Igel aber nicht totmachen, beschwor ich sie. Es kann doch sein, dass er auch viele Namen kennt, so viele wie du. Du machst ihn tot und alle seine Namen sind weg!

Linori krauste die Stirn. Ich verstehe den weißen gadscho nicht, sagte sie bekümmert. Sie legen ihre Kinder bei fremden Leuten auf die Treppe, sie machen Krieg und stechen Hunde tot. Aber sie sagen, dass Igel Namen kennen!

Das konnte ich dem Mädchen auch nicht erklären. Aber dafür erzählte ich ihr weiter von mir, von den Schafen, dem Kloster, den Laienbrüdern und wie oft Seyfried mich so hart geprügelt hatte. Schnee wehte zum Fenster hinein. Kein Geräusch unterbrach die weiße Einsamkeit. Nur unsere beiden Stimmen, nur Linori und mich gab es in diesen Stunden, unsere Augen, die miteinander spielten, unsere Hände, die sich berührten.

Du hast eine schlimme Schulter, Martis. Linori schaute mich fragend an. Wie hast du sie bekommen?

Ich schwieg unglücklich. Dieser Kober, dieser Höcker, dieser Buckel! Woher ich ihn hatte? Ach, dachte ich, warum musst du jetzt davon sprechen, mich an mein Gebrechen erinnern? An die unzähligen Demütigungen der Eigenleute, der Patres auf dem Anhäuser Hof und im Kloster. Meine Hände krampften sich in die Decke vor Wut.

Martis, fragte Linori, warum sprichst du nicht? Du guckst böse und tust dir mit deinen Händen weh! Ist es wegen der Schulter? Hast du Schmerzen darin?

Ich verneinte stumm. Mein gako, erklärte Linori, der Onkel, der hatte so eine Schulter wie du. Zuerst habe ich es nicht gesehen, dass sie bei dir auch so ist. Weißt du, wann sie mir zum ersten Mal auffiel? Als du mich in der Scheune gewaschen hast. Da habe ich deine Schulter gesehen, und ich wusste, du bist gut wie mein gako! Ich hatte dich deswegen lieb und fühlte mich nicht mehr allein unter den weißen Gadscholeuten.

Linori, flüsterte ich, wie hat dein gako seinen Buckel bekommen, die verwachsene Schulter?

Meine cuci hat nur gesagt, als der gako klein war, ist er im Gebirge vom Karren gestürzt. Davon ist seine Schulter dann schief geworden. Bist du auch hingefallen?

Ich weiß es nicht, Linori, antwortete ich. Mir hat es niemand gesagt. Ich dachte immer, ich sei damit geboren worden, und deswegen hätte mich niemand haben wollen.

Ich erzählte Linori, wie ich immer gedacht hatte, dass die Leute mich überhaupt nicht sehen. Immer nur den Kober. Oder jedenfalls den Buckel zuerst. Ich redete durcheinander, kreuz und quer, und es war mir leicht wie nie. Ich schaute Linori glücklich an und sie küsste mich.

Aber Pater Kosmas war anders, berichtete ich weiter. Er wollte nicht, dass ich krumm herumlief. Er hat mich das Rad gelehrt und das Luftspringen. Und weißt du, er kannte ein paar Worte von den Rom aus Griechenland. Die hat er mir vorgesprochen.

Ich wollte Linori von Pater Kosmas auf dem Eibenbaum erzählen. Dann fiel mir etwas anderes ein. Es war, begann ich, im Juni, wenn die Schafschur ist. Wir hatten die Tiere mit ihren Lämmchen im Wiesengrund an der Schwalb eingepfercht. Wir saßen im Hof um die Muspfanne. Der Pater hatte Brot geschnitten und das Messer in die Tischplatte gestoßen. Plötzlich begann das Messer zu zittern. Da legte der Pater den Löffel hin und sagte: Ich muss fort, jemand ist am Pferch! Gundel und Seyfried lachten. Aber ich lief mit. Als wir beim Pferch ankamen, fanden wir einen Mann, der hatte einen Hammel auf der Achsel. Pater Kosmas schrie ihn an und der Mann konnte sich nicht mehr rühren. War es vor Schreck? Ich weiß es nicht. Der Pater ging zu ihm hin, nahm dem Dieb den Hammel von der Schulter, rührte den Mann an und sagte: Du kannst jetzt gehen. Da tat der Mann einen Satz und rannte. So einer ist der Pater. Er hat mich auch das eine oder andere Mal geschlagen. Aber nicht wie die anderen, verstehst du?

Wir schneiten richtig ein. Die weiße Lautlosigkeit umgab uns immer dichter. Zum Leben hatten wir so gut wie nichts: Schnee zum Waschen und um das Mehl zu wässern, Feuer und Holz, eine Laubschütte unter dem schiefen Dach. Das war alles. Aber uns fehlte nichts. Wir hatten uns. Wir erzählten, wir spielten, oder wir saßen aneinander gelehnt am Feuer und schauten hinein.

Eins von unseren Lieblingsspielen war kales te parnes: Das Schwarz-oder-Weiß-Spiel. Linori hatte einen flachen Stein auf einer Seite eingeschwärzt und wir warfen ihn abwechselnd. Je nachdem, welche Seite beim Herabfallen oben lag, hatte die weiße oder die schwarze Partei gesiegt und bekam aus der Kasse des Gegners einen Gegenstand. Linori spielte kales te parnes sehr zügig, Wurf um Wurf. Wir beschworen den Stein, lachten oder waren wütend, frotzelten den anderen oder ärgerten uns und prahlten mit unseren Punkten.

Am Tag, bevor die Sonne wiederkam, schlug Linori vor, wir

sollten Schwarz-Weiß mit unseren Wünschen spielen: Du denkst dir drei Wünsche, raklo, die ich dir einlösen muss, das ist deine Kasse! Ich denke mir drei Sachen, die du tun musst. Jeder gibt seinen Wünschen eine Zahl, und gemogelt wird nicht, gulo gadscho! Ich nehme Weiß. Also, es geht los. Wir werfen, wer beginnt. Da, siehst du, Weiß liegt oben, meine Farbe! Ich werfe zuerst: Weiß! Mein Wunsch mit der Zahl Eins heißt: Martis, ich sage dir ein Rätsel und du wirst es lösen!

Linori überlegte: Was hat keinen Boden, auch keinen Deckel und ist doch außen rund und innen voll?

Das ist zu schwer, protestierte ich. Aber halt, ich weiß es! Ist es eine Kugel?

Nane, triumphierte sie. Es ist nämlich ein Ring.

Das ist ungerecht, wendete ich ein. Auch eine Kugel ist außen rund und innen voll!

Aber ich habe eben an einen Ring gedacht und wir spielen mit Gedanken, darum habe ich Recht. Los, gadscho, du wirfst!

Wieder lag Weiß oben.

Also, Linori, dein Wunsch mit der Zahl Zwei!

Linori guckte mich freudestrahlend an. Wir setzen uns gegenüber, wir schließen beide die Augen und du fühlst mein Gesicht mit den Fingern und sagst, wie ich aussehe. Los, du bist also mein Spiegel! Aber du musst reden. Und Kitzeln gilt nicht!

Wir rückten zusammen, ich kniff die Augen zu und tastete nach Linoris Gesicht: Du hast schwarzblaue Haare, begann ich.

Das ist nicht mein Gesicht, beanstandete Linori.

Dein Gesicht ist rund, setzte ich neu an, nein, nicht rund, das Kinn ist rund, ich fühle es, merkst du? Deine Backenknochen sind nach außen geschwungen. Deine Backen darunter ein wenig nach innen.

Linori hielt sehr still und ihre Haut unter meinen Fingern glühte vom Eifer des Spiels.

Ich fuhr ihr mit dem kleinen Finger die Unterlippe und den Rand der Oberlippe nach: Deine Lippen sind gewölbt und deine Mundwinkel liegen weit auseinander. Zwischen der Unterlippe und deinem Kinn ist eine Biegung.

Jetzt die Augen, gadscho!, verlangte Linori.

Ja, sagte ich, du hast lange Wimpern. Ich fühle, wie deine Augäpfel unter deinen Lidern wackeln. Lachst du?

Nein, ich lache ganz bestimmt nicht, flüsterte das Mädchen, ich halte ganz still. Aber es kitzelt so!

Du hast, erzählte ich Linori weiter, runde, ein wenig nach oben geschwungene Brauen. Zwischen den beiden Brauen sind ganz winzige Härchen. Man sieht sie nicht.

Machst du wohl die Augen zu, fauchte Linori. Das ist gegen die Regel.

Ich habe die Augen ja zu, verteidigte ich mich. Ich meine nur, die Härchen zwischen deinen Brauen hatte ich vorher noch nie gesehen. Ich wusste gar nicht, dass da welche sind. Aber ich fühle sie, wenn ich darüber streiche. Deine Stirn ist einfach eine Stirne, erklärte ich weiter, ich kann nichts darüber sagen.

Doch, du musst!, forderte Linori.

Bitte, antwortete ich, sie ist also nicht ganz hoch, leicht gewölbt, und wenn ich einen Finger an deine Schläfen halte, spüre ich dein Blut. Es klopft.

Und die Nase? Und die Ohren!, drängte Linori. Willst du sagen, dass ich keine Nase habe?

Doch, sagte ich, du hast nämlich eine Stupsnase, und wenn ich darauf drücke, ist es eine Plattnase!

Du bist so gemein!, beschwerte sich Linori. Was ist nun mit meinen Ohren?

Ich fuhr die Schleifen in ihrem Ohr nach und Linori kicherte. Das kribbelt ganz schlimm! Sag's schnell. Hör auf, sag ich dir, erzähl, was du fühlst!

Ja, deine Ohren sind klein, sie sitzen rechts und links von

deinem Kopf und unten die Ohrläppchen sind halb angewachsen! Kann ich jetzt die Augen aufmachen?

Du darfst, losjano! O Martis, du bist wirklich szukares! Ein richtiger Spiegel ist zwar bequemer, aber es war ein gutes Gefühl. Deine Stimme klingt wie von einem kleinen zuralo!

Was ist das, ein zuralo?, erkundigte ich mich misstrauisch.

Linori sprang auf, ging in die Knie, streckte die gewinkelten Arme nach vorn, ließ die Hände baumeln und tapste brummend ums Feuer: Zuralo, Martis, miro gulo zuralo!

Ich lachte. Ein Bär bin ich für dich?

Komm, wir spielen weiter, schrie Linori und setzte sich. Wer ist dran mit dem Stein?

Immer, wer dumm fragt! Du wirfst, Mädchen!

Diesmal lag Schwarz, meine Farbe, oben.

Was ist dein Wunsch mit Eins? Sag schnell, sikno, sikno!

Ich brachte es nicht heraus.

Komm, sag es!, drängte Linori.

Ich sagte: Ich möchte bei dir liegen und mit dir schlafen. Aber ich habe auch Angst. Und ich schäme mich vor dir!

O Martis, Linori legte mir die Hand auf den Mund, es ist doch für uns beide schön. Mach die Augen zu, dann hast du keine Angst! Ich hörte ihren Kittel rascheln, sie nahm meine Hand und legte sie auf ihre warme Haut. Komm, Martis, flüsterte sie in den lautlosen Raum. Jetzt dein Kittel, oder willst du die Augen aufmachen?

Nein, wehrte ich heftig ab. Mach du sie auch zu!

Wir tapsten beide zu unserer Decke, kuschelten uns aneinander. Linori nahm mich in sich, ihr Haar fiel mir ins Gesicht und einen Augenblick später tauchte meine Insel aus dem Meer. Ich rannte mit dem braunen Mädchen durch einen dunklen Gang, am Ende sah ich ein unwirklich helles Licht und hörte Musik, die mir über den Rücken fuhr. Dann liefen wir beide über die Insel. Pater Kosmas saß auf der Eibe und die Musik war von seiner Harfe. Er spielte mit geschlossenen

Augen. Sein Gesicht war nach innen gekehrt. Blumen wucherten im Meer. Wir tauchten unter, Wellen liefen über uns, nahmen uns mit und gaben uns wieder her. Ich schrie auf. Linori und ich waren zu Strand und Wellen, zu Wacholder, Quelle und Eibe geworden. Wir hatten unsere Namen verloren. Wir brauchten sie nicht mehr.

Martis, du, hörte ich Linori. Ich spürte ihren Mund auf meinem. Sie biss mich. Martis, wo bist du, gulo zuralo?

Ich machte die Augen auf und sah Linori neben mir knien. Hinter ihr verschleierten sich die Farben unserer Insel. Hast du sie gesehen, Linori, unsere Insel?, fragte ich und fuhr mit dem kleinen Finger den Rand ihrer Unterlippe entlang.

Da ist keine Insel, lächelte sie, wir sind im Schneewald und es wird dunkel. Komm, miro pirano. Sie zog meinen Kopf zwischen ihre Brüste und wuschelte in meinen Haaren. Du bist sehr lieb zu mir! Noch viel mehr als mein gako! Ich wünschte, es würde noch lange schneien und wir beide spielten den ganzen Tag kales te parnes!

Nein, Linori hatte meine Insel nicht gesehen. Einen Augenblick war sie weit weg von mir gewesen und hatte es nicht gemerkt. Oder umgekehrt. Ich rieb meinen Kopf an ihr und sagte: Weißt du, ich hätte Lust, noch mal eine Bachstelze zu schnitzen. Ich würde sie halten und du würdest ihre Nestlinge nach Futter rufen lassen!

Linori tschilpte und ich antwortete mit dem Futterruf der Bachstelze. Martis, sagte Linori, ich habe wirklich Hunger, so großen!

Wir zogen uns an und matschten auf dem Backstein Schnee unter das Mehl. Viel hatten wir nicht mehr. Lange dürfte es nicht mehr schneien, dachte ich besorgt. Oder wir müssten uns durch den Wald zu einem Dorf durchschlagen. Ich fühlte nach meinem alten Kittel vom Anhäuser Hof. Ich hatte ihn im Stollen so zerfetzt, dass ich ihn nicht mehr anzog. Aber die Silberpfennige waren noch in dem Saum. Ich zeigte sie Linori und erklärte: Wenn wir zum nächsten Ort kommen, kaufen wir uns einen Berg von schleckerigen Sachen! Soll ich dir sagen, was?

Nein, tu das nicht! Untersteh dich!, rief Linori. Ich habe so großen Hunger, dass ich dir sonst die Ohrläppchen abbeiße und aufesse. Und wenn du das nicht mit den Igelnamen gesagt hättest, würde ich ihm jetzt das Stachelkleid ausziehen. Igelfleisch ist so gut! Ich darf gar nicht daran denken!

Ah, der Igel ist sicher vor dir, romi, stellte ich befriedigt fest. Wir haben nicht einmal ein Messer.

Ein Messer! Als ob ich ein Messer brauchte! Ich kann mit Steinen genauso arbeiten wie mit so einem Eisending! Ich fetze ein paar Splitter ab, mehr brauche ich nicht! Soll ich es dir beweisen?

Linori, bat ich, wirklich, ich glaube dir auch so. Da, unser Brot ist fertig, wir können essen.

Am nächsten Morgen war die Hütte so hell, dass ich beim Aufwachen die Augen zukneifen musste. Die Sonne glitzerte blendend auf dem Schnee, und über den mit tiefweißen Flechten behangenen Bäumen stand der Himmel grünblau. Der Wind hatte sich gelegt. Aber der Frost dauerte an. Wir entschlossen uns weiterzugehen und zu versuchen, durch den Schnee bis in das Waldstück zu kommen, aus dem wir von weitem die Glocke hatten anschlagen horen.

Wir bauen uns eben einen Schlitten!, schlug ich vor. Abwechselnd kann einer ziehen und der andere ruht aus. Ich suche eine Linde und mache Seile. Kannst du mir Steinsplitter zum Abschälen schlagen?

Wir bekamen einen halbwegs brauchbaren Schlitten zusammen. Das alte Bretterholz der Köhlerhütte konnten wir gut dazu verwenden. Wir zogen abwechselnd, und den fallenden Hang entlang ging es besser, als wir gedacht hatten. Trotzdem mussten wir uns anstrengen. Wir schwitzten am Oberkörper, und um die Beine waren unsere Kittel gefroren. Unser Schuhwerk war jämmerlich dünn und der Frost stach uns durch die

Zehen. Aber wir hörten um die Mittagszeit die Glockenstimme ganz nah und standen endlich vor dem Erdhaus, dessen Dach einen kleinen Glockenträger trug. Ein Kreuz mit dem Schmerzensmann und ein Bild Unserer Lieben Frau guckten aus dem Schnee. Von beiden Bildern war der Schnee sorgfältig weggeräumt. Wir ließen unseren Schlitten zu Füßen der Gottesmutter und riefen.

Die Tür ging auf und ein bartbuschiger Kuttenmann schaute heraus. Er sah uns verwundert an und lud uns mit einem Gottwillkomm hinein. Er hatte eine gute Stimme, und seine großen eingesunkenen Augen unter den überhängenden Brauen blickten einfühlsam und klar. Kinder, fragte er, wie kommt ihr um diese Zeit durch den Haidwang? Ich habe seit Wochen keinen Menschen mehr gesehen! Aber setzt euch. Ihr seid durchnässt und verfroren! Wer seid ihr?

Vater, sagte ich, das Mädchen ist eine Fremde. Sie heißt Linori. Sie wurde ihren Leuten geraubt und sollte als Sklavenmädchen an die Sarazenen verkauft werden.

Der Einsiedler hob entsetzt die Hände. Geraubt, das Kind! Ich werde die Muttergottes bitten, dass sie zu ihren Eltern zurückfindet. Und du, mein Sohn?

Ich bin von den fahrenden Leuten. Wir waren auf der Lechsgemündener Burg. Die Regensburger haben sie berannt und wir konnten zusammen fliehen.

Von den fahrenden Leuten bist du. Das sind rechtlose Leute, sagt man. Gleich in der Nähe wohnte vor Jahren noch ein anderer Einsiedelbruder. Einer von den Barfüßlern. Der gehörte ehemals auch zu den Spielleuten. Er war aussätzig und ich habe ihn bei seiner Klause begraben. Schau, drüben an der Wand hängt noch seine Leier! Ja, da hängt sie schon lange, die Mäuse haben die Saiten abgenagt.

Darf ich sie anschauen?, bat ich.

Tu das, Junge. Ich wäre froh, wenn einer sie wieder schlüge. Du musst wissen, die Lieder des Bruders sang man die Donau hinab, den Main herauf bis an den Rhein. Die Leute von Daiting nennen das Holz hier heute noch den Geigerwald!

Der Mönch ging zu der aufgemauerten Feuerstelle, legte auf, hängte ein Kesselchen an den Haken und goss Bier hinein. Erst müsst ihr etwas Warmes trinken. Ihr seht ganz verfroren aus.

Wir halten uns schon seit Tagen im Wald versteckt, erklärte ich, da drüben, in dieser Richtung, hangaufwärts, in einer verlassenen Köhlerhütte sind wir untergeschlüpft.

Ach, in der Hütte vom alten Wetterschüll! Den kannte ich freilich gut. Er hatte für den Grafen Kohle gebrannt und ist dann weitergezogen. Der Lechsgemündener hat eine schwere Hand und öffnet sie nicht gern, um seinen Leuten die Arbeit zu entgelten. Ach der Alte, ich sehe ihn noch vor mir. Er war ein frommer und demütiger Mann, der alte Wetterschüll. Aber was rede ich. Ihr werdet Hunger haben! Wie habt ihr hierher gefunden? Und warum spricht das Mädchen nicht?

Unsere Sprache fällt ihr noch schwer, erklärte ich.

Aber das war es wohl nicht, was Linori so stumm machte. Ich sah ihren Augen an, dass sie am liebsten gleich den Einsiedler angebettelt hätte, endlich seine Orakelknochen zu holen und in die Asche zu legen.

Vater sagte ich verlegen, ich habe ihr erklärt, was ein Einsiedler ist, denn sie weiß es nicht. Ich fürchte, sie denkt, Ihr seid eine Art Kräuterzauberer oder Wahrsager. Sie glaubt, dass Ihr uns helfen könnt, ihre Eltern wieder zu finden. Sie hat Heimweh.

Mädchen, wandte sich der Vater an Linori, kannst du mich verstehen?

Ja, Herr, gab Linori zur Antwort.

Sag nicht Herr, Mädchen, ich bin keiner. Junge, wie sagt man in ihrer Sprache zu Vater, weißt du das?

Ich glaube, Vater heißt dad, gab ich Bescheid.

Also, Mädchen, du sagst dad zu mir, dann verstehen wir

uns! Der Einsiedler fasste nach seinem Perlenkranz am Gürtel, ließ die Perlen durch die Finger laufen und sah Linori an. Wo deine Leute sind, Mädchen, kann ich nicht sagen. Aber ich denke, du findest sie. Geht der Junge mit dir? Ja? Dann ist es gut.

Er zeigte mit dem Finger auf mich. Sie ist fremd hier, wie du sagst. Ich würde denken, ihr beide solltet nach Regensburg gehen. Dort treffen sich viele Fahrende. Da könnt ihr am besten in Erfahrung bringen, wo ihre Leute sind. Verschleppt und verkauft! Das ist eine böse Welt! Ja, ich werde die Gottesmutter bitten, dass sie euch den richtigen Weg weist. Sie hatte in dem großen Jerusalem ihren kleinen Jungen ja auch verloren und hat voll Schmerzen nach ihm gesucht. Sie weiß, wie es einer Mutter zumute ist, die sich um ihr Kind ängstigt!

Linori sprang auf, lief zu dem Einsiedler, fiel in die Knie und küsste ihm die Hände: Najis, dad, najis!, rief sie ein über das andere Mal.

Der Einsiedler wehrte befangen ab, schlug die Hände auf den Rücken und wich einen Schritt zurück. Dann rannte er zum Feuerkessel. Kinder, befahl er, setzt euch. Das Bier ist so heiß, dass man es kaum trinken kann. Gewürze habe ich nicht. Aber ich tu euch Honig hinein. Da muss auch noch Brot im Kasten sein! Ja, komm, Mädchen, setz dich und iss. Bis nach Regensburg ist es ein weiter Weg!

Wir sättigten uns an des Einsiedlers Tisch. Das warme Bier glühte in unseren Köpfen. Zum Brot hatte uns der Mönch ein paar Hände voll Trockenobst auf den Tisch gelegt. Er selbst sprach dem Essen nicht zu. In der Fastenzeit, äußerte er, nehme er nur einmal am Tag, um die Vesperzeit, Essen zu sich.

Wie weit sind wir denn in den Fasten?, fragte ich.

Heute ist der dritte Tag nach dem Aschtag, verkündete der Vater. Er sagte murmelnd einen lateinischen Merkvers und zählte die Tage und Wochen an seinen Fingern. Ostern ist in diesem Jahr am neunzehnten Tag im April, rechnete er uns vor.

Wir saßen und redeten. Der Einsiedler ließ unentwegt seine Finger mit dem Perlenkranz laufen, und ich hatte mir die Leier von der Wand geholt und betrachtete sie von allen Seiten. Es war ein selten schönes Stück mit eingelegtem Elfenbein im roten Holz. Die Saiten könnte man neu aufspannen. Aber das Holz selbst war gerissen.

Ich kenne den Lechsgemündener, erzählte der Mönch. Wisst ihr, alle Tage kam einstmals während der Winterszeit ein Bär vor meine Tür. Er stand einfach da und verriet keinerlei Zeichen von Wildheit. Ich gab ihm einen Honigbissen und er trollte sich. Jedes Mal beim Mittagsläuten stand er vor dem Muttergottesbild und wartete auf seinen Happen. Eines Tages kehrte mein Bärenfreund nicht wieder. Auch nicht am nächsten Tag. Ich ging ihn suchen. Da traf ich den alten Wetterschüll bei seinem Meiler. Der berichtete mir, dass Berthold der Lechsgemündener meinen braunen Freund umgebracht hatte. Ich habe es seiner Seele vergeben. Das war meine Christenpflicht. Aber sein Gesicht will ich nicht mehr sehen. Ja, und ich entsinne mich auch an des Grafen erste Frau. Sie war einst hierher gekommen, um vor dem Bild der Gottesmutter ein Fasten zu geloben. Ich sagte ihr: Was fällt euch ein! Süßes Gebäck sollt Ihr essen. Wildbret, Pasteten! Das musste ich sagen, denn wenn der Reiche fastet, meint er, der Arme könne Steine essen.

Es war gut, hier zu sitzen. Zwischendurch läutete der Mönch, verrichtete seine Stundengebete, und ich schlug das Kreuz über mich und murmelte das Gegrüßt-seist-du-Maria. Die Sonne brannte heiß, der Schnee tropfte vom Dach und das Schmelzwasser bildete lange Zapfen. Wir verabschiedeten uns zur frühen Vesper. Der Vater hatte uns Salz, Mehl und Honig in ein Bündel gepackt. Dazu hatte er uns einen tönernen Wasserhafen geschenkt. Ehe wir zu unserem Schlitten gingen, legte er Linoris und meine Hände zusammen und sprach ein Schutzgebet über uns. Die Gnadenmutter wird mit euch gehen, sagte er, und du, Mädchen, wirst deine Leute wieder finden. Ich spüre es.

Linori schaute den Mönch dankbar an und flüsterte mir zu: Du musst ihm jetzt auch das Geld geben!

Ich fragte leise zurück: Wieso denn Geld?

Für sein Zauberspiel mit den Perlen am Gürtel. Er hat gesehen, wo ich meine cuci wieder finde!

Linori, erklärte ich ihr hastig, dieser Mann nimmt kein Geld. Er braucht es nicht. Er wüsste gar nicht, was er damit sollte, verstehst du?

Ich erklärte dem Einsiedler: Linori kennt unseren Glauben hierzulande nicht recht.

Der Mönch winkte ab. Es sind alle Menschen ein Mensch, und dieser Mensch ist Christus. Du solltest sie aber das Ave-Maria lehren! Er schaute zu dem Muttergottesbild auf. Ja, die Mutter sieht huldvoll auf euch! Sie lächelt euch zu. Alles wird gut werden!

Wir kamen erst im Dunkeln wieder bei Wetterschülls Hütte an. Wir heizten nicht mehr, aßen nichts, sondern fielen gleich erschöpft auf unser Lager.

Wir mussten uns eine Woche gedulden, bis wir nach Regensburg aufbrechen konnten. Der Schnee zerging nur langsam unter der Sonne, war pappig, und der Grund war so aufgeweicht, dass man sich beim Gehen die Beine aushängte. Wir waren reizbar und oft eklig zueinander, vertrugen uns aber auch wieder.

Es waren schließlich doch gute Tage. Dank der Fürsorge des Einsiedlers hatten wir keine Not an Nahrung. Die letzten Schneereste waren noch nicht verschwunden, da hörten wir schon die erste Singdrossel schlagen, am nächsten Tag spektakelte der Zilpzalp und abends fiel ein ganzer Starenschwarm ins gegenüberliegende Waldstück ein. Am Morgen darauf brachen wir auf. Wir ließen die Wasserpfanne da, hatten den Rest vom Mehl zu Brot verbacken, und ich riss den Saum mit den Sparpfennigen vom Kittel und band ihn mir um die Hüfte auf die bloße Haut.

Wir hielten uns möglichst auf der Höhe und folgten der Berglehne in östlicher Richtung. Es dauerte lange, bis wir aus dem Wald fanden. Wir übernachteten zweimal in Baumnestern, die wir uns im niederen Gezweig von Linden flochten. Am Morgen des zweiten Tages war Linori zwischen die Bäume gegangen, während ich noch im Baumnest die schmerzenden Knochen streckte. Ich wartete auf Linori, aber sie blieb verschwunden. Linori, rief ich, wo steckst du?

Weit konnte sie nicht sein, denn sie war erst vor kurzem den Baum hinabgestiegen. Aber sie antwortete nicht. Ich packte unsere Sachen ins Bündel, warf es aus dem Nest und kletterte nach. Von dem Mädchen war keine Spur zu sehen. Ich hängte mir das Bündel über und ging sie suchen. Schließlich fand ich sie vor einem Hügel sitzen und gebannt auf den sonnenbeschienenen Boden starren. Als sie mich durchs Trockenholz herankommen hörte, drehte sie sich um und legte rasch den Finger auf die Lippen. Ich stellte das Bündel ab und schlich auf Zehen zu ihr.

Sap! Eine Otter ist in dem Loch da, eine Schlange!, raunte sie. Ich warte, damit ich sie fangen kann!

Mädchen, zischte ich sie an, bist du unsinnig? Was willst du mit einer Schlange? Sie sticht dich!

Linori rümpfte nur ihre Nase und würdigte mich keines Wortes.

Du, sagte ich, komm, wir müssen doch weiter, damit wir endlich aus diesem verdammten Wald herauskommen! Oder willst du den ganzen Tag vor dem Loch hocken?

Linori raunzte mich böse an. Jede puri dai hat ihre Schlange! Eines Tages werde ich die puri dai sein, die Elternmutter unserer Sippe. Ich nehme die sap mit! Vielleicht gibt sie mir sogar ihren Stein! Sie hat ihn im Kopf und speit ihn mir in die Hand. Dann sind wir alle Sorgen los, Martis! Ein Schlangenstein macht nämlich reich, hellsehend, unverwundbar. Er gibt dir die Fähigkeit, dich unsichtbar zu machen, und öffnet dir die Ohren für die Sprache der Pflanzen und Tiere. Ja, und der Stein schützt vor den mulos, den bösen Geistern, verstehst du?

Ich hatte von solchen Schlangensteinen freilich schon gehört. Doch glauben mochte ich nicht daran. Und wenn schon, warum sollte gerade diese Otter einen solchen Stein besitzen! Linori, bat ich, komm, wir gehen, sonst finden wir nie deine Leute. Und vielleicht ist es sogar eine Schießschlange! Sie fährt mit einem Sprung aus dem Loch und springt uns an den Hals!

Wenn du Angst hast, dann geh doch allein weiter!, fauchte Linori, ohne ihren Blick vom Loch am Fuß des Hügels abzuwenden. Ich warte. Es ist eine schwarze Schlange. Sie sticht auch nicht. Sie ist wie die Schlange von Pichi. Sie hat nämlich große schwarze Augen. Damit hat sie mich angeguckt und ist hier im Hügel verschwunden!

Linori begann das Loch weiter aufzuwühlen, streckte ihren Arm hinein und kratzte Erde aus der Höhlung. Ich riss sie grob vom Boden. Linori wirbelte herum, schlug mir ins Gesicht und schrie: O del te marel tri godi! Dschass krik, gadscho! Dann warf sie sich bäuchlings zu Boden und grub mit beiden Händen die Erde weiter auf. Ich stand mit hängenden Schultern daneben und traute mich nicht, sie noch einmal anzusprechen.

Mit einem Mal zwängte sie sich kopfüber in das Loch, wühlte, ruckte und war darin verschwunden. Ich bückte mich, sah nur noch ihre Sohlen und heulte: Linori! Linori! Dann fuhr ich zurück. Aus dem Hügel schnellte züngelnd eine graublaue, schwarz gezeichnete Ringelnatter mit ihren zwei gelblichen Halbmonden seitlich vom Kopf und hinter ihr her Linoris Schlange, pechschwarz, lang wie ein Klafter! Sie waren im

Laub und Holz verschwunden, noch ehe ich einen Schrei ausstoßen konnte.

Ich bückte mich vor das Loch und rief hinein: Du, deine Schlange ist schon heraus! Komm zurück!

Von innen kam dumpf Linoris Stimme: Martis, hier ist eine Höhle! Es liegen Sachen darin!

Sie arbeitete sich rückwärts aus dem Loch und hielt mir triumphierend einen ornamentierten Reifen hin. Sie rieb ihn an ihrem Kittel, spuckte darauf, schabte mit einem Stein an der inneren Rundung und rief: Es ist Gold, gadscho! Ein Halsreif!

Blitzschnell zwängte sie ihren Hals durch das offene Ende, hob das Kinn, schaute mich herausfordernd an und sagte: Ich bin die siebte von sieben aufeinander folgenden Töchtern! Mir gehören die Schätze, welche die Erdmännchen aus der Erde aufsteigen lassen! Linori begann hastig einen Kreis um uns beide zu ziehen. Rühre dich nicht, gadscho, verlangte sie heiser. Sonst rückt der Schatz wieder fort!

Mich fröstelte. Ja, und in der Tat, die Sonne verschwand, es wurde dunkel und Hagelkörner prasselten auf uns. Linori störte das nicht. Die Erdmännchen und ihre schwarzen Hunde wollen uns verjagen, erklärte sie mit verhaltenem Atem. Sie ritzte weiter ihren Kreis und murmelte unverständliche Laute. Ellivoli skarras polili livarras, oder so ähnlich, und dann richtete sie sich auf. Ich wollte etwas sagen, doch Linori hob warnend den Finger und deutete in die Wolken. Der Hagel schlug uns fast die Haut blau. Dann aber brach die Sonne durch und Linori stieg aus dem Kreis.

Mach Feuer, befahl sie. Wir nehmen einen brennenden Ast und leuchten hinein. Aber beeile dich, wir haben nicht viel Zeit! Der Zauber hält die Erdmännchen mit ihren Hunden nicht lange. Dann versinkt der Schatz wieder in den Berg! Wir können aus dem Kreis, aber lege erst etwas von dir hier in die Mitte.

Ich suchte in meiner Tasche und warf das Feuerzeug auf den

Boden. O gulo zuralo, lachte Linori und küsste mich. Doch nicht das Feuerzeug, damit sollst du doch Feuer schlagen!

Also legte ich den Kittel in den Kreis und versuchte ein Feuer zustande zu bringen. Linori drängte. Aber was half's. Das Holz war nass und ich brauchte eine ganze Weile, während Linori auf den Zehen trippelnd neben mir stand und schalt und fluchte, wie ich sie noch nie gehört hatte.

Endlich hatte ich das Feuer so weit. Jetzt brennst du einen Ast an, befahl Linori, ich mache das Loch größer!

Die Spannung hatte auch mich jetzt erfasst. Zugleich aber war mir bange. Was machten wir da?

Bist du so weit?, rief Linori.

Ja, ich habe drei Kieferäste im Feuer, sie brennen!

Dann bring mir einen! Linori nahm mir den Knüppel ab und rutschte mit dem Feuer voraus in die Höhlung. Ful!, knurrte sie und kam zurückgekrochen. Das Ding ist aus. Was nun?

Nimm die drei Äste zusammen, riet ich, dann halten sie sich gegenseitig das Feuer!

Ich renkte mir vor dem Loch den Hals aus, um etwas zu sehen, konnte aber so gut wie nichts erkennen. Da liegt ein Knochenmensch!, kam Linoris Stimme. Ich sehe ein riesengroßes Gefäß! Da sind Schalen voll mit Armreifen, Halsringen, und hier, kleine Figürchen und Geldstücke!

Linori, bettelte ich. Lass es liegen. Es ist ein Grab und gehört dem da drin.

Vielleicht war es eine Frau, teilte mir Linori mit. Ich kann es nicht gut erkennen. Es ist sehr eng und Wurzeln gehen durch die Höhle. Sie trägt viele Armreifen und um den Kopf liegt auch ein verzierter Reifen!

Mädchen, Linori, komm doch heraus, ich bitte dich! Und rühre die tote Frau nicht an.

Ich habe keine Angst vor ihr! Ich nehme ihr auch nichts weg. Ich bin sicher, es ist eine puri dai! Ich bin ihre Schwester.

Offenbar hatte Linori die brennenden Äste in die Wand gesteckt, denn jetzt konnte ich drinnen schattenhaft einige Umrisse erkennen. Ganz deutlich das große Gefäß, von dem Linori gesprochen hatte. Ich konnte sehen, wie Linori versuchte, an die Öffnung heranzukommen. Aber das Gefäß war mit Wurzeln zugewachsen und sie gab auf. Dann warf sie hintereinander Reifen, Armringe, Münzen, eine kleine Figur in den Einschlupf und rief: Bringe sie nach vorn in den Kreis, Martis. Wer weiß, gleich geht der Berg wieder zu!

Ich traute mich kaum, die Sachen anzufassen. Aber ich sammelte sie dann doch ein. Ich legte alles zu meinem Kittel in den Kreis und Linori kroch heraus. Du siehst, gadscho, ich bin eine puri dai! Ich hebe Schätze. Die Schlange hat mir den Weg gewiesen!

Am liebsten hätte uns Linori die ganzen altersverschmutzten Herrlichkeiten aufgeladen. Aber ich weigerte mich. Ich trage nichts davon, darauf bestand ich. Es gehört dieser Frau, die da drinnen liegt.

Schelja, dummes Zeug!, unterbrach mich Linori. Es gehört mir, denn ich bin ihre Schwester!

Allein konnte Linori ihren Fund nicht fortbewegen. Sie versuchte es, packte die Sachen in unser Tuch, hob es an und ließ es sofort wieder fallen. Sie schaute mich mit Zornestränen an. O ful, Scheiße, sagte sie rau. Dann nehme ich, was ich selbst tragen kann.

Sie legte sich mehrere Reifen um den Hals, steckte ein paar Reifen an den Oberarm, legte um das Handgelenk ein breites Goldband mit krausem Muster, das mit roten und grünen Steinen kunstvoll besetzt war. Deine Pfennige kannst du wegwerfen, schnaubte Linori verächtlich. Wir haben jetzt Geld genug! Schau da, wie viel!

Ich rieb die Vor- und Rückseite mehrerer Münzen. Sie waren so groß wie der kräftige Daumennagel eines Mannes und mochten in der Tat aus Gold oder Silber bestehen. Die Prägungen aber gaben für mich keinen Sinn. Nur auf einem Münzbild konnte ich deutlich ein springendes Pferd ausmachen.

Du wirst mit den Dingern nicht viel anfangen können, meinte ich. Da, es sind keine Buchstaben, es sind auch keine Zahlen darauf.

Linori bückte sich und sammelte den Rest der Schmuckstücke. Martis, rief sie, schau her! Das schenke ich dir!

Linori warf mir ein spannenlanges Figürchen aus Metall zu. Es war grün überzogen, eine sehr schlanke, nackte Tänzerin, die wie eine Spielfrau ihre Füße setzte. Najis, danke, sagte ich. In meiner Tasche fand ich ein Bändel, zog es durch die Öffnung und hängte mir das Figürchen unter den Kittel auf die Brust.

Na siehst du, stellte Linori befriedigt fest. Sie schlüpfte in den Gang und legte den Rest der Schatzstücke zurück in die Grabkammer. So, sagte sie, als sie wieder draußen war, strich die lose Erde vom Kittel und ihre Armreifen klirrten dabei. Jetzt warten wir, dass die Erdmännchen den Berg wieder zumachen! Sie fahren mit dem Schatz wieder in den Berg. Doch ich bin sicher, nach vielen Jahren steigt er wieder auf und eine andere puri dai wird ihn finden!

Wir hockten uns in den Kreis und behielten das Loch im Auge, doch nichts geschah. Dann müssen wir eben selbst das Loch zumachen, bestimmte Linori, wenn es nämlich offen bliebe, müssen wir in einem Jahr oder noch früher sterben!

Wir verstopften den Eingang mit Erde, Gestein, Moos, trockenem Farn und was uns sonst unter die Hand kam, traten dagegen und pressten den Pfropfen fest, bis wir sicher waren, dass die Höhlung fest verschlossen war.

Und was ist mit der Schlange?, fragte ich. Wenn sie zurückwill? Ich bin sicher, sie wollte da ihr Nest machen!

Denkst du, die braucht ein Loch, du Dummer? Sie spricht nur ein Wort und der Hügel tut sich auf! Los, wir gehen. Aber wir müssen im Zickzack laufen, damit uns die Erdmännchen nicht auf die Spur kommen!

Wir nächtigten zum letzten Mal im Haidwangforst. Ehe die Sonne verschwand, hatten wir unser Baumnest gerichtet, und Linori saß mit baumelnden Beinen darauf und rieb ihre Schmuckstücke, bis sie leuchteten wie Lämmerschnee, durch den rotes Sonnenlicht fällt.

Was für ein Mädchen, dachte ich. Wie zärtlich und gut sie ist. Und dann wieder haut sie einem voll ins Gesicht! Ich fasste nach meiner Backe. Tut es noch weh?, fragte Linori, ohne aufzusehen. Es tut mir Leid. Aber verstehst du, die Schlange war meine eigene puri dai! Ich musste ihr gehorchen.

## Das Donaumoos

Vor Sonnenaufgang erreichten wir das Ende des Haidwangs. Die Luft war lind und klar. Es waren die letzten Märztage. Wir folgten dem Tal mit einem starken Wasserlauf hangabwärts. An seinen Ufern lagen zwei Dörfer in ihren Ettern. Zu dem ersten gehörte eine Zollstelle. Vorsichtshalber umgingen wir sie, obwohl sie uns verlassen zu sein schien. Dann erblickten wir die Schleifen der Donau. Schau, Linori, sagte ich, das ist der Fluss! Die Donau. Wenn wir ihr folgen, kommen wir nach Regensburg.

Ist es sehr weit bis dort?, fragte sie.

Vielleicht brauchen wir zwei Wochen, meinte ich. Wenn wir Glück haben, nimmt uns aber auch ein Floß mit.

Fischer stakten ihre flachen Boote aufwärts zum Dorf. Einige waren bereits aus den Booten getreten und hingen ihre Netze auf. In den Fischkörben zappelten Huchen und Elze, die nach der Schneeschmelze zur Laiche stromaufwärts wandern. Hier ist Stepperg, gab uns einer der Männer Auskunft, und das hier ist die Ussel, die drüben in die Donau fließt.

Ein Boot, das über die Donau setzte, nahm uns mit. Ich wollte dem Fischer einen Silberpfennig geben, doch er wehrte ab. Ihr könnt euer Geld gleich beim Zoll loswerden! Ich muss sowieso hinüber. Ich bringe meiner Mutter ein paar Fische. Sie hat drüben am Römerberg ihr Haus. Euch beide setze ich unterwegs ab.

Wir sprangen an den flachen Strand. Unsere Füße sanken ein. Doch dann fanden wir den Uferweg und kamen an die Zollstelle. Die beiden Zollknechte waren schon auf den Beinen, gähnten schlaftrunken und winkten uns näher.

Der eine hatte eine winzige, hoch aufgestülpte Nase mit weit aufstehenden haarigen Nüstern, hängende Backen und garstige gelbe Zähne. Sein Kamerad hatte einen wirren schwarzen Schopf und wulstige Lippen über dem krausen Bart. Sie lehnten sich auf ihre Lanzen und der mit den Hängebacken fragte: Hast du im Bündel was zu verzollen?

Nein, gab ich Bescheid. Es sind Kleidungssachen und etwas Brot. Der Mann hieß mich das Bündel aufmachen und ich sagte: Wenn es sein muss, zahle ich für uns das Wegegeld.

Es muss sein, erwiderte der Zollknecht, richtete sich vom Bündel auf und streckte seine Hand aus. Ich griff unter den Kittel nach den Silberpfennigen.

Der schwarze Strubbelkopf war inzwischen zu Linori getreten und schäkerte: Was haben wir denn da für ein braunes Dingelchen! Bist du überall so braun? Er griff mit seiner Hand an Linoris Kittel. Sie stieß ihn zurück.

Aber Kleines, knurrte er, wer wird so kratzig sein! Schau, was hat das schöne Kind denn da? Er griff mit seiner Pranke nach Linoris Arm, starrte das edelsteinbesetzte Band an und pfiff durch die Zähne. Echser, rief er, nun lass mal den Jungen! Schau dir das mal an! Ein Vermögen, sage ich, ein Klunkerding wie aus dem Reichsschatz!

Linori wand sich unter dem Griff. Ich knotete eilends unser Bündel zusammen. Der Mann Echser drehte sich um, da schrie der Schwarze: Sie hat die Arme voll von dem Zeug! Und am Hals! Er riss gewaltsam zwei Goldreifen unter dem Kittelloch hervor und wand sie Linori vom Hals. Linori schrie vor Schmerz und versetzte dem Mann mit dem Knie einen Stoß zwischen die Beine, dass er laut aufjaulte. Echser rannte mit gestreckter Lanze auf das Mädchen zu und brüllte: Du Bufferin, das büßt du!

Ich nahm drei Schritte Anlauf, wirbelte durch die Luft und traf Echser von oben her mit der Ferse krachend aufs Auge, dass er auf der Stelle zusammensackte. Ich landete auf dem Boden und fand die Lanze des anderen auf mich gerichtet. Sein Leib krümmte sich vor Pein, und sein Mund war vor Schmerz so verzogen, dass mich seine gelben Zähne anbleckten wie ein Pferdegebiss. Linori, sagte ich langsam in der Romsprache, tu etwas, dass er zu dir schaut! Das Mädchen hob einen Stein, der Lanzenmann drehte den Kopf, und im nächsten Augenblick sprang ich ihm über die Lanze hinweg mit den Beinen um den Hals und riss ihn zu Boden. Ich prallte auf einen Stein. Es gab mir einen wahnsinnigen Schmerz im Knie. Ich machte mich mit einem Ruck frei und saß dem Schwarzen im Genick.

Linori, rief ich, da drüben das Seilzeug, bring's her!

Wir fesselten die beiden Zollknechte mit den Rücken gegeneinander und ließen sie auf der Seite liegen.

Vom anderen Ufer kamen Schreie. Ein Armbrustbolzen flog über mich. In einem Boot knieten drei Armbrustschützen und zielten auf uns. Hunde bläfften. Rudert, ihr verdammten Ammenmacher, hörte ich die Bewaffneten die Fischer anschreien. Ein zweiter Bolzen fetzte mir durch den Kittel. Ich spürte einen Schmerz am rechten Oberarm.

Komm, komm, Linori brüllte ich. Sie fummelte an ihren Reifen herum, die nicht um den Hals wollten. Ich riss ihr die Dinger aus der Hand und warf sie über Linoris hochgereckte Arme im Bogen in die Donau.

Wir rannten keuchend und rutschend das Steilufer hinauf und hetzten oben weiter den Fluss entlang, bis wir keinen Atem mehr hatten. Wir rasten, aber nur einen Augenblick, japste ich. Bringen sie die Hunde uns auf die Spur, sind wir dran! Ich warf das Bündel ins Gebüsch und fragte: Geht's wieder? Linori, auf, wir rennen um unser Leben!

Sie nickte. Wir sahen uns gegenüber am Hang die Kaiserburg an der Donau auftauchen, bogen davor in den Wald, liefen mit dem Gefäll abwärts. Wir müssen ins Ried, schnaufte ich, da verlieren sie uns!

Wir hatten den Riedrand erreicht, als ich hinter uns die Hunde hörte. Linori, sagte ich, du gehst bitte genau hinter mir. Tritt in meine Spuren. Bleib nicht stehen!

Wir stakten durch schilfbestandenen Mulm. An den Füßen brannte das kalte Wasser. Mit jedem Schritt stiegen brodelnd Blasen empor, die zerplatzten und fauligen Geruch verströmten. An Mooraugen vorbei, über Bulgen, Schwingrasen, auf dem schon die Schlüsselblumen blühten, kamen wir dem Seegelände näher. Das Hundegebell hatten wir weit hinter uns gelassen. Wasserspitzmäuse tauchten durch die Tümpel. Die Moospolster grünten, der Schachtelhalm spreizte neue Sprossen und die Ränder der schwarzbraunen Wasserlöcher waren besetzt mit dem flirrenden Gold der Sumpfdotterblumen. Schwarzstörche flogen zu den Waldsäumen. Als die Sonne im Mittag stand, erreichten wir das Seeufer. Wir versackten bis an die Waden im Mulm. Das Wasser stand schwarz wie im Köhlerzuber. Draußen im See lag eine dicht beholzte hügelige Insel.

Linori, fragte ich und wies hinüber, werden wir es bis dahin schaffen? Wie gut kannst du schwimmen?

Ich schaffe es, antwortete Linori, und du?

Ich will es versuchen, antwortete ich zögernd. Wir zogen uns aus und banden unsere Kleider in den Nacken.

Martis, erschrak Linori, du bist verletzt!

Sie schaute nach dem Arm. Das Blut sickerte hell aus dem Schnitt.

Der Bolzen hat mich gestreift, sagte ich. Es bedeutet nichts. Es brennt, aber ich kann damit schwimmen.

Wir schwammen los. Es war gut, dass das Wasser seicht war. So fand ich zwischendurch Grund, um ein paar Atemzüge zu verschnaufen. Mein Rücken stach und der wehe Arm behinderte mich doch. Linori schwamm unterdessen um mich herum und prustete: Das Wasser ist ja richtig warm!

Ja, die ersten Frühlingstage hatten dem Riedwasser Eis und Kälte genommen. Lurche ruderten um uns und suchten quakend nach ihren Weibchen. Erschöpft zog ich mich an einer Weidenwurzel auf die kleine Insel. Die gelben Pollen des blühenden Gesträuchs streiften meinen nassen Rücken. Ich sah mit zusammengekniffenen Augen hinüber ins Ried. Ich konnte von unseren Verfolgern nichts sehen. Linori schwamm immer noch im See. Ihre nackte Haut sah fast weiß aus gegen das schwarz glänzende Moorwasser. Schwermut überkam mich. Würden wir beide je wieder so zusammen sein wie in den vergangenen Wochen? Und was war, wenn wir Linoris Familie fanden, die Rom mit ihren Zelten und Karren? Wo sollte ich dann hin mit mir?

Linori kam auflachend aus dem Wasser gestiegen, stellte sich auf einen Stein und rief: Ich steh auf einem breiten Stein, und wer mich lieb hat, holt mich heim!

Ich lief zu ihr und Linori flog mir an die Brust und biss mich in den Nacken. Komide man, murmelte sie, miro gulo pirano.

Wir streckten uns nebeneinander auf einer Steintafel aus und ließen uns trocknen. Die Mittagssonne brannte heiß in die offene, von blühenden Weiden überstandene Grotte. Unsere Kittel und Hemden trockneten an einem Erlenzweig, der sich über das Uferwasser streckte. Darunter trillerten die Kröten.

Linori summte fast lautlos eine Melodie, die sie wohl von den Spielleuten hatte. Sie kannte die Worte sicher nicht, ich aber dachte sie mit, während Linori die Liedweise wiederholte: Krämer, gib die Farbe mir, schöne Wangenröte, dass ich einem jungen Mann der nicht mag, schaffe Liebesnöte, schau mich an, junger Mann, lass mich dir gefallen.

Linori strich mit federleichten Fingern über meine krumme Schulter. Ich spürte den Blütenstaub der Weide zwischen ihren Fingern und meiner Haut. Als wir aufstanden, guckten wir uns an und hatten denselben Gedanken. Ich auch, sagte ich. Ich habe sogar einen ganz riesigen Hunger!

Es gab Fische genug. Wir fingen sie mit der Hand. Linori hieb scharfe Steinschaber zurecht und ich machte ein Feuer zwischen den Felsplatten unserer Grotte. Hoffentlich würde man vom Wald aus nicht die heiße Luft aufsteigen sehen!

Aber ich fühlte, hier auf unserer Insel waren wir sicher. Wir brutzelten die Fische an kleinen Stöcken und aßen uns satt.

Zeitig kehrten in diesem Jahr die Zugvögel zurück. Zuerst hörten wir mittags in der Weißdornhecke auf der Kuppe über uns den knarrenden Lockruf der Nachtigall. In der folgenden Nacht meldete sich vom gegenüberliegenden Ufer zwischen fiependen Fischottertönen der vereinzelte Ruf des Teichrohrsängers. Kiebitze, Zaunkönig und Amsel weckten uns frühmorgens in der Ufergrotte, deren Steine die Sonnenwärme bis in die Nacht hielten.

Wir gehörten in diesen Tagen zum Moor wie die Fische, die Kröten und der Seeadler über uns. Von Regensburg sprachen wir kein einziges Mal. Es war Abschied, ehe wir wussten, wann die Trennung kam.

Dann war der Morgen da, an dem die Bachstelze beim Erlengezweig neben uns ihr Nest baute. Auch Linori hatte den Vogel der Romleute erblickt. Sie verhielt mit einem Ruck und sagte: Romano tschirkulo!

Ich schaute zu ihr und fragte: Wollen wir weiter?

Linori nickte, lief zu mir, schmiegte ihren Kopf in meine Schultergrube und schluckte: Awel tutar, pirano!

Wir banden unsere Kleider zusammen und schwammen durch das Moorwasser einem Regen verkündenden roten Sonnenaufgang entgegen. Als wir vormittags die Stadt Neuburg an der Donau erreichten, regnete es bereits.

Unterhalb der Stadt stießen wir auf die Wittelsbacher Zollstelle. Linori hatte ihre Kostbarkeiten versteckt. Unbehelligt bezahlten wir unser Wegegeld. Wir baten die Floßleute, die wir am Zoll trafen, um einen Platz. Sie ließen uns ohne Umstände zusteigen. Nein, entgelten bräuchten wir ihnen die Fahrt nicht, und was die Zehrung unterwegs anbelange, so gelte bei ihnen: Ein Gott, ein Pott! Allerdings müssten wir für das Zollgeld jeweils selbst aufkommen. Ihr Floß sei für Regensburg bestimmt. Dort gedächten sie an der Holzländе anzumachen und die Stämme dem Bräckmeister, in dessen Diensten sie stünden, zu übergeben.

Vier Tage brauchten wir bis Regensburg. Die vielarmige, inselreiche Donau führte starkes Wasser. Der Floßmeister und seine Jungen brachten das Floßgebinde über den gefürchteten Strudel vor Kelkheim und nach einem letzten Zollaufenthalt in Abbach legten die Flößer unterhalb der Stadtmauer am Holzhof an. Wir sahen die Bogen der großen Brücke mit der Turmwehr, dankten, verabschiedeten uns von dem Floßmeister und seinen Leuten und trotteten stumm einem Karren hinterher, der vor uns durch den Nebel auf eines der Stadttore von Regensburg zuhielt.

Die Stadt sei, hatte uns der Floßmeister stolz belehrt, neben Rom die größte Stadt der lateinischen Welt, jedenfalls die volksreichste in den deutschen Landen. Linori und ich irrten durch die Gassen, verliefen uns auf Märkten, verloren uns im Gewühl, fanden uns nach angstvollem Suchen in der Gasse der Hundshautgerber wieder, fassten uns an den Händen, liefen ziellos weiter, und dann standen wir bei der großen Brücke.

Pateran!, jubelte Linori plötzlich und wies auf ein kleines Zeichen unten an der Mauer des Brückentors. Martis, gadscho, es ist ein Zeichen der Romleute! Der Pater im Wald, er hat es gewusst, dass wir sie hier finden! Ein manusch hat hier sein Wegzeichen aufgeritzt! Die Rom sind hier, bar'baro del!

Bestimmt waren sie hier, bestätigte ich, wenn du das Zeichen wieder erkennst! Ich legte meinen Arm um das bebende Mädchen. Linori, komm, weine nicht! Jetzt haben wir doch eine Spur. Vielleicht finden wir ja noch weitere Zeichen! Wenn sie hier in der Nähe sind, müssen wir vor der Stadt nach ihnen schauen!

Der Tordurchlass war belagert mit Menschen, die auf die Brücke und stadtauswärts drängten. Sie schienen erregt und zwängten sich hastig an uns vorbei. Frauen in Ärmelkleidern und losem Kopfgebände, als seien sie geradewegs von der Waschbütte hierher geeilt, Männer mit Kapuzenmantel oder Krempenhut, Mönche, Müllerknechte, die gelben Freudenmädchen und dazwischen Bürger auf plärrenden Eseln. Linori und ich wurden gegen die Brückengeländer gestoßen, wieder vorwärts gezogen, gerempelt und gedrückt.

Draußen auf dem Stadtanger knäulten sich die Regensburger wie Krötenlaich. Hoch über den Köpfen stachen die Speerspitzen der Scharwachen in die feuchte Luft. Was macht Äzelin noch große Worte!, grollte neben uns ein Mann. Er drohte mit der Faust über die Menge und schrie: Verdammtes Ausländerpack! Mein ganzes Dinkelfeld am Prebrunn haben sie im Herbst abgeräumt.

Recht habt Ihr, Meister, bestätigte neben ihm ein schlaksiger Junge mit einer Krempelmütze. Aber diesmal haben wir sie erwischt! Unser Rat wird das Gesindel mitsamt seinen Hunden am Galgenholz aufknüpfen. Dann sollen ihre feinen Luftschiffer mal zu ihnen fahren und sie abschneiden!

Ich schaute mich um nach Linori. Sie war verschwunden! Heiliger Sebastian, fluchte ich innerlich, dieses Mädchen ist unberechenbar! Ich zwängte mich durch die Menge, wurde mit Rippenstößen und bösen Blicken bedacht. Noch ehe ich bis zu den Scharwächtern gekommen war, erblickte ich sie. Das Mädchen, meine pirani, war offenbar unter den Armen der Wachten hindurchgelaufen und umklammerte jetzt einen von drei braunen Männern, die gefesselt bei ihren Karren standen. Kinder krochen unter den Rädern, die angepflockten Pferde der Fahrenden scheuten, eine Frau mit blauschwarzem Haar kam zwischen den Wagen hervorgeschossen und warf sich auf Linori. Ja, ich sah das alles und begriff doch im ersten Augenblick nicht, was vor sich ging. Dann wusste ich es: Linori hatte ihre Leute wieder gefunden.

Der Bürger mit dem vornehmen Schultermantel in der Mitte des Angers winkte mit der Schreibrolle eine der Wachten herbei und wies auf das Mädchen. Schafft Ruhe dahinten, befahl er. Er wandte sich wieder der Menge zu und erklärte: Also, zur Sache! Ihr Bürger bringt vor, diese Ausländer seien Kundschafter einer fremden Macht.

Äzelin, schrie ein Mann in der vordersten Reihe aufgebracht, bist du Notar des Bürgerrats, um Reden zu halten? Überlass uns diese verdammten Ausländer, wir machen Krenfleisch aus ihnen!

Pfiffe und johlender Beifall kamen aus der Menge. Ich konnte mich vor Entsetzen nicht fassen. Was hatte der Stadtnotar gesagt? Der Auskundschaftung sollten die Rom bezichtigt werden?

Bürger, brauste Äzelin wütend auf, wenn ihr mich nicht ausreden lasst, wird der Platz geräumt. Die Menge murrte, dann aber kehrte Ruhe ein.

Also, fuhr der Stadtnotar mit erhobener Stimme fort, der Bürger Diepold bei der Wer hat dem Rat zu Protokoll gegeben, er habe im Vorjahr bei der Weichs mit seinen Schnittern bei einem großen Gewitter gesehen, dass sich aus dem Gewölk ein großer Mann in den Acker herabließ, worauf alle Garben in einem großen Wind oder Feuer aufgehoben und weggeführt wurden, dass nie mehr etwas davon gesehen ward.

Hier bin ich, meldete sich eine Stimme hinter mir. Ja, das habe ich gesehen und der Schreiber hat es nach meinen Worten aufgesetzt. Ich bin ein unbescholtener Bürger und verlange, dass mir Recht geschaffen wird!

Langsam, Diepold, fuhr der Notar fort. Da sind noch andere Bürger und Stadtleute, die vor dem Rat als Zeugen aufgetreten sind. Ich kann die einzelnen Aussagen hier nicht alle wiederholen. Sie widersprechen sich auch in mehreren Punkten. Folgende Anschuldigung steht jedoch übereinstimmend fest: Es gibt ein Land namens Magonia, das zu uns ins Donauland seine Späher schickt. Sie kundschaften unsere Weinberge, Felder, Gemüse- und Obstgärten aus. Zur Erntezeit kommen die

Magonier dann selbst mit Luftschiffen hierher gefahren. Sie verursachen Hagelschläge, Gewitter und Stürme und schlagen unsere Ernte zu Boden. Die abgeschlagenen Früchte laden sie in ihre Luftfahrzeuge und entführen uns die Nahrung. Diepold und die übrigen Ankläger erklären nun, drüben jene Ausländer bei den Karren stünden im Dienst jener auswärtigen Macht. Dann wären diese Fremden also Kundschafter, die durch die Regensburger Lande reisen, um zugunsten von Magonia unsere Liegenschaften auszuspähen.

Komm zu Ende, Äzelin, schrie es erneut aus dem Haufen der Regensburger. Die Scharwächter hielten nur noch mit Mühe die Menge in Schach. Herr Notar, rief ein Witzbold, was sollen wir in der Nässe stehen und uns anhören, was doch Stadtgespräch ist! Trauen doch selbst die gelben Fräulein vom Damm sich nicht mehr, ihre Freier ins Haus zu holen! Ich frage euch, Bürger, wenn uns die Luftschiffer auch noch die Minnefräulein entführen, was denn dann? Sollen wir mit leeren Backen kauen und obendrein ohne den Trost unserer gelben Fräulein sein?

Die Regensburger brüllten vor Lachen.

Äzelin rollte das Pergament zusammen und hob die Hand. Leute, beschloss er seine Ausführungen, nun habe ich diese drei Männer dort verhört. Doch sie verstehen unsere Sprache nicht. Ein Pater von St. Emmeran hat es auf Lateinisch mit ihnen versucht, ein Jude hat sich vergeblich bemüht, ein Kaufmann aus Granada, der sich zurzeit geschäftlich in unserer Stadt aufhält, hat sie mit maurischen Worten angesprochen. Alles ohne Erfolg! Der Rat hat wirklich nichts unversucht gelassen, Licht in diese Sache zu bringen. Wie soll nun euch beziehungsweise diesen Leuten Recht geschehen, wenn sie sich nicht verteidigen können?

Wir schaffen uns im Handumdrehen selber Recht, Herr Stadtnotar, brüllte in der vordersten Reihe ein Mann. Die Wache drehte sich wortlos nach dem Schreier um und versetzte ihm ungerührt einen Hieb ins Gesicht. Ich hatte mich zu einem der Wachten durchgeschoben und bat ihn hastig: Lass mich zum Notar, ich weiß, wer diese Leute sind. Ich verstehe Worte ihrer Sprache!

Der Wachtmann schaute über seine Schulter und raunzte: Buckel, halt's Maul! Der Notar hat Wichtigeres zu tun, als sich mit kurzhaarigen Lümmeln abzugeben.

Ich biss auf die Zähne, tauchte blitzschnell zwischen seinen Beinen hindurch und rannte auf Äzelin zu. Herr, rief ich im Lauf, ich verstehe die Sprache von ihnen. Ich kann übersetzen!

Keuchend stand ich vor dem Notar, der mich ungehalten musterte. Da war mit einem Mal Linori neben mir und schluchzte. Martis, was will der rai von meinem dad und seinen Brüdern? Was will er mit ihnen machen? O prale, unsere Männer pfeifen vor Angst!

Du kennst dieses Mädchen, fragte der Notar nun mit amtlicher Stimme, und sie gehört zu diesen Leuten?

Ja, Herr, antwortete ich, sie war verschleppt, dann haben wir zusammen ihre Eltern gesucht. Jetzt hat sie ihre Leute vor Eurer Stadt endlich gefunden.

Also, Junge, dann geh und frage die Männer, was sie im Regensburger Land wollen!, hieß mich der Notar. Er rief zu der Menge hinüber. Dieser Junge glaubt, sich auf die Sprache der Ausländer zu verstehen. Er wird mit ihnen reden und dann werden wir weitersehen!

Äzelin schritt mit mir zu den Karren und zwei Wachten folgten. Linori redete sprudelnd auf die Gefesselten ein, fasste den Mann mit dem roten Ohrring beim Arm und erklärte: Martis, das ist mein Vater. Er wird mit dir reden. Ich werde dir helfen, dass du verstehst!

Der Rom begann leise zu sprechen, Linori warf zwischendurch ein Wort ein, nickte, fragte zurück und übersetzte. Schließlich hatte ich die Geschichte zusammen.

Äzelin schaute mich an und forschte: Nun, was bringt er vor, Junge? Hast du begriffen, was er sagt?

Ja, antwortete ich.

Komm, sagte der Notar und winkte mich mit sich. Dann standen wir wieder vor der Menge. Der Notar gab ein Zeichen und erklärte: Der Bursche hier wird uns nun mitteilen, was die Ausländer vorgebracht haben. Nun denn, Junge, fang an!

Zunächst brachte ich keinen Ton heraus und ich dachte, vor so vielen Leuten könnte ich nicht sprechen. Dann aber ging es wie von selbst.

Es sind Leute vom Volk der Rom, begann ich. Büßer sind sie, Pilgerleute. Einst in biblischen Zeiten wohnten sie in Ägypten. Damals flüchtete sich auch die Mutter des kleinen deloro dorthin. Sie meinen damit, erklärte ich den Regensburgern, Unsere Liebe Frau und ihr Kind. Herodes, der Kindermörder, stellte ihnen nach. In Ägypten suchten die beiden Schutz bei dem Volk der Rom. Doch die verweigerten Unserer Lieben Frau die Hilfe. Wegen jener Hartherzigkeit der Vorfahren liegt nun bis heute der Fluch einer siebenjährigen Wanderschaft auf ihnen. Ihr Weg führte die Rom auch in die deutschen Lande. Inzwischen, so berichten die Männer weiter, sei ihre Stammesmutter gestorben. Vor ein paar Wochen hätten sie die Ureltermutter im Schwarzwald begraben und seien jetzt im Begriff, auf dem Weg über eure Stadt die Donau wieder abwärts zu ziehen.

Bist du fertig, Junge?, fragte mich Äzelin.

Ja, antwortete ich. Darf ich zu den Männern gehen? Vielleicht wollen sie noch mehr sagen?

Geh, erlaubte mir der Notar und wandte sich an die Regensburger: Wenn der Junge Recht hat, können wir die Geschichte mit dem Land Magonia vergessen. Pilger sind unserer Stadt jederzeit willkommen!

Die Menge murmelte. Einzelne Stimmen riefen: Aber wer weiß, ob das stimmt, was der Junge da sagt. Er kann uns viel erzählen! Wer ist der Junge überhaupt? Ist er aus unserer Stadt?

He, Bursche, rief Äzelin zu mir hinüber. Bist du von hier? Und wie heißt du eigentlich?

Herr, ich komme aus dem Schwäbischen und mein Name ist Martis, gab ich Bescheid.

Ein weißhaariger Mann mit pelzbesetztem Schnürmantel war inzwischen von den Wachten vorgelassen und zu dem Stadtnotar geleitet worden. Er besprach sich leise mit Äzelin und drehte sich dann um zu der Menge. Seine Stimme klang ruhig. Bürger, sagte er, ihr kennt mich. Ich verbürge mich für die Worte dieses Jungen. Er und das Mädchen dort haben mir das Leben gerettet!

Ich starrte den Mann an und begriff überhaupt nichts mehr. Dann erkannte ich ihn. Süße Mutter Gottes, es war Zanner! Freilich ein anderer Zanner als der im Lechsgemündener Stollenloch! Aufrecht und sicher kam er auf uns zu. Kommt, sagte er, dass wir dieser Sache ein Ende machen!

Linori und ich standen aneinander gedrückt neben dem Kaufmann. Zanner legte seinen Arm um mich und erklärte den Regensburgern: Dieser Junge hat mit mir beim Lechsgemündener im Loch gesteckt, wo der Graf Rakl und Goltfuz zu Tode geschunden hat. Dieser Junge sprach mir Mut zu, fütterte mich, schaffte mit seinen Händen meine Arbeit mit. Wäre er nicht gewesen, ich hätte unsere Stadt nie wieder gesehen. Dieses fremde Mädchen aber hat mich im brennenden Burghof unter Gefahr für Leib und Leben aus dem Schacht geholt. Bürger, ich verbürge mich mit meinem ehrlichen Namen für diese beiden!

Das ließ die Stimmung in der Menge jählings umschlagen. Die Regensburger jubelten und hätten vor Begeisterung bald die Wachten überrannt.

Der Notar schaffte es gerade noch, sich ein letztes Mal Gehör zu verschaffen. Leute, rief er, geht nach Hause, berichtet in der Stadt! Sagt den Leuten auch, dass unsere Stadt den Pilgern Schutz- und Geleitbrief ausstellen und sie nicht ohne Wegzehrung weiterziehen lassen wird!

Die ersten Frauen und Männer hatten schon im vollen Lauf die Brücke erreicht und die ganze Menge drängte ihnen nach. Zanner sah uns beide an und lud uns in sein Haus am Platz vor St. Emmeran. Jeder wird euch den Weg weisen, sagte er lächelnd. Ihr seht, die Regensburger führen sich bisweilen auf wie grobe Esel. Aber alles, was recht ist, sie lassen dann auch wieder vernünftig mit sich reden!

Linori zog mich am Arm. Komm, rief sie, du musst zu meiner cuci kommen und zu meinem dad!

Lauf schon, tschajori, sagte ich, ich komme gleich nach!

Zanner blickte dem Mädchen hinterher und seufzte. Mein Gott, wenn ich denke, dass hier vor der Stadt beinahe unschuldiges Blut vergossen worden wäre! Seit wann seid ihr beide denn in der Stadt?

Erst seit heute, antwortete ich. Aber seit wann bist du zurück von Lechsgemünd? Haben eure Leute dich beim Brunnen gefunden?

Sie haben mich wohl gerade noch rechtzeitig aus dem brennenden Hof gebracht, oder ich stünde nicht hier, sagte Zanner. Der Graf hat zwei Tage später aufgegeben. Am Tag der Bauernfastnacht. Eine schwere Buße hat er leisten müssen. Ihm wurde mit allen seinen Leuten freies Geleit gewährt. Er durfte sogar seinen Hausrat mitnehmen! Graf Berthold soll jetzt auf seine benachbarte Burg Graifsbach übergesiedelt sein. Ja, und dann haben unsere Bürger das Räubernest ausgestänkert! Ich bin auf allen vieren aus dem Zeltstroh gekrochen, um mit anzusehen, wie die Burg in die Luft ging. Es war mir selten so wohl in meinem Leben. Die Bürger haben einen dieser Herren mal tüchtig in die Holzbirnen geschickt. Sie haben bewiesen, was eine selbstregierte Stadt vermag. Der Lechsgemündener wird sich hüten, uns noch mal in die Wolle zu greifen!

Und Goltfuz, und Rakl?, fragte ich. Hat man ihre Leichen gefunden?

Sie liegen hier begraben. Es war noch frostkalt in diesen Tagen. Da konnten wir ihre Leichen auf einem Karren mit uns nach Regensburg führen. Die Scharwächter sind voran durch den Schnee gewatet und haben die Straße freigetreten, da konnten wir mit den Karren hinterher. Aber Junge, was stehen wir hier und erzählen! Komm mit deinem Mädchen zu mir ins Haus, da können wir weitersprechen. Wenn du willst, kannst du auch bei mir bleiben. Ich könnte zum Beispiel einen Fahrer für meine Flandernwagen gebrauchen.

Nur schnell noch eins, Zanner, bat ich. Weißt du, was aus den Spielleuten geworden ist? Sie waren doch mit in der Hauptburg!

Der Kaufmann schüttelte den Kopf. Ich habe nur einen alten Mann gesehen, der unter seinem Mantel zwei Äffchen wärmte. Der saß einige Male mit den kleinen verhutschten Dingern bei mir im Wagen. Die Scharwächter hatten wohl Mitleid mit ihm und ließen den Mann hin und wieder ein Stück mit aufsitzen. Könnte er einer von den Spielleuten gewesen sein?

Hast du irgendwann seinen Namen gehört?, forschte ich. Hieß er Alan?

Richtig, erinnerte sich Zanner, das war der Name! Also, ich warte auf euch! Frage nach St. Emmeran, schau da drüben, die Kirche, die ist es! Gegenüber bin ich zu Hause.

Ich blieb bei den Rom. Sie hatten ihre Zelte wieder entrollt, die Feuer neu entzündet und saßen zwischen den Wagen.

Werden deine Leute hier bleiben?, fragte ich Linori.

Sie spuckte aus. Nane, erwiderte sie. Nicht in dieser Stadt! Wir fahren morgen weiter.

Bier und Wein im Fass waren über die Brücke gekommen, ein riesiger Weidenkorb voll frisch gestochener Huchen, ein Sack mit Brezeln, Wecken und Honiggeback, dazu Zieger und

Butter. Kessel hingen bald über den Flammen und wir tranken uns reihum zu. Linoris Vater hatte mich geheißen, zu seiner Rechten zu sitzen.

Ja, die Ureltermutter war zu den weißen Hunden gegangen und suchte goldene Nüsse. Sie hatten Pichi im Westen bei den Bergen des Schwarzen Waldes bestattet. Zuvor aber hatte die puri dai den Knochen ins Aschfeuer gelegt. Die Ahnen waren zu der Ureltermutter gekommen. Sie alle waren dabei gewesen, wie sie aus den Sprüngen des Aschknochens den Namen von Linoris zukünftigem Freier gelesen hatte. So seien sie also sicher gewesen, dass das verschollene Mädchen zurückkehren werde, wie es ja auch geschehen sei.

Du hast sie auf dem Weg geleitet, gadscho, du hast für uns vor dem rai gesprochen!, dankte Linoris Vater. Er stand auf, öffnete die Karrentruhe und nahm ein Instrument heraus, das er mir auf beiden Händen überreichte. Ich hatte ein ähnliches Instrument noch nie gesehen. Es glich wohl am ehesten einer Laute, hatte aber seinen sehr langen Hals und wurde auf Metallsaiten gespielt.

Du sollst die Pandura haben, raklo!, erklärte Linoris Vater. Wenn du willst, kannst du auch mit unseren Zelten ziehen. Wir werden aus dem weißen gadscho einen Rom machen.

Najis, danke!, sagte ich. Sie sieht schön aus und ist kunstvoll gefertigt.

Linoris Schmuck ging im Kreis von Hand zu Hand. Ihre Leute betrachteten in scheuer Bewunderung das schwere Gold der Reifen und das grünrot besetzte Armband. Linori lächelte zu mir herüber. Ich lächelte zurück, aber mir war nicht froh zumute. Neben Linori saß der Mann, den die Ureltermutter ihr zum Freier bestimmt hatte. Ich schaute unter mich auf die Pandura, zupfte die Saiten und stimmte sie nach.

Linoris Vater hatte mich zum Schlafen in sein Zelt geladen. Ich dankte und erklärte, ich werde draußen unter den Karren bleiben. Ich wickelte mich in die Decken. Sie rochen nach

Rauch, griechischen Inseln und wie die Hände von Linori, wenn sie mir die Augen zugehalten hatte. Ich fand keine Ruhe. Ein Hund kam, schnüffelte mir ins Gesicht und knurrte. Ich weiß, sagte ich leise, du kennst deine Leute. Der weiße gadscho gehört nicht zu euch!

Der Hund streckte seine Schnauze vor mir auf die Erde und winselte. Ich kraulte ihn hinter den Ohren. Nun geh, murmelte ich. Morgen seid ihr wieder unterwegs. Sowa, leg dich schlafen!

Ich kroch unter dem Wagen hervor, legte die Decken zusammen, nahm meine Pandura in den Arm und ging den Wegrain entlang in Richtung der Stadt. Es war die Nacht vor dem vollen Ostermond, doch Wolken verbargen sein Gesicht. Regen sprühte über mich. Hinter mir rief es: Mar-tis! Ich schaute mich im Dunklen um und wartete auf Linori. O Martis, miro gulo pirano, weinte sie in meinen Mantel. Ich werde sitzen und denken: Miro pirano na awel, mein Liebster ist nicht da!

Komide man, pirani, flüsterte ich. Küss mich, meine luludi Linori.

Linori fuhr mir mit den Fingern über die geschlossenen Augen. Awel tutar, pirano! Wir scheiden nun, Liebster. Ach devlessa, lebewohl!

Devlessa!, sagte ich. Ich wischte den Regen von der Laute, schlug den Mantel darüber und ging. Ich sah mich nicht mehr nach den Feuern der Rom um.

Ich setzte mich zu den Scharwächtern ins Torhaus. Sie erkannten mich wieder. Komm, Junge, setze dich zu uns und trink! Und wenn du Geld hast, wir haben die Würfel dazu!

Ich wollte antworten, schüttelte aber nur den Kopf. Als es zur Frühmesse läutete, ging ich in die Stadt. Ohne Hilfe fand ich die Kirche von St. Emmeran. Ein Mädchen mit einer Entenkiepe auf dem Rücken wies mir Zanners Haus. Der Marktplatz lag noch menschenleer. Die Regenwolken hatten sich verzogen und die Sonne beschien den steilen Giebel des steinernen Hauses. Die Fenster waren alle in Glas gefasst. Die Tür über den Stufen hatte man in einem fröhlichen Rot gestrichen. Das riesige Hoftor war noch geschlossen. Ich drückte meine Pandura an mich und ging weiter den Marktplatz entlang zu einem Röhrenbrunnen, wusch mir das Gesicht und die Hände und trank.

Den Vormittag verbrachte ich in der Elendenherberge beim Spital. Altflicker, Sackträger, Bewohner der Vorstädte, Bettler und Sandfahrer saßen beisammen. Ich trank heißes Bier und brach mir dazu frisches Brot aus der Pfisterei nebenan. Ein paar gelbe Fräulein kamen herein und setzten sich mit müden Augen zwischen die Männer. Man redete über Löhne und Wetter, über den Bürgerrat der Sechzehn und die Ausländer vor der Stadt. Mich erkannte niemand.

Die Selbstregierung haben wir ja, bemerkte der Mann mit dem Sackleder auf dem Rücken. Aber man spricht, der Papst drohe, er werde in der Stadt die Kindstaufen, die Austeilung des Sterbesakraments und alle Messen untersagen, solange wir seinen neuen Bischof Albert nicht in die Stadt lassen.

Was schert's uns?, zuckte eins von den gelben Fräulein die Achseln. Haben wir nun den Bischof oder den Rat, sie stehlen uns beide das Weiße aus den Augen.

Möchtest du in deiner letzten Stunde ohne den Beistand der Pfaffen sein?, fragte ein anderer zurück. Du magst von ihnen halten, was du willst. Aber brauchen tun wir sie doch!

Die Barfüßler fragen nicht nach Geschriebenem vom Papst, erklärte das gelbe Fräulein. Und es gibt noch andere Leutpriester, die keine Bauchdiener sind.

Eins steht aber fest, sagte der Altflicker und lehnte sich über seinen Lumpensack, so wie die Sache aussieht, stehen wir zwischen Hund und Bock! Wir haben unseren eigenen Rat, aber wir werden dem Kaiser für unsere neuen Rechte auch kräftig zahlen müssen. Das bedeutet noch mehr Steuern und Auflagen!

Ich nahm meine Pandura auf den Schoß und zupfte. Sie klang sehr fröhlich und die Gäste schauten herüber. Los, spiel was, Junge, rief der Sackträger. Ich überlegte und sang:

Zwietracht trennt und Zank Papst- und Kaiserbank! Gönnen nicht das Salz beide sich aufs Schmalz. Nur, geht's um Beschiss, unseren Verriss, sind's zwei Ärsche doch auf demselben Loch!

Die Leute lachten und freuten sich. Der Junge spricht, was er denkt, sagte der Sackträger beifällig. Hast du noch mehr Lieder, Junge?

Aus einer Ecke kam ein Mann mit der Fiedel in der Hand. Junge, erkundigte er sich, was ist das für ein Ding, auf dem du da spielst? Beim seligen Andenken meiner Mutter, ich habe so eine Laute noch nirgends gesehen! Darf man sie mal haben? Der Spielmann klimperte ein paar Töne hinauf und hinunter, beugte sich zu mir und raunte: Lieder, wie du sie singst, die trägt man besser hier nicht vor, Junge. Besser schweigen wie ein Ochs als plärren wie ein Narr! Der Püller ist in der Stadt ein großer Mann, musst du wissen!

Ich dachte an Babelins Kessel, die Fronbüttel der kaiserlichen Vögte, ich dachte an die Brandmänner von Nördligen und antwortete: Nicht groß genug für meine Lieder!

Der Spielmann richtete sich auf und lachte. Ich bin Andreis, der Fiedler. Du gefällst mir. Willst du mit mir gehen? Wir finden schon unser Auskommen, du wirst sehen!

Wir gingen durch die Stadt zur Brücke. Unterwegs erstand ich für meine letzten Silberpfennige Wegzehrung, ein Messer, einen Hornlöffel und ein grobes Leinenhemd. Die Brückenknechte erkannten mich und winkten Andreis und mich hindurch. Deine Ausländer sind nicht mehr da, rief mir einer zu, sie sind mit dem ersten Tageslicht flussabwärts gezogen!

Vor einer Wegbiegung hinter der Stadt stand ein Gnadenbild der Gottesmutter. Ich bleibe ein wenig hier sitzen, Fiedler, sagte ich. Geh nur, ich hole dich wieder ein!

Aber versäume dich nicht zu lange, rief mir Andreis im Weitergehen zu. Der Weg bis zum nächsten Etter ist noch lang!

Mein Bündel stellte ich neben dem Karrenweg ab. Ich schaute das Bild Unserer Lieben Frau an. Ihr Gesicht war so braun wie die Haut der Romleute. Und wenn ich es recht betrachtete, hatte sie die Augen von Linori.

Ich suchte seitlich vom Weg, fand brauchbares Holz, setzte mich hinter das Gnadenbild und schnitzte. Ich musste das Holz nicht vorher fragen, was es werden wollte. Der kleine Vogel wurde unter meinen Händen ganz von selbst zu einer Bachstelze. Ich trug mit dem kleinen Finger Farbe auf, setzte die Augen ein und sagte: Romano tschirkulo!

Ich ging um das Bild und zeigte Unserer Lieben Frau die kleine Vogelmutter mit dem nach vorn gestreckten Hals und den leicht angehobenen Flügeln. Gefällt sie dir?, fragte ich. Ich schenke sie dir.

Ich setzte ihr den Vogel auf die Finger, die unter ihrer Brust das Gewand rafften. Dann nahm ich die Laute auf, warf das Bündel über meine krumme Schulter und sagte: Achte gut auf sie, bitte. Sie ist das Liebste, was ich habe.

Andreis, den Fiedelmann, sah ich nicht mehr. Es machte nichts. Irgendwann auf der Straße würde ich ihn treffen. Oder Alan, den Gumpelmann, mit seinen Leuten! Und vielleicht, wenn Pater Kosmas den Klosterhof einmal leid wäre, würde ich unter den Fahrenden sogar ihm begegnen.

## Nachwort

Dieses Buch spielt im Mittelalter, daher kommen viele Ausdrücke vor, die in unserer heutigen Sprache nicht mehr üblich sind. Sie lassen sich aber nachschlagen, daher werden hier nur die Begriffe erklärt, für die ein Handlexikon vielleicht nicht ausreicht.

Die *Beginen* und ihre Gruppen waren die große Frauenbewegung des Mittelalters. Sie lebten in Frauenhäusern mit selbstgewähltem Vorstand, oder sie zogen über die Landstraßen und predigten öffentlich in Dörfern und Städten. Sie nahmen sich der Siechen und Hilfsbedürftigen an und betonten in allem ihre Freiheit von kirchlichen Satzungen. Zeitweilig waren die Beginenvereinigungen verboten. Ein entsprechender päpstlicher Erlass bezeichnete sie als »abscheuliche Sekte«.

*Bilwis* heißt in Martis' Zeit eine Hexe. Unser heutiges Wort Hexe kommt erst im ausgehenden Mittelalter zur Zeit der großen Hexenverfolgungen auf.

*Etter* ist der feste, meist dornenverstärkte Zaun um das Dorf. Er schützt Haus, Mensch und Vieh vor Überfällen und wilden Tieren.

*Fron*, *Zehnt* und *Zins* bezeichnen die drei häufigsten Abgaben, die Bauern und Hörige an den Grundbesitzer leisten mussten. Der Zehnt, zehn Prozent von bestimmten Beträgen, ist ursprünglich eine kirchliche Abgabelast. Er konnte aber auch verpfändet oder sogar von Adeligen aufgekauft und eingezogen werden. Das Abgabewesen des Mittelalters war mindestens ebenso undurchsichtig wie unser heutiges Steuersystem.

Im *Hundeloch*, später unter dem Rathaus gelegen, wurde unsicheres Volk vorübergehend eingelocht. Feste Gefängnisse sind im Mittelalter eher selten, weil die Rechtsprechung noch keine befristeten Haftstrafen kennt.

Die *Knieharfe* ist ein zu dieser Zeit weit verbreitetes Instrument. Sie ist viel kleiner und klingt meist herber als unsere heutige Konzertharfe.

Die *Pandura*, auch langhalsige Laute genannt, konnte sich in Westeuropa nicht einbürgern. In Persien ist sie bis heute ein Volksmusikinstrument.

*Vaganten* sind fahrende Schüler und Studenten ohne Berufsaussichten. Zusammen mit den Spielleuten und ihrem Volk, den Pfeifern, Paukern, Fiedlern, Liedermachern, Springern, Gauklern, Dirnen, Possenreißern und Bärenführern ziehen sie durch die Lande und führen ein »verläumdet Leben«.

Der Schauplatz der Handlung ist das Nördlinger Ries, ein Kraterbecken in der Mitte des Dreiecks Nürnberg/München/Stuttgart. Ein Meteorit riss hier vor Millionen Jahren ein Loch in die Erdkruste.

1970 schickte die amerikanische Weltraumbehörde Astronauten zum Training ins Ries, da nach Einschätzung der NASA der Ries-Kessel dem Landegebiet auf dem Mond entsprechen sollte. Überraschenderweise ähnelten Gesteinsproben vom Mond weitgehend dem »Suevitstein«, der in den Steinbrüchen und in der Umgebung des Ries leicht zugänglich und in großen Mengen zu finden ist. Da liegen Mondsteine zum Mitnehmen auf der Erde herum - eine geologische Einmaligkeit.

Früher war das Nördlinger Ries ein wichtiger Verkehrs- und Siedlungsraum. In den zahlreichen Höhlen am Kraterrand wohnten bereits die Menschen der Altsteinzeit. Schanzanlagen weisen auf eine keltische Besiedlung hin. Auch die römische Besatzung hat im Ries zahlreiche Spuren hinterlassen: die Militärstraßen der Legionen, Gutshöfe und Kastellbefestigungen. Später zogen die Nibelungen durchs Ries ins Hunnenreich. Im Mittelalter schließlich erreichten Ferntransporte der Kaufleute auf der alten Brennerstraße über Nördlingen die Handelszentren am Niederrhein.

Auf diese Weise entstand im Nördlinger Ries ein buntes Völkergemisch. Es wäre durchaus denkbar, dass es einen Mann wie Pater Kosmas hierher verschlagen hätte. Er und auch die tolle Babelin gehören zu den »Rieser Ketzern«, den Freigeistern des 13. Jahrhunderts. Sie nannten sich die »Schwestern und Brüder vom freien Geist«, die offizielle Kirche sprach einfach von den »Nördlinger Häretikern«. Ihre Kritik an Gesellschaft und Moral war radikal, ihr Freiheitsanspruch total. Ihre Thesen sind nicht erhalten, aber aus Verhörprotokollen zumindest bruchstückhaft zu erschließen:

Ein freier Mensch braucht keine Gebote. Sünde ist nur, was man dafür hält. Liebe – und tu, was du willst. Jedes Geschöpf ist wie Gott selbst. Und die Folgerung: Alles muss allen gemeinsam sein. Armut ist die wirkliche Hölle, eine andere gibt es nicht. Christus ist Gott, wie dein Mitmensch es ist. Auch eine Frau kann Gott sein. Sexuell lieben heißt beten mit dem Leib. Heiligenverehrung ist Aberglaube. Es gibt Gutes und Böses in uns, aber Engel und Teufel existieren nicht. Priester, Klöster sind überflüssig. Der freie Mensch, der eins mit Gott ist, bedarf keiner Gebete mehr. Einen Menschen bessern wiegt den Bau von hundert Kirchen auf.

Die Nördlinger Häretiker bildeten im Schwäbischen lose Gruppen, in denen Frauen eine führende Rolle spielten. Ihre Zusammenkünfte und ihre Treffen nannten sie »Paradies«. Dass sie zugleich mit den anderen kirchlichen Sakramenten das der Ehe verwarfen, war ein willkommener Vorwand, sie der rohen Unzucht anzuklagen. Obendrein verdächtigte man sie, auf ihren geheimnisvollen Treffen Kinder zu schlachten. Diese Unterstellung war besonders böswillig, denn Ziel- und Ausgangspunkt der Rieser Radikalen war gerade die Ehrfurcht vor dem Leben. Allein aus diesem Anspruch zogen sie ihre allerdings bedingungslosen Folgerungen. Die kirchlichen und staatlichen Obrigkeitsvertreter begriffen die Herausforderung schnell. Man spürte den Freigeistern nach, verbrannte ihre Schriften, der Staat beschlagnahmte ihre Habe, kirchliche Lehrspezialisten verhörten sie, und der Stockknecht legte den Ketzern, die ans Höllenfeuer nicht glauben wollten, das Feuer an die Tür.

In den meisten heutigen Geschichtsbüchern wird man nach den Rieser Freigeistern vergeblich suchen. Dabei könnten sie viel eher unsere Zeitgenossen sein als jene Prälaten, Könige und Herrschaften, die damals Geschichte machten; in der Regel schlechte.

Viel offener als die Rieser Radikalen taten sich, wie Zeitdokumente berichten, zwei »rot gewandete Männer« hervor. Im Jahr 1248 traten sie in Schwäbisch Hall unweit von Nördlingen auf. Sie ergriffen für den mit päpstlichem Bann belegten letzten Stauferkaiser Friedrich II. öffentlich Partei. Nicht der Kaiser, erklärten die beiden, Papst Innozenz sei ein Ketzer: Papa haereticus! Der geschilderte Bildersturm in der St. Emmeranskirche, die ehemals vor den Toren Nördlingens auf dem Totenberg lag, ist nicht belegt, doch anderenorts fanden ähnliche Aktionen tatsächlich statt. Die Reimpredigt gegen die päpstliche Kurie, die Hofhaltung zu Rom, die ich den Kaiserpropagandisten in den Mund legte, entnahm ich mittelalterlichem Liedgut, dem lateinischen Carmina Burana.

Das Idealbild des »gerechten Friedrich« entsprach nicht den Tatsachen und war wohl eher die werbewirksame Verpackung seiner Machtansprüche. Zwar setzte er in Wissenschaft und Verwaltung moderne Ideen durch, andererseits aber hat er das zweifelhafte Verdienst, Ketzergesetze von beispielloser Härte erlassen zu haben. Er hat als Erster den Feuertod zur gesetzlichen Strafe für Ketzerei erklärt. Im gleichen Erlass verfügte er, die Kinder und Nachkommen jener »Bösewichter« bis in die zweite Generation aller Stellungen und Güter zu berauben, damit sie in Erinnerung an ihre verbrecherischen Eltern »in dauernder Trauer dahinschwinden«. Das ging zunächst sogar dem Papst zu weit. Jedoch in der Folge ging die Kirche unter Berufung auf das Reichsgesetz im steigenden Maß dazu über, Andersdenkende aufzuspüren und ins Verhör zu nehmen. Die überwiegende Zahl von Verhörspezialisten, die so genannten Inquisitoren, waren »schwarze Mönche« wie Pater Sixtus und Pater Jorge, Angehörige des Dominikanerordens.

Urkundlich erwähnt ist auch die Fehde der Regensburger Bürger mit dem Grafen Berthold von Lechsgemünd. Wie viele andere Stadtgemeinden hatten die Regensburger seit langem versucht, ihre weltlichen und kirchlichen Grundherren loszuwerden, mit wachsendem Erfolg kämpften sie um das Recht der Selbstbestimmung. Die Macht der selbstregierten Städte gefiel, wie ein zeitgenössischer Chronist notiert, »den Fürsten, Rittern und Räubern gar nicht... Sie sagten, es sei schimpflich, dass Krämerleute die Herrschaft über adelige Herren hätten«. Graf Berthold, der Lechsgemündener Graf, schnitt den Regensburgern die Handelsverbindungen zum Westen ab. Damit war die Stadt in ihrer Existenz bedroht. Die Regensburger rüsteten ein Bürgerheer aus und berannten Lechsgemünd. Die Belagerung der 130 Kilometer entfernten Burg war ein ungeheures Wagnis, das dennoch gelang. Ruinenreste der zerstörten Burg sind heute noch auf einem Steilfelsen über der Donau zu sehen.

Im Hochmittelalter kommen vom Balkan zum ersten Mal Zigeunersippen nach Deutschland und in die anderen westeuropäischen Länder. Ihre ursprüngliche Heimat ist das nordwestliche Indien, das sie vor unbestimmter Zeit verließen. Man hält die Fremden für Mongolen, für Tartaren. Sie selbst nennen sich das Volk der Rom und geben als ihr Herkunftsland Ägypten an; daraus erklärt sich z.B. die englische Bezeichnung »Gypsies«.

Erst im späten Mittelalter und vollends mit Beginn der Neuzeit erklärt man die Zigeuner Europas zu Freiwild. Ihre Ausrottung war ein Bestandteil von Hitlers »Säuberungsprogramm«. Allein in einer Nacht wurden 1944 über 4000 Zigeuner in Auschwitz vergast. Insgesamt rechnet man mit einer halben Million KZ-Opfern unter den Zigeunern.

Das Auftauchen der Romleute im Regensburger Land wird in diesem Buch mit einer merkwürdigen Geschichte in Beziehung gesetzt, die man sich im frühen Mittelalter erzählte: Aus einem fernen Reich namens Magonia kämen Schiffe durch die Luft gefahren. Was auch immer hinter dieser Geschichte steckt, der Traum vom Fliegen muss jedenfalls den mittelalterlichen Menschen gar nicht so utopisch vorgekommen sein, wie wir vermuten könnten. Das 13. Jahrhundert war reich an technischer Phantasie, die gerade zu dieser Zeit eine Reihe bedeutsamer und nur scheinbar kleiner Erfindungen hervorbrachte. Neue Siedlungsprojekte wurden überall in Angriff genommen, Deiche aufgeführt, Wälder gerodet, Sümpfe entwässert.

Linoris Schatzhügel muss kein Märchen sein. Im Donauraum gab es, wie neuere Funde bestätigen, reich ausgestattete Keltengräber. Im Glauben der Zigeuner haben Glückskinder die Gabe, verborgene Schätze aufzuspüren. Linori bestätigt mit ihrem Fund ihren Rang in der Sippe. Sie zieht mit ihren Leuten weiter und wird eines Tages die puri dai, die Stammesmutter, der Rom sein. Martis wird sein schwieriges Vaterland nicht verlassen. Er wird in Schenkstuben sitzen und lustige oder zornige Lieder singen, mit den Spielleuten auftreten, auf den Händen tanzen und sich als rechter Luftspringer zeigen. Seinen Buckel hat er vergessen, seit er mit Linori in Wetterschülls Köhlerhaus schlief. Er tut sich nicht mehr Leid, unterwegs wird er neue Freunde finden und vielleicht auch unter seinen Lesern »Schwestern und Brüder vom freien Geist«.

# Inhalt

Babelins Grubenhaus *5*
Kesseltreiben *36*
Brandreden *65*
Spielmannskarren *86*
Burg Lechsgemünd *106*
Im Haidwangforst *137*
Das Donaumoos *162*
Nachwort *182*

Arnulf Zitelmann
**Jenseits von Aran**
Abenteuer-Roman aus Altirland
Mit Nachwort des Autors
Gulliver Taschenbuch (78042), 208 Seiten  *ab 12*

Während in Europa die Völkerwanderung beginnt und Roms Macht ins Wanken gerät, scheint im keltischen Irland die Zeit stillzustehen. Aber die Ruhe trügt. Irlands Könige befehden sich, kämpfen um die Vorherrschaft auf der Insel. Auf dem Schlachtfeld will Crithir Ruhm und Ehre gewinnen und gerät dabei ins Ränkespiel der Macht. Ausgestoßen von seinem Stamm, kämpft er auf eigene Faust weiter, findet neue Freunde und kehrt siegreich in die Heimat zurück. Doch der Sieg ist teuer erkauft. – Ein Buch über die vergessene Geschichte Altirlands, in dem sich Realität und Anderswelt verbinden.

Beltz & Gelberg
Beltz Verlag, Postfach 10 01 54, 69441 Weinheim